GIOCONDA BELLI

Unendlichkeit in ihrer Hand

GIOCONDA BELLI

Unendlichkeit in ihrer Hand

Roman

Aus dem nicaraguanischen Spanisch
von Elisabeth Müller

DROEMER

Die spanische Originalausgabe erschien 2008
unter dem Titel *El infinito en la palma de la mano*
bei Editorial Seix Barral, S.A., Barcelona

Besuchen Sie uns im Internet:
www.droemer-knaur.de

Umschlaggestaltung: ZERO Werbeagentur, München
Umschlagabbildung: Gettyimages / The Image Bank / Regine Mahau
Satz: Adobe InDesign im Verlag
Druck und Bindung: GGP Media GmbH, Pößneck
Printed in Germany
ISBN 978-3-426-19852-0

2 4 5 3 1

Ich widme dieses Buch
den anonymen Opfern des Irak-Krieges.
Irgendwo zwischen Euphrat und Tigris
gab es auf dieser Erde einmal ein Paradies.

Und Babel soll zu Steinhaufen und zur Wohnung
der Schakale werden, zum Bild des Entsetzens
und zum Spott, dass niemand darin wohne.

Jeremias 51,37

Und das Ende all unseres Forschens wird sein,
dort anzukommen, wo wir begannen,
und den Ort zum ersten Mal zu erkennen.
Durch die unbekannte, wieder erkannte Pforte.

T. S. Eliot

Um eine Welt in einem Sandkorn zu sehen
und einen Himmel in einer Wildblume,
halte die Unendlichkeit in deiner Hand
und die Ewigkeit in einer Stunde.

William Blake

Vorwort der Autorin

Dieser Roman ist aus dem Staunen über das Unbekannte in einer Geschichte entstanden, die ich, weil sie so alt ist, mein Leben lang zu kennen glaubte.

Die biblische Geschichte von der Erschaffung der Welt und ihre urzeitlichen Protagonisten haben mich zwar seit jeher fasziniert, aber es war dennoch ein Zufall, der mich auf die Idee brachte, das Drama von Adam und Eva im Irdischen Paradies nachzuerzählen.

Als ich einmal zu Besuch bei einem Verwandten lange allein in dessen Bibliothek warten musste – ein kleines Zimmer, rundum mit Bücherregalen zugestellt, wo auf dem Fußboden stapelweise Kartons mit verstaubten Bänden standen –, ließ ich meine Blicke über die Buchrücken in den Regalfächern wandern. Ich wusste, dass viele alte Ausgaben dabei waren, die ihr Besitzer erst kürzlich aus einem Abstellraum geholt hatte, nachdem sie jahrelang dort untergestellt waren. Eine Reihe gleichartiger brauner Buchrücken, in welche die Zeit ihre Spuren gegraben hatte, weckte meine Aufmerksamkeit. Am oberen Rand stand in goldenen Lettern der Titel der Sammlung: *Heilige Schriften und antike Literatur des Orients.* Darunter folgten die Einzeltitel: Babylonien, Indien, Ägypten … bis zum letzten Band mit dem Namen: *Große Geheimschriften.*

Dieses mysteriöse Exemplar nahm ich heraus und schlug neugierig die vergilbten Seiten auf. Der Einleitung zufolge handelte es sich um apokryphe Texte, Versionen des Alten und Neuen Testaments, die, wie die offizielle Version der heute bekannten Bibel, im Altertum verfasst waren, dann aber aus unterschiedlichen Gründen nicht in den Kirchenkanon mit aufgenommen wurden. Ich hielt also eine Sammlung der großen, von den Bibelherausgebern verworfenen Schriften in Händen. Darunter die Bücher Henoch, das Buch Baruch, das Verlorene Buch Noah, die Evangelien des Nikodemus und die Bücher von Adam und Eva, auch die Lebensgeschichte Adams und Evas, die Offenbarung des Moses und das Slawonische Buch Eva.

Voller Spannung und mit dem untrüglichen Gefühl, gerade eine aufregende Entdeckung gemacht zu haben, las ich zunächst die Texte mit den Lebensbeschreibungen von Adam und Eva.

Der Bericht begann mit dem Auszug aus dem Paradies und schilderte die erlittene Mühsal und die Verlorenheit, als sich die beiden plötzlich all ihrer Privilegien beraubt in einer einsamen, unbekannten Welt wiederfanden. Bei der Lektüre dieses apokryphen Textes erstand die Geschichte so lebendig vor meinem geistigen Auge, dass ich noch am gleichen Nachmittag beschloss, ihnen mein nächstes Buch zu widmen.

Meine Nachforschungen in alten Manuskripten und vergessenen biblischen Geschichten nahmen mehrere Jahre in Anspruch. Diese Suche führte mich von den Papyrus-Kodices der Nag-Hammadi-Bibliothek, die im Jahre 1944 von Hirten in oberägyptischen Höhlen gefunden wurden, über die berühmten kryptischen Schriftrollen vom Toten Meer, die 1947 in Wadi Qumran entdeckt worden waren, bis zu den Midrasch, den über viele Jahrhunderte von gelehrten Rabbinern und Juden verfassten Bibelauslegungen, deren Ziel es ist, die poetische, zuweilen dunkle und widersprüchliche Sprache des Alten Testaments zu durchleuchten.

Bei diesen Recherchen erfuhr ich, dass Adam und Eva in der Genesis zwar bloß vierzig Verse einnehmen, jedoch mit ihrer Geschichte und der ihrer Kinder Kain und Abel, Luluwa und Aklia, in zahlreichen archaischen Berichten und Auslegungen Erwähnung finden.

Gespeist durch diese Lektüre voller Offenbarungen und fantastischer Erkenntnisse, ließ ich meiner Fantasie freien Lauf und beschwor im vorliegenden Roman die ungeschriebenen Zwischenszenen dieses uralten Dramas herauf, dazu die surrealistische Landschaft des Paradieses sowie das Leben dieses unschuldigen, tapferen, anrührenden Menschenpaares.

Auch ohne religiös zu sein, glaube ich, dass es eine erste Frau gegeben hat und einen ersten Mann und dass diese Geschichte ohne weiteres die ihre gewesen sein könnte.

Dennoch bleibt sie eine Fiktion, basierend auf all den Fiktionen, Auslegungen und Umdeutungen, welche die Menschheit seit undenklichen Zeiten um ihren eigenen Ursprung gesponnen hat.

Und mit all ihrer Wunderlichkeit und all ihrer Wirrsal ist sie die Geschichte eines jeden von uns.

GIOCONDA BELLI

I

Er schuf Mann und Frau

Kapitel 1

Und er ward.

Plötzlich. Vom Nicht-Sein zum Wissen, dass er war. Er schlug die Augen auf, betastete sich und wusste, dass er ein Mann war, ohne zu wissen, wie er das wusste. Er sah den Garten und fühlte sich gesehen. Er schaute nach allen Seiten, um festzustellen, ob da noch jemand war wie er.

Und während er sich umschaute, drang die Luft in ihn ein, und die frische Brise weckte seine Sinne. Er roch. Er sog die Luft tief in sich hinein. In seinem Kopf gewahrte er lauter aufgeregt flatternde Bilder, die nach einem Namen suchten. Klar und deutlich stiegen die einzelnen Wörter, ihr Klang in seinem Inneren auf und ließen sich auf alles nieder, was ihn umgab. Er gab allen Dingen einen Namen, und was er benannt hatte, erkannte sich selbst. Der Wind zauste die Baumwipfel. Der Vogel sang. Schmale Blätter öffneten ihre spitzen

Hände. Wo war er? Warum ließ der sich nicht blicken, dessen Augen er auf sich ruhen spürte? Wer war er?

Ohne Eile begann er zu gehen, bis er die Stätte, wo er ins Leben gerufen worden war, vollständig umrundet hatte. Das Grün, die Farben und Formen der Pflanzenwelt bedeckten die Landschaft, überschwemmten seine Blicke und ließen Freude in seiner Brust aufwallen.

Er gab den Steinen, den Bächen, den Flüssen, den Bergen, den Schluchten, den Höhlen und den Vulkanen ihre Namen. Er beachtete auch die kleinen Dinge, weil er sie nicht geringschätzen wollte: die Biene, das Moos, den Klee. Bisweilen machte ihn die Schönheit ganz benommen, und er stand in reglosem Staunen da: der Schmetterling, der Löwe, die Giraffen und das stetige Pochen seines Herzens, das ihn begleitete, als existierte es jenseits seines Wollens und Wissens – ein Rhythmus, dessen Zweck zu ergründen ihm nicht gegeben war. Seine Hände erkundeten den warmen Pferdeatem, das eisige Wasser, den rauhen Sand, die schlüpfrigen Fischschuppen, das weiche Katzenfell. Dann und wann drehte er sich unversehens um und hoffte, den Anderen zu überraschen, dessen Gegenwart schwereloser war als der Wind, obwohl ihm ähnlich. Sein Blick indes lag durchaus gewichtig auf ihm. Adam gewahrte ihn auf seiner

Haut, unwandelbar wie das Licht, das den Garten Eden umfing und den Himmel unausgesetzt mit seinem leuchtenden Odem entflammte.

Nachdem er getan hatte, was ihm zu tun aufgegeben ward, ließ sich der Mann auf einem Stein nieder, um glücklich zu sein und alles zu betrachten. Zwei Tiere, eine Katze und ein Hund, kamen herzu und legten sich ihm zu Füßen. Wie sehr er sich auch bemühte, sie das Sprechen zu lehren, sie antworteten ihm nur, indem sie ihm sanft in die Augen schauten.

Er fand das Glück recht lang und ein wenig ermüdend. Anfassen konnte er es nicht, und seine Hände fanden keine Beschäftigung. Die Vögel waren pfeilschnell und flogen sehr hoch. Die Wolken auch. Die Tiere um ihn herum grasten und tranken. Und er ernährte sich von weißen Blütenblättern, die vom Himmel fielen. Es fehlte ihm an nichts, und auch er schien niemandem zu fehlen. Er fühlte sich einsam.

Er sank auf die Erde, ging mit dem Gesicht ganz dicht an den Boden heran und sog tief den Pflanzenduft ein. Ihm fielen die Augen zu, und hinter den geschlossenen Lidern beobachtete er die konzentrischen Kreise aus Licht. Die feuchte Erde unter ihm atmete ein und aus, ahmte das Geräusch seiner Atmung nach. Eine weiche, samtene Schläfrigkeit überkam ihn. Er überließ sich dieser Empfindung. Später würde er sich daran erinnern, wie sich sein Körper aufgetan hatte, an den teilenden Schnitt durch das Sein, der das Geschöpf zum Vorschein brachte, das bis dahin in seinem Inneren gewohnt hatte. Er vermochte sich kaum zu rühren. Sein Körper war gleichsam verpuppt und handelte ohne sein Zutun, so dass er bloß dämmernd abwarten konnte, was da mit ihm geschah. Nur eines war ihm ganz deutlich: sein grenzenloses Unwissen, denn in seinem Geist tummelten sich Bilder und Stimmen, für die er keine Erklärung hatte. Er hörte auf, sich Fragen zu stellen, und gab sich der Schwere seines ersten Traumes hin.

Er erwachte unter dem Eindruck seiner Bewusstlosigkeit. Eine Weile spielte er damit, die Möglichkeiten seines Gedächtnisses zu erproben, indem er versuchte zu vergessen und sich wieder zu erinnern – als er die Frau an seiner Seite wahrnahm. Gebannt beobachtete er sie in ihrer Benommenheit und sah, wie die Luft allmählich ihre Lunge erweckte und das Licht ihre Augen, sah die Bewegungen fließen, als sie sich rührte und selbst entdeckte. Er wusste, was gerade mit ihr geschah: das behutsame Erwachen vom Nichts zum Sein.

Er streckte den Arm nach ihr aus, worauf sich ihre geöffnete Hand ihm näherte. Ihre Handteller berührten sich. Sie hielten die Hände aneinander, dann die Arme und die Beine. Sie verglichen sich, suchten Ähnlichkeiten und Unterschiede. Dann führte er sie durch den Garten. Er fühlte sich nützlich, verantwortlich. Er zeigte ihr den Jaguar, den Tausendfüßler, den Waschbären, die Schildkröte. Sie lachten. Sie tollten miteinander und beobachteten, wie die Wolken über sie hinwegzogen und ihre Gestalt änderten, sie lauschten dem eintönigen Lied der Bäume und suchten Worte, um das Namenlose zu benennen. Er wusste, dass er Adam war und sie Eva. Sie wollte alles wissen.

»Was tun wir hier?«, fragte sie.

»Ich weiß es nicht.«

»Wer kann uns sagen, wo wir herkommen?«

»Der Andere.«

»Wo ist der Andere?«

»Ich weiß nicht, wo er ist. Ich weiß nur, dass er um uns herum ist.«

Da beschloss sie, ihn suchen zu gehen. Auch sie habe sich beobachtet gefühlt, sagte sie. Sie müssten die höchsten Stellen erklimmen. Dort würden sie ihn womöglich finden. Kann es sein, dass er ein Vogel ist? Vielleicht, erwiderte er und bewunderte ihren Scharfsinn. Sie betraten einen Wald aus duftenden Sträuchern und dicht belaubten Bäumen und gelangten ohne Hast zum höchsten

Vulkan. Dort hinauf stiegen sie und betrachteten vom Gipfel aus den üppigen grünen Garten, der ringsum von einem undurchdringlichen weißen Nebel umgeben war.

»Was ist dahinter?«, fragte sie.

»Wolken.«

»Und hinter den Wolken?«

»Weiß ich nicht.«

»Vielleicht wohnt er da, der uns beobachtet. Hast du mal versucht, aus dem Garten hinauszugehen?«

»Nein. Ich weiß, dass wir den grünen Kreis nicht verlassen dürfen.«

»Woher weißt du das?«

»Ich weiß es einfach.«

»So wie du die Namen wusstest?«

»Ja.«

Es dauerte nicht allzu lange, da hatte sie begriffen, dass der Blick, der sie beobachtete, nicht der eines Vogels war. Der Riesenvogel Phönix mit dem rotblauen Gefieder hatte nämlich über ihren Köpfen seine Kreise gezogen, und sein Blick war unbeschwert, wie bei den anderen Tieren auch.

»Vielleicht ist es der Baum da«, wagte sie einen weiteren Versuch und wies zur Mitte des Gartens. »Sieh mal, Adam, schau ihn dir an. Seine Krone streift die Wolken, als würde sie mit ihnen spielen.

Vielleicht wohnt er, der uns sieht, in seinem Schatten, oder wir fühlen die Blicke der Bäume auf uns ruhen. Sie sind so zahlreich und stehen überall. Vielleicht sind sie wie wir, bloß stumm und starr.«

»Der uns beobachtet, rührt sich aber«, wandte Adam ein. »Ich habe seine Schritte im Laub gehört.«

Gemächlich stiegen sie wieder vom Vulkan herunter und fragten sich, wie es ihnen gelingen könnte, dem Anderen zu begegnen.

Da hob sie an, ihn zu rufen. Und er staunte über den tiefen Klagelaut, der sich aus ihrer Kehle löste und sich anhörte wie das Heulen des Windes aus einem gleichwohl flügellosen Leib. Mit ausgebreiteten Armen stand sie am Flussufer. Das dunkle Haar fiel ihr über die Schultern. Das vollkommene Profil, das entrückte Antlitz mit den geschlossenen Augen und dem halboffenen Mund, aus dem die Anrufung scholl, all das rührte Adam. Er fragte sich, ob es nicht Unsinn sei, sich jemanden vorzustellen, der ähnlich war wie sie, im Dickicht verborgen, wo ein Baum unmöglich vom anderen zu unterscheiden war. Doch beide, er und die Frau, hatten nicht nur dessen Blick gespürt, sondern vernahmen auch seine Stimme. Sie war es nämlich, die ihnen die Sprache einflüsterte, so dass sie sich immer flüssiger verständigen konnten. Sie bildeten sich sogar ein, seinen geduckten Schatten gesehen zu haben, wie er sich in den Pupillen von Hund und Katze spiegelte. Vielleicht, so überlegten sie, konnten sie ihn erst erkennen, wenn ihr Augenlicht gereift war und nicht mehr so neu.

Noch fiel es ihnen nämlich schwer, die Bilder, die aus ihrem Inneren aufstiegen, von dem zu unterscheiden, was sie in ihrer Umgebung sahen. Besonders Eva hatte die Neigung, das eine mit dem anderen zu verwechseln. So versicherte sie glaubhaft, einen Vierbeiner mit menschlichem Oberkörper, fliegende Eidechsen und Wassernixen erblickt zu haben, und das nicht nur einmal. Seit sie an seiner Seite war, hatte sie noch keinen Augenblick stillgehalten. Es schien, als hätte sie ein Vorhaben mit ins Leben gebracht, das ohne ihr Zutun die weichen Bewegungen ihrer langen Gliedmaßen anstieß. Fortwährend flatterte sie an Adams Seite, bog und wiegte sich wie eine Palme im Wind. Ihre pausenlose Regsamkeit war ihm ein Rätsel. Dennoch sehnte er sich nicht nach der stillen Kontemplation zurück, in die er sich zu versenken pflegte, bevor sie erschienen war. Obwohl sie ihn drängte, wie ein Moschustier von da nach dort zu traben, bereitete ihm ihr Lachen und Reden ungleich mehr Vergnügen als seine vorherige Stille und Einsamkeit.

Vom anderen Ende des Gartens vernahmen sie das Rauschen immenser Überschwemmungen. In der

Ferne sahen sie Dunkelheiten und glühende Ausbrüche, die regelmäßig darin aufflackerten, und von Zeit zu Zeit zog der Schweif eines Kometen über das Firmament. Doch der Himmel darüber blieb so hell wie ehedem, überzogen mit einem goldenen Schimmer, dessen Tönung ohne erkennbaren Rhythmus mal stärker und mal schwächer leuchtete. Die Erde unter ihren Füßen pochte. Eva bewegte sich auf Zehenspitzen auf Adam zu, als spielte sie mit ihrem Gleichgewicht, während er sich verzückt in den Anblick ihrer Zehen vertiefte, die sich streckten und krümmten, als wären es Fische.

Adam konnte sich an den Baum in der Mitte des Gartens gar nicht erinnern. Er wunderte sich auch, ihn nicht wahrgenommen zu haben, glaubte er doch, seine Wohnstatt von einem Ende zum anderen erkundet zu haben.

»Derjenige, der uns sieht, will nicht gesehen werden. Er verbirgt sich, aber wir müssen ihn trotzdem finden, Adam, wir müssen wissen, warum er uns beobachtet und was er von uns will.«

Adam entschied, dass sie dem Lauf eines der Flüsse folgen sollten. Sie gelangten in den Regenwald. Die schweren, durchdringenden Gerüche der fruchtbaren Erde, auf der alle möglichen Farne, Pilze und Orchideen wuchsen, stiegen ihnen in die Nase. Verschlungene Pirolnester baumelten anmutig über ihren Köpfen von den hohen, mit Moosen und Flechten bedeckten Zweigen, die aussahen wie geklöppelte Spitzen. Sie sahen schlafende Faultiere an Armen und Beinen in den Bäumen hängen. Lärmende Affenhorden tobten sich überschlagend in den Baumwipfeln. Tapire und Hasen kreuzten ihren Weg oder strichen ihnen zutraulich um die Beine. Obwohl der grüne Dschungel sie warm und von Leben wimmelnd empfing, schritten sie schweigend dahin, während sie immer tiefer in die von Lauten und Düften schwangere Atmosphäre vordrangen, ins verborgene Herz ihres Paradieses.

Im dichten Urwald liefen sie schließlich im Kreis und verloren immer wieder die Orientierung; dennoch wanderten sie beharrlich weiter, bis ihre Schritte sie unvermutet in die Mitte des Gartens führten. Dort, so entdeckten sie, nahmen nicht allein die beiden östlich und westlich verlaufenden Ströme ihren Anfang, sondern sämtliche Wege gingen strahlenförmig von hier aus, um sich später zu verzweigen. Der Baum, an dessen Fuß sich Wasser und Erde vereinigten, war ungewöhnlich. Nach oben verlor sich sein Geäst in den Wolken und streckte sich seitlich, so weit das Auge reichte. Adam musste sich unwillkürlich vor dieser Herrlichkeit verneigen. Als Eva einen Schritt näher ging, versuchte er instinktiv, sie zurückzuhalten. Sie drehte sich aber nur um und sah ihn mitleidig an.

»Er kann sich nicht bewegen«, sagte sie zu Adam. »Und er kann nicht sprechen.«

»Er hat sich nicht bewegt und er hat nicht gesprochen«, erwiderte er. »Aber wir wissen nicht, wozu er fähig ist.«

»Es ist ein Baum.«

»Es ist kein beliebiger Baum. Es ist der Lebensbaum.«

»Woher weißt du das?«

»Als ich ihn gesehen habe, wusste ich, was er ist.«

»Er ist jedenfalls wunderschön.«

»Er ist gewaltig. Und ich finde, du solltest nicht so nahe drangehen.«

Während ihn der Baum offenbar lähmte, vermochte sie das Bedürfnis, den dicken, kräftigen Stamm zu berühren, der sie mit seinem Glanz bezauberte, kaum zu unterdrücken. Von all der Schönheit um sie herum waren ihr die Augen übergegangen, von all den Farben und Vögeln und von den anmutigen wilden Tieren, die ihr der Mann voller Stolz gezeigt hatte – aber nichts von alledem kam ihr so herrlich vor wie dieser Baum. Ihre ganze Vorstellungskraft wurde vereinnahmt von seinen Blättern mit der hellgrünen, glänzenden Oberseite, die von unten purpurn leuchteten und mit dicken, hellen Venen durchzogen waren. Das Laub an den zahllosen, nach allen Richtungen ausgebreiteten Zweigen schluckte das Licht und verströmte es wieder, so dass der ganze Umkreis strahlte. Die Schale seiner rundlichen Früchte schimmerte weiß im phosphoreszierenden Licht, das vom Baum ausging und sich bis in den hintersten Winkel des Gartens ergoss.

Als sie näher heranging, nahm Eva die fruchtige Ausdünstung des großen Baumes als unbekannten Reiz im Mund wahr, als einen gewaltigen Lebensstrom, der alles um ihn herum durchdrang. Wie vor ihr Adam wurde auch sie plötzlich von Ehrfurcht erfasst und zweifelte an ihrem anfänglichen Impuls, die Rinde zu berühren und in die Früchte zu beißen.

Sie war der rauhen Oberfläche des Holzes bereits sehr nahe, nur eine Armlänge entfernt, als vor ihren Augen ein Doppel erschien, wie das Spiegelbild in einem See: ein zweiter Baum, gleicher Art wie jener, der vor ihr stand, bloß fremd, verschwörerisch. So hell wie der erste, so dunkel war der zweite; die Oberseite seiner Blätter war diesmal purpurn, die Unterseite grün, die Früchte waren dunkle Feigen, umgeben von einer Dichte, einem undurchdringlichen, matten Licht ohne Leuchtkraft.

Adam beobachtete sie im Verborgenen, und als sie den dicken Stamm zu umrunden begann und dahinter verschwand, ging er ihr nach.

Dann konnte er die Frau nicht mehr sehen, obwohl er sie gut hörte. Er fragte sich, mit wem sie sprach. Sie waren nämlich noch keinem anderen Geschöpf begegnet, das wie sie Worte hatte, um seine körperlichen Empfindungen auszudrücken. Katze, Hund und all die anderen Tiere verständigten sich in elementaren Melodien miteinander. Sie nun reden zu hören machte ihn neugierig, doch der Anblick dieses Baum-Doppels mit umgekehrter Farbgebung ließ ihn stutzen. Ohne einen Laut folgte er dem Gemurmel ihrer Stimme. Da sah er sie auf einer riesigen Wurzel sitzen. Wie eine Extremität versank diese in der Erde rund um den Baum, den er für das Spiegelbild der Gedanken des Lebensbaumes über sich selbst hielt. Zwar spricht er nicht, dachte Adam, aber vielleicht schaut er sich auf diese Weise seine Vorstellungen an.

Er war im Begriff, aus den Baumschatten hervorzutreten auf die Lichtung, da vernahm er eine laute Stimme. Zunächst vermutete er, der Andere habe sich endlich zu erkennen gegeben, doch dann überkamen ihn Zweifel. Das war nicht die körperlose Stimme, deren Gemurmel seinen Ohren so vertraut war und die leicht wie die Luft in seiner Brust widerhallte. Diese klang eher wie eine Flüssigkeit, die über die Erde rinnt und rasselnd Geröll mitführt. Er vernahm ein Lachen. Das gleiche Lachen wie das der Frau. Die Stimme sagte:

»Ihr habt also gemerkt, dass wir euch beobachten? Wie schlau von euch! Ihr habt euch also auf den Weg gemacht, uns zu suchen? Alle Achtung! Ich hatte zwar schon vermutet, dass das passieren könnte, aber dennoch freue ich mich festzustellen, dass ich richtig lag. Wir konnten dem Wunsch, euch zu beobachten, einfach nicht widerstehen. Es war übrigens sehr unterhaltsam!«

»Das heißt, du warst dabei nicht alleine? Hast du denn auch einen Partner?«

»Einen Partner? Ich? Hmmmm. So habe ich mir das noch nie überlegt.«

»Gibt es denn außer dir noch jemanden?«

»Elohim. Er ist es, der euch erschaffen hat.«

»Der Mann sagt, ich wäre aus ihm herausgekommen.«

»Du warst im Mann verborgen. Elohim hat dich aus einer seiner Rippen geformt. Nicht aus seinem Kopf, damit du den Kopf nicht zu hoch trägst, und auch nicht aus seinem Herzen, damit sich in dem deinen nicht der Wunsch nach Besitz regt.«

Das sagte die Stimme. Adam lauschte weiter.

»Was befindet sich außerhalb dieses Gartens? Warum sind wir hier?«

»Wozu willst du das wissen? Du hast doch hier alles, was du brauchst.«

»Warum sollte ich es nicht wissen wollen? Was macht es schon, wenn ich es weiß?«

»Elohim ist der Einzige, der es weiß. Wenn du dem Drang nachgibst, von den Früchten dieses Baumes zu essen, wirst auch du es wissen. Dann wirst du sein wie er. Dann wirst du verstehen, warum alles so ist, wie es ist. Ich bin übrigens hier am Fuß des Baumes der Erkenntnis von Gut und Böse, um dich zu warnen, denn wenn du davon isst, wirst du deine Unschuld verlieren und sterben«, sagte die Kreatur und grinste hinterhältig.

Eva fragte sich, woraus sie bestand. Ihre Haut war so ganz anders als ihre eigene, in allen Regenbogenfarben schillernd und dehnbar, mit lauter kleinen Schuppen besetzt wie bei den Fischen. Die Kreatur war groß und stand aufrecht, sie hatte eine fließende, zartgliedrige Gestalt, die in langen, schlängelnden Armen und Beinen endete. In dem glatten, beinah flachen Gesicht waren das Auffälligste die lebendigen goldenen Schlitzaugen und der schmale Mund, den stets ein Ausdruck von Dreistigkeit und spöttischem Vergnügen umspielte. Anstelle von Haaren trug sie einen weißen Federbusch auf dem Kopf.

»Es ist ihm lieber, wenn ihr euch ruhig und passiv verhaltet wie die Katze und der Hund. Wissen weckt Unruhe und reizt zum Widerstand. Dann nimmt man die Dinge nicht mehr, wie sie sind, sondern versucht, sie zu ändern. Schau dir doch sein eigenes Werk an. In sieben Tagen hat er alles, was du hier sehen kannst, aus dem Chaos erschaffen. Er hat sich die Erde ausgedacht und sie gemacht: die Himmel, das Wasser, die Pflanzen, die Tiere. Dann hat er euch gemacht, Mann und Frau. Heute ruht er sich übrigens aus. Danach wird er sich langweilen. Er wird nichts mit sich anzufangen wissen. Dann werde ich wieder diejenige sein, die ihm Ablenkung verschafft. So ist es seit Ewigkeiten. Konstellation auf Konstellation. Er erschafft sie und wird ihrer überdrüssig.«

In seinem Versteck hinter dem Baum verfolgte Adam voller Neugier das Gespräch zwischen Eva und der Kreatur. Seine Brust fühlte sich eng, an und sein Atem ging schneller. Die gemurmelten Warnungen des Anderen gingen ihm durch den Sinn, irgendetwas von einem Baum. Von einem Baum, zu dem er nicht hin sollte. Den er nicht berühren sollte. Wieso der Andere das nicht wollte, hatte er ihm nicht erklärt. Bisher hatte die einzig sinnvolle Aufgabe für ihn darin bestanden, die Frau zu begleiten, obwohl sie eigentlich ganz gut auf sich selbst aufpassen konnte. Dasselbe galt für den Garten. Die Pflanzen wuchsen und kamen auch ohne ihn zurecht. Die Stimme der Kreatur, die sich da mit Eva unterhielt, war ihm irgendwoher vertraut. Es war die Stimme seiner eigenen Zweifel, wenn er sich über die Pläne des Anderen Gedanken machte. Im gleichen ungeduldigen Ton rang er dann darum, den Grund seines Daseins zu verstehen.

»Du glaubst also, dass es so einfach ist?«, wollte Eva wissen. »Ich brauche nur von der Frucht dieses Baumes zu essen, dann weiß ich alles, was ich wissen will?«

»Und stirbst.«

»Keine Ahnung, was das ist. Also werde ich mir jetzt nicht den Kopf darüber zerbrechen.«

»Du bist zu jung, um dir darüber den Kopf zu zerbrechen.«

»Und du? Wie kommt es, dass du das alles weißt?«

»Immerhin gibt es mich schon sehr viel länger als dich. Wie gesagt, ich habe miterlebt, wie das alles hier erschaffen wurde, aber was das für einen Sinn haben soll, weiß ich auch nicht. Elohim erschafft immer wieder Neues und Neues aus dem Nichts und gibt dem eine Menge Bedeutung.«

»Du etwa nicht?«

»Für mich ist das Ganze eine belanglose Spielerei und nicht frei von Eitelkeit.«

»Glaubst du, wir sind bloß eine Laune von diesem Elohim?«

»Ehrlich gesagt, weiß ich das auch nicht. Manchmal kommt es mir so vor. Was für einen Sinn soll euer Dasein denn haben? Wozu hat er euch erschaffen? Ihr werdet euch in diesem Garten ohnehin nur langweilen.«

»Adam glaubt, dass wir den Boden bestellen werden und Pflanzen und Tiere versorgen.«

»Wen gibt es denn hier zu versorgen? Was gibt es hier zu bestellen? Es ist doch alles gemacht. Alles läuft reibungslos«, sagte die Kreatur und unterdrückte ein Gähnen. »Allerdings habt ihr, Adam und du, im Gegensatz zu allen anderen Geschöpfen des Universums die Freiheit, zu entscheiden, was ihr wollt. Es steht euch frei, von dem Baum hier zu essen oder nicht. Elohim weiß, dass die Geschichte erst beginnen wird, wenn ihr von dieser Freiheit Gebrauch macht, aber wie du merkst, fürchtet er sich auch davor, dass ihr es tun könntet. Er hat Angst, dass ihm seine Schöpfung am Ende allzu ähnlich wird. Es ist ihm lieber, sie für alle Ewigkeit in ihrer Unschuld zu betrachten. Deshalb verbietet er euch, vom Baum zu essen, denn dann könntet ihr ja beschließen, frei zu sein. Aber na ja, vielleicht ist die Freiheit ja gar nichts für euch. Du merkst ja, allein die Vorstellung lähmt dich.«

»Man könnte meinen, du willst mich dazu drängen, von der Frucht zu essen.«

»Ganz und gar nicht. Ich beneide dich nur

um deine Freiheit, zu wählen. Wenn ihr von der Frucht esst, du und Adam, dann seid ihr frei, wie Elohim.«

»Wofür würdest du dich denn entscheiden, für das Wissen oder für die Ewigkeit?«

»Wie gesagt, ich bin eine Schlange, ich habe diese Wahl nicht.«

Eva betrachtete den Baum. Was konnte schon passieren, wenn sie es wagte, von seinen Früchten zu essen? Wieso sollte sie der Schlange glauben? Aber sie wagte es trotzdem nicht. Sie sah ihre Hände an und bewegte die langen Finger, erst einen, dann den nächsten und den nächsten.

»Ich komme wieder«, sagte sie.

Kapitel 2

Nachdem sie geschwommen waren, legten sich Mann und Frau in die Sonne und dösten eine Weile vor sich hin. Was Adam wohl denkt?, fragte sich Eva. Was Eva wohl denkt?, fragte sich Adam.

Einer vermochte die Gedanken des anderen nicht zu erraten. Als sie so auf der Wiese ruhten, beobachteten sie die Ameisen beim Nestbau, wie sie in Marschformation einzelne Blättchen auf dem Rücken zum Erdloch schleppten, wo sie Unterschlupf fanden. Das leuchtende Grün rundherum war hier und da unterbrochen von üppig blühenden bunten Sträuchern und Zweigen. Die beiden Flüsse, die den Garten durchquerten, gabelten sich in vier Nebenläufe. Adam und Eva befanden sich am Ufer des ruhigsten Armes, der sich durch einen Abhang aus riesigen, glatten graugrünen Felsblöcken grub. Diese sorgten dafür, dass sich der Fluss brach, staute und in der

Vegetation aus Koniferen und einem weichen Teppich aus Farnen mit gezähnten Blättern fröhlich dahinplätscherte.

Eva sog den Pflanzenduft ein und spürte, wie die warme Brise leicht und wohltuend über sie hinwegstrich und ihr den Leib trocknete. Auch Adam genoss den Wind auf der Haut, die schweren Düfte des Gartens, das lärmende Spiel der großen schwarzen Bärin am anderen Ufer, während über seinem Kopf das Laub an den Bäumen flüsterte. Auf einem niedrigen Zweig putzte sich ein Kanarienvogel Federn und Schnabel. Von Zeit zu Zeit löste sich ein hohes Trällern aus seiner Kehle, wie die Essenz sämtlicher Laute im Umkreis.

Was mochte die Schlange damit gemeint haben, als sie bemerkte, die »Geschichte« würde erst anfangen, wenn sie von ihrer Freiheit Gebrauch machten? Und wieso hatte sie behauptet, sie sei auf ihre Wahlfreiheit neidisch? Eva verstand nicht, warum sie einerseits gesagt hatte, sie dürften nicht vom Baum der Erkenntnis essen, und sie andererseits dazu ermuntert hatte. Was für ein Verhältnis sie wohl zum Anderen hatte? Was für ein Wissen war es, das der Andere ihnen fürchtete zu vermitteln? Es gelang Eva nicht, all diese Rätsel zu lösen. Vor allem verstand sie nicht, was dieser Elohim davon hatte, sie in solche Aufregung zu versetzen. Wozu hatte er sie von der Existenz des Baumes in der Mitte des Gartens wissen lassen und ihr den Weg dorthin in den Leib geschrieben? Adam wäre ohne sie jedenfalls nicht hingegangen, so viel stand fest. Er hatte erzählt, dass er die beiden Bäume noch nie gesehen habe. Er bewunderte ihre Neugier, die Intuition, mit der sie dorthin gelangt war.

Sie betrachtete den Mann neben sich in der Wiese mit dem Arm über den Augen. Seine Brust hob und senkte sich gleichmäßig. Er war groß, von hohem, geradem Wuchs, ohne Rundungen. Nur das Relief seiner Muskeln ließ sich mit den Kurven vergleichen, die ihre Körper bestimmten. Sie fragte sich, ob Elohim ihn aus einer Gesteinsplatte geformt und sie kleiner und weicher gemacht hatte, um dem Mann nicht weh zu tun, wenn er sie aus seinem Leib zog. Hatte er bei ihrer Erschaffung vielleicht gerade an eine Frucht oder an einen Hügel gedacht? Das hätte sie gerne gewusst.

Adam stellte fest, dass er fast hören konnte, was ihr durch den Sinn ging. Wie konnte er es schaffen, sie vom Baum fernzuhalten? Fügsamkeit lag nicht in ihrer Natur. Ihre beste Gabe war die Unfähigkeit stillzusitzen und diese spontane Lebendigkeit, mit der sie von Anfang an alles angeschaut und hinterfragt hatte.

Es regnete. Mit dem Regen fielen die weißen Blütenblätter zur Erde, von denen sie sich ernährten. Er zeigte ihr, wie man ein Blatt von der Bananenstaude pflückte und so lange auf der flachen Hand hielt, bis es voll war mit Blütenblättern. Nach dem Regen erschien der Regenbogen. Wie eine Brücke zwischen Himmel und Erde, sagte Adam, doch habe er noch niemanden hinübergehen sehen.

»Warum hat die Kreatur im Baum, die sich Schlange nennt, Elohim gesehen und wir nicht?«, wollte Eva wissen.

»Sonderbar, dass sie sich selbst einen Namen gibt«, bemerkte Adam nachdenklich.

»Kann es vielleicht sein, dass sie selbst Elohim ist?«

Adam warf ihr einen erstaunten Blick zu. Wie kam sie denn darauf?

»Warum nicht? Sie scheint alles zu wissen, was der Andere denkt«, erklärte Eva.

»Vielleicht ist sie seine Spiegelung.«

»Sie hat aber gesagt, dass wir Elohims Spiegelbild sind.«

»So wie der Baum der Erkenntnis die Spiegelung des Lebensbaumes ist?«

»Vermutlich.«

»Aber wenn wir sein Spiegelbild sind, dann kann die Schlange das nicht auch sein. Dafür ist sie uns zu unähnlich.«

»Könnte es sein, dass auch wir ein Spiegelbild haben?«

»Keine Ahnung, Eva. Du stellst vielleicht Fragen. Ich habe darauf keine Antwort. Ich gehe jetzt weiter nach dem Anderen suchen. Bleib du hier. Aber sprich nicht mehr mit der Schlange. Und beruhige dich. Du bist ja ganz aufgeregt.«

Sie ging ans Ufer, und ihre Füße trugen sie flussabwärts. Das Wasser des Flusses war glasklar, zwischen den Steinen sah man Fischschuppen in vielen Farben glitzern. Ein großer roter Fisch mit einem schwarz-weiß gefleckten Maul schwamm entschlossen auf eine Biegung zu, wo sich das Wasser in einem kleinen Becken gestaut hatte und die Wasseroberfläche ganz still war. Sie folgte ihm, kletterte auf einen dunklen Stein, der aus dem Teich aufragte, und ließ sich nieder, um den Fisch zu beobachten.

Anmutig tauchte er in die Tiefe, ohne das friedliche Wasser aufzurühren. Mit einem Mal stiegen aus dem Grund Blasen auf, und ein von nirgendwo erschienenes Auge öffnete sein Lid, schaute Eva an und gestattete ihr, durch seine zitternde Linse faszinierende, schwindelerregende Bilder zu schauen: von ihr selbst, als sie in die Baumfeige biss, ein winziges Ereignis, dem eine riesige Spirale sterblicher Schatten folgte, Menschen, die sich vermehrten und sich über großartige Landschaften ausbreiteten, Männer und Frauen, in deren Gesichtern zahllose Stimmungen und Gefühle aufflackerten und deren Haut gleichsam ein Spiegel war von allem, dem dunklen Glanz feuchter Baumstämme ebenso wie dem bleichen Blütenblatt eines Rhododendrons. Sie waren umgeben von vielfältigsten Formen namenloser Dinge, die wurden und vergingen. Ruhig und selbstsicher bewegten sie sich zwischen diesen, mal forschend, mal einfach neugierig dem Sog ungezählter Visionen folgend, die sich verzweigten und in die Tiefen griffen, wo immer neue Schichten unverständlicher Symbole aufbrachen und inmitten wirrer Klänge und Harmonien von den Sterblichen heftig umkämpft wurden, indes ihr Echo in Evas Innern widerhallte wie etwas, was sie kannte, ohne es zu kennen. Im rasenden Wirbel der aufeinanderfolgenden Zyklen sah sie die verirrten Wesen im Verborgenen brennen und sich verbiegen, sah sie stets aufs Neue entsetzliche Kriege beginnen und führen. Unaufhörlich veränderten sich die Gesichter, während sich das gestikulierende Menschengewimmel wie ein unerschöpflicher Strom über Landschaften und Städte ergoss, dabei Emotionen zeigte, die auf der nassen Projektionsfläche Blasen warfen und nach oben trieben und in denen Eva den gleichen Wunsch nach Erkenntnis wahrnahm, der sie selbst verzehrte, dazu tiefe Sehnsüchte und Verwirrungen, die sie nicht zu benennen vermochte.

Der Anblick dieses mächtigen, geradezu besessenen Aufruhrs sowie all der unbekannten Orte und die Resonanz ihres Blutes auf dieses verletzliche Gemeinschaftsschicksal, all das weckte eine unendliche Zärtlichkeit in ihr und ein Begehren, das tiefer war als alles, was sie zuvor empfunden hatte. Als zum Schluss, nachdem sich das Wasser wieder geglättet hatte, selten klar und friedlich ein letztes Bild auftauchte, wusste sie nicht, ob sie das war, die wieder im Garten zu sich kam, oder ob das letzte Mysterium des Geschauten darin lag, zum Anfang zurückzukehren.

Die Geschichte, sagte Eva zu sich selbst. Sie hatte die Geschichte gesehen. Das war es, was seinen Ausgang nehmen würde, wenn sie die Frucht aß. Elohim wollte, dass sie ihm die Entscheidung abnahm, ob all das ins Sein gerufen würde oder nicht. Er wollte nicht dafür verantwortlich sein. Er wollte, dass sie die Verantwortung übernahm.

Kapitel 3

Sie lief Adam suchen. Sie fand ihn nicht auf der großen Wiese, wo er sonst dem Hund beibrachte, auf ihn zu hören und seine Gedanken zu lesen. Sie fand ihn nicht im Wald und auch nicht bei ihrer Rückkehr zum Flussufer. Erschöpft hielt sie inne und ließ sich ins Gras fallen. Voller Wehmut betrachtete sie ihre Umgebung, als wäre sie eine Erinnerung. Sie sah das Grün, das Wasser, die blauen Berge.

Was war der Unterschied zwischen den Bildern, die sie im Wasser gesehen hatte, und jenen, die sich ihr zeigten, wenn sie alleine durch die entlegenen Winkel des Gartens wanderte, ohne dass sich Adams Schritte zwischen sie und ihre Vorstellungskraft drängten? Adam nannte sie Visionen: die Fabelwesen, die sie in den dicht bewachsenen Biegungen gewahrte, wo kaum ein Strahl des goldenen Lichts hingelangte; die mit Schmetterlingen spielenden langhaarigen Wassernixen mit den lächelnden Gesichtchen; die Vögel, die wie Adam und sie redeten, wenn sie Tiere mit menschlichem Oberkörper in ein Gespräch verwickelten; die Riesenblätter, auf deren Oberfläche sich seltsame Zeichen bildeten und wieder verblassten; die Riesenwesen, wenn sie die dicken Wolken vom Himmel pflückten und aßen; die feuerspeiende Echse mit dem Schwanz, der so lang war, dass sie ihm nachsetzte und sich darauf stürzte, als gehörte er gar nicht zu ihr.

Im Gegensatz zu diesen schillernden, flüchtigen Visionen waren die Bilder im Fluss klar und deutlich gewesen und so wirklich, dass sie überzeugender gewirkt hatten als der Garten selbst. In dieser Schau, so dachte sie, hatte sie nicht nur mit Elohim dessen alles umschließenden Blick geteilt, sie hatte auch erfahren, von welcher Lebensfülle er, dem eigenen Willen spottend, überschwemmt wurde und zu welch unaufhaltsam überbordenden Überfluss die Schöpfung geriet und aus sich selbst heraus spross, noch ehe Elohim Gelegenheit hatte, sie zu bereuen.

Das Schicksal der Geschöpfe würde am Ende, vielleicht durch das getrieben, was die Schlange Freiheit nannte, den Willen ihres Schöpfers überwinden und davon unabhängig leben – das musste Elohim einfach faszinieren, so groß diese Herausforderung auch für ihn war. Und das war wohl der Grund, weshalb er sie ermunterte, jene Welt ins

Sein zu bringen. Die Neugier darauf, wie sich jene Wesen selbst erschufen und gegenseitig vernichteten, musste für ihn genauso unwiderstehlich sein wie für sie.

Der Mann dachte bestimmt, die Schlange hätte diese Visionen verursacht, um sie zu verführen, damit sie das Verbot übertrat, von den Früchten des Baumes der Erkenntnis zu essen. Er würde ihr nicht glauben, wenn sie ihm erzählte, dass unzählige Geschöpfe nie zum Leben erweckt würden, wenn sie nicht den Mut fand, den Frieden des Gartens zu stören. Ja, sie selbst wären dann nichts anderes als der Traum eines geistreichen Träumers, der freie Wesen ersann und sie dann mit einem Bann belegte, damit sie lebten wie die Blumen und die Vögel.

Ihre Natur weigerte sich zu akzeptieren, dass Adams und ihr Daseinszweck einzig darin bestehen sollte, sich der Kontemplation jener Ewigkeit hinzugeben – deren Frieden im Übrigen neuerdings von einer gespannten Erwartung gestört wurde, indem der Andere sie unausgesetzt mit seinen Blicken belagerte. Die Schlange täuschte sich, wenn sie glaubte, dass sie durch den Verzehr der Baumfrucht sein würden wie Elohim. Das Gegenteil war der Fall. Sie würden aufhören zu sein wie er. Sie würden sich von ihm trennen. Sie würden die Geschichte machen, für die sie geschaffen worden waren: Sie würden eine Spezies begründen, einen Planeten bevölkern, die Grenzen des Bewusstseins und des Verstandes ausloten. Eva allein konnte, indem sie von ihrer Freiheit Gebrauch machte, Elohim die Erfahrung von Gut und Böse verschaffen, nach der er sich sehnte. Er hatte sie und Adam nach seinem Bilde und ihm gleich gemacht, damit sie fortan die Schöpfung in die Hand nahmen.

Eva dachte, dass Adam weder das Spiel des Anderen noch ihre Bestimmung verstehen würde, ohne zu sehen, was sie geschaut hatte. Wenn er wählen dürfte, würde er sich womöglich für die unveränderliche Fortdauer des Paradieses entscheiden. Sie würde es alleine tun müssen, sagte sich Eva.

Sie ließ sich in einem Winkel am Flussbecken nieder und lauschte dem Brodeln ihrer Ideen. Zweifel und Entschlossenheit waren die beiden entgegengesetzten Strömungen, die ihr den Leib herauf und herab liefen. Als sie die Augen schloss, tauchten vor ihr die Bilder aus dem Fluss auf. Warum hatte ausgerechnet sie entdecken müssen, was sich hinter dem Verbot verbarg? Warum musste sie die Auserwählte sein, um das Trugbild des Gartens zu zerbrechen? Wer bist du, Elohim? Wo bist du? Wann zeigst du uns dein Antlitz?

Sie erhob sich und lenkte ihre Schritte zur Mitte des Gartens, zum Baum der Erkenntnis von Gut und Böse, wo die Schlange gewiss schon auf sie wartete.

Kapitel 4

Ein süßliches Grinsen lag auf dem Gesicht der Schlange, als sie Eva aus dem Dickicht auftauchen sah.

»Du bist aber schnell zurück«, sagte sie zur Begrüßung.

»Gibt es noch andere Gärten oder ist dies der einzige?«

Die Schlange kicherte. »Darf man wissen, wie du auf diese Frage kommst?«

»Ich habe auf dem Grund des Flusses sonderbare Bilder gesehen, die mir aber wirklicher vorkamen als du und ich und das Ganze hier. Ich hatte den Eindruck, dass es an mir liegt, sie zum Leben zu erwecken.«

»Und was glaubst du, was du dafür tun musst?«

»Ich muss von meiner Freiheit Gebrauch machen. Ich muss von der Frucht essen.«

»Und du hast keine Angst?«

»Elohim möchte, dass ich es tue.«

»Zu mir hat er genau das Gegenteil gesagt.«

»Das weiß ich, und ich verstehe es nicht.«

»Vielleicht fürchtet er sich vor der Freiheit. Die höchste Erfüllung des Schöpfers besteht darin, am Ende von seiner Schöpfung herausgefordert zu werden, aber bei Elohim kann man nie wissen. Sag nicht, ich hätte dich nicht gewarnt. Du kannst dabei sterben. Allerdings gebe ich zu, dass es absurd wäre, wenn er euch vernichtet, nachdem er euch gerade erst erschaffen hat.«

»Ich werde nicht sterben. Das weiß ich. Er erwartet, dass ich vom Baum esse. Deshalb hat er mir den freien Willen gegeben.«

»Dann kannst du dich aber genauso dafür entscheiden, es nicht zu tun.«

»Schon, aber das wäre zu einfach. Außerdem ist es dafür zu spät. Ich brauche das Wissen.«

»Ich brauche das Wissen«, äffte die Schlange sie nach. »Er hat euch wirklich nach seinem Bilde und ihm gleich gemacht. Er ist es, der alles Wissen hat.«

»Und der sich zugleich vor dem Wissen fürchtet. Aber ich fürchte mich nicht. Ich habe schon zu viel gesehen. Warum hätte ich all das schauen sollen, wenn nicht, damit ich es verstehe und das Risiko eingehe, es zum Leben zu erwecken?«

»Vielleicht damit du akzeptierst, dass du nicht alles verstehen kannst.«

Eva blieb in Gedanken versunken. Der Büffel und der Elefant beobachteten sie aufmerksam. Sie waren ihr als Erste nachgegangen, als sie die große Wiese überquert hatte. Im Herzen des Gartens und zu Füßen des Baumes angelangt, hatte sie ein großes Gefolge aus Tieren, die sich ihr scheu und fasziniert zugleich angeschlossen hatten. Sie ließ die Blicke in die Runde schweifen. Sie war nicht sicher, ob sie den Mut aufbringen würde, zu tun, was ihr Gewissen forderte, aber sie spürte, dass sie keine andere Wahl hatte. Der ganze Garten wartete auf sie.

»Ich werde den Baum erst mal anfassen und sehen, ob es stimmt, dass er mir den Tod bringt.«

»Sieh mich an, ich lehne daran, und es passiert nichts. So leicht kommt man nicht ums Leben.«

»Ich habe den Tod gesehen, und er hat mir nicht gefallen. Wie es sich wohl anfühlt, zu sterben?«

»Es fühlt sich nach gar nichts an. Das ist doch das Problem. Dass man überhaupt nie wieder irgendetwas fühlt. Der Tod ist schrecklich einfach«, grinste die Schlange.

Eva beeilte sich. Ihre Hände schwitzten. Die Brust war wie zugeschnürt. Sie streckte den Arm aus. Mit der rechten Hand berührte sie die rauhe Rinde des Baumes. Sie öffnete die Finger. Sie hörte das Echo in ihrem Körper, der von oben bis unten pulsierte, als wollte er seine Hülle sprengen. Sie schloss die Augen. Dann blinzelte sie. Sie stand immer noch an derselben Stelle. Sie lebte. Es war nichts passiert, alles war wie immer. Sie würde nicht sterben, dachte sie. Sie würde vom Baum essen und nicht sterben.

Gefasst näherte sie sich dem niedrigsten Zweig und pflückte eine dunkle Frucht ab, die sich weich anfühlte. Sie führte sie zum Mund und biss hinein. Die Süße der Feige breitete sich auf ihrer Zunge aus, während der Saft aus dem weichen Fruchtfleisch ihr die Zähne benetzte. Der flüchtig flauschige Geschmack der weißen Blütenblätter, die als ihre Nahrung vom Himmel fielen, war geradezu substanzlos im Vergleich zu dem klebrigen Nektar und dem kräftigen Aroma der verbotenen Frucht. Sie spürte, wie sich deren Duft von oben bis unten in ihr ausbreitete. Die Wonne ihrer Geschmacksknospen fand ein Echo in ihren übrigen Körperzellen. Sie öffnete die Augen einen Spalt und sah die Schlange genauso dastehen wie vorher. Auch die Tiere. Alles war wie immer.

Naschhaft pflückte sie eine zweite Frucht. Der süße Saft rann ihr übers Kinn. Ihre Begeisterung war vollkommen. Dann warf sie den Tieren nach hier und nach da eine Feige zu, provokativ und glücklich. Die Tiere scharten sich dichter um sie. Eins nach dem anderen näherte sich ihr und leckte ihr den Saft von den Händen. Sie wollte sie alle davon kosten lassen, sie wollte die Entdeckung des neuen Geschmacks mit ihnen teilen, ebenso wie das Empfinden, zum ersten Mal etwas zu tun, das ihr der Körper eingab. Sie war nicht gestorben, sondern fühlte sich lebendiger denn je. Sie sah den Phönix über ihrem Kopf kreisen. Sie rief ihn. Sie hielt ihm die Frucht hin. Der Vogel senkte sich nicht. Er flog weiter. Traurig krächzend entfernte er sich.

Am Stamm des Baumes lehnte die Schlange und beobachtete die Szene, ohne die gewohnte ironische Miene abzulegen und ohne sich der Aufregung anzuschließen, die von Eva und den Tieren Besitz ergriffen hatte.

Adam wusste, was geschehen war, sobald er von weitem den Aufruhr gewahrte. Sein Körper verspannte sich. Er legte einen Schritt zu. Er fürchtete, wieder allein zu bleiben, ohne Begleiterin. Er fürchtete, Elohims Zorn könnte sie vernichten, bevor er bei ihr war. Er begann zu laufen. Während er lief, spürte er, wie eine kalte Leere seine Seite lähmte. Ohne die Frau würde er nie mehr derselbe sein. Sie war Bein aus seinem Bein und Fleisch aus seinem Fleisch, und wenn sie verschwand, dann blieb er unvollständig und würde verzweifelt umherirren. Er hatte fast keine Vergangenheit, und die, die er hatte, war angefüllt mit ihr.

Eva sah ihn kommen. Ein Schauer überlief sie, als sie ihn im Eilschritt auf sie zulaufen sah. Sie nahm seine vom Schweiß glänzende Haut wahr, die kräftigen Beine, den Tritt seiner Füße, seinen alarmierten Blick. Sie kreuzte die Hände über der Brust. Und trat ihm entgegen.

»Ich habe es getan«, sagte sie. »Ich habe es getan, und ich bin nicht gestorben. Ich habe den Tieren Feigen zu essen gegeben, und sie sind auch nicht gestorben. Jetzt bist du dran.«

Sie hielt ihm eine reife Frucht hin. Der Mann hatte den Eindruck, dass sie ihn noch nie auf diese Weise angeschaut hatte. In ihren Augen lag ein Flehen. Er wollte nicht nachdenken. Sie war sein eigen Fleisch und Blut. Es war ihm nicht bestimmt, sie allein zu lassen. Und er wollte auch nicht allein bleiben. Er biss in die Frucht. Er spürte den süßen Saft auf der Zunge und das weiche Fruchtfleisch an den Zähnen. Er schloss die Augen und überließ sich der Wonne dieser Empfindung.

Dann schlug er die Augen auf und sah sie an. Sie hatte ihm den Rücken zugekehrt. Der sanfte Schwung ihrer Taille setzte sich bis zu den herrlich runden Gesäßbacken fort. Er fragte sich, ob sie beim Hineinbeißen wohl genauso süß schmeckten wie die Feige. Er streckte die Hand aus, um die perfekte Kurve zu berühren, und stellte staunend fest, dass ihm die köstliche Seidigkeit ihrer Haut bis dahin entgangen war. Er zog die Hand zurück, aber die Empfindung blieb an seinen Fingern haften und war so intensiv, so präsent, dass ihn ein Schauer überlief. Als sie sich umdrehte, streckte er erneut die Hand aus, diesmal nach der Rundung ihrer Brust. Die Frau durchbohrte ihn mit Blicken. Ihre Augen waren weit geöffnet.

Mit einem Mal bemerkten sie den Tumult unter den Tieren. Sie sahen die Elefantenherde im Kreis laufen und die Büffel, die Tiger und die Löwen in alle Richtungen davonrennen. Und sie hörten ein schier endloses Lied aus kehligen Wehlauten, ein einziges unerklärliches Winseln und Heulen.

Adam sah Eva an und fühlte sich zum ersten Mal verloren.

Eva wünschte, er würde aufhören, sie so anzuschauen, als wollte er, nachdem er die Frucht gegessen hatte, als Nächstes sie vernaschen. Sie bedeckte ihre Brüste mit den Händen.

»Schau mich nicht an«, bat sie ihn. »Schau mich nicht so an.«

»Ich kann nichts dafür«, sagte er. »Meine Augen gehorchen mir nicht.«

»Dann werde ich mich bedecken«, sagte sie und pflückte Blätter vom Feigenbaum.

»Ich auch«, sagte er, weil er bemerkte, dass auch sie nicht aufhörte, seine Hände und seine Beine anzustarren, als sähe sie diese zum ersten Mal.

Eva hielt Ausschau nach der Kreatur beim Baum der Erkenntnis, konnte sie aber nirgends finden. Da begann sie zu rufen und entdeckte sie schließlich ganz oben in der Baumkrone.

»Was tust du da?«

»Ich verstecke mich.«

»Warum versteckst du dich?«

»Das erfährst du noch früh genug. Bald erfährst du alles, was du wissen wolltest.«

Kapitel 5

Der Mann ging mit großen Schritten voraus. Eva beeilte sich, um nicht den Anschluss zu verlieren. Er hatte vorgeschlagen, dass auch sie sich verstecken und abwarten sollten, was jetzt geschah. Ihm war der Schreck anzumerken. Sie dagegen rechnete jeden Augenblick damit, dass sich das Wissen einstellte. Sie wollte ihn dazu überreden, sich auf die Suche nach dem Anderen zu machen, um ihm zu erzählen, was sie getan hatten, und zu fragen, was sie jetzt tun sollten. Wie konnten sie Gut und Böse voneinander unterscheiden? Genügte es, die Frucht gegessen zu haben, um klar zu sehen, was das Eine und was das Andere war? Und was, wenn sie es nicht erkannten? Ich habe meinen Teil erfüllt, argumentierte sie, jetzt sei Elohim an der Reihe und müsse ihnen zeigen, was aus ihnen werden könnte.

Aber Adam wollte sich nicht darauf einlassen. Er sei ihr gefolgt und habe von der Frucht gegessen wie sie, sagte er. Aber jetzt solle sie ihm folgen. Die Zweige knackten unter seinen Füßen, und die Vögel flatterten ängstlich auseinander, wenn er sich näherte. Die Erde roch nach Regen. Der Garten war lebendig und unversehrt wie ehedem. Golden schimmerte das Licht der Bäume durch die Lianen, Zweige und Blätter. Die Tiere waren verstummt. Der Mann sprach kaum ein Wort.

Eva betrachtete seinen Rücken und die Taille mit der darum geschlungenen Liane und den Feigenblättern daran. Die Baumfrucht hatte den seltsamen Wunsch nach süßen Säften in ihr geweckt und danach, Adams Haut mit den Lippen zu erkunden. Sie spürte mit jeder Faser die Luft und die Blätter und wollte alles berühren, mit den Händen ergreifen. Adam sagte nichts, aber sie sah, wie seine Füße den Boden gewahrten, wie er innehielt und witterte. Er hatte sie angesehen, als wollte er sich an ihr reiben, sie mit allem kennenlernen, was sein neu entdeckter Körper vermochte.

Adam wollte der Frau nicht sagen, was er empfand. Vor allem, weil er es sich selbst noch nicht wirklich erklären konnte. Seit er in die Frucht gebissen hatte, fehlte ihm bei allem, was er tat, auf eine seltsame Weise der innere Zusammenhalt. Er nahm eine ungewohnte körperliche Lebendigkeit wahr, die ihm die Ruhe raubte. Er spürte das Gewicht seiner Knochen, die Elastizität seiner Muskeln, den Schwung seiner Bewegungen; er gewahrte die Erde, den Staub und die Feuchtigkeit an den Fußsohlen. Er war außerstande zu sagen, ob er diese neue Wachheit seiner Sinne der bisherigen Leichtigkeit vorzog; oder ob er die gewohnte Langsamkeit seines Daseins dieser Entschlossenheit und dieser Zielstrebigkeit vorzog, die ihn jetzt zu dem Platz zwischen den Felsen trieben, den er auf einem seiner Spaziergänge entdeckt hatte. Er wusste besser denn je, was er wollte, nur seine Furcht bremste noch jeglichen Überschwang. Fest stand, dass er nicht gestorben war. Stimmte es vielleicht, was Eva sagte? Und Elohim war jetzt erleichtert?

Er führte Eva zu dem hinter purpurnen Glockenreben halb verborgenen Eingang. Geschickt schlüpfte sie durch die Ranken und stieß auf der anderen Seite einen Ruf der Verwunderung aus, als sie die Höhle mit den Quarzwänden erblickte. Das kristallene Rosa der Mineralien glitzerte in dem durch ein Loch oben im Berg einfallenden Licht. Aus der Tiefe der Höhle vernahm man ein Rauschen von fließendem Wasser.

»Ein wunderschöner Platz«, sagte sie und drang weiter vor, bis zur Schattenlinie.

Der Andere würde sicher Schwierigkeiten haben, sie dort aufzuspüren, bemerkte er.

»Wenn er alles weiß, dann wird er uns auch

hier finden«, erwiderte sie. »Aber hier sind wir wenigstens ein Stück weg von den Bäumen und von der Schlange. Ich bin sicher, dass er uns nicht töten wird. Er hat von Anfang an, seit er uns in den Garten gesetzt hat, gewusst, was geschehen würde. Er hätte uns doch gar nicht erschaffen, wenn die Folgen unseres Tuns unumkehrbar wären.«

Woher sie denn wüsste, fragte er, dass der Andere sie nicht aus lauter Zorn ins Nichts zurückschicken würde, dorthin, wo er sie hergeholt hatte?

Das Einzige, was sie mit Gewissheit sagen könne, so Eva, sei, dass der Andere nicht so einfach sei. Das sähe man schon an seiner Schöpfung. Und man merke es daran, wie sich ständig alles veränderte, was sie umgab. Die Pflanzen, die Tiere. Als wäre jedes Geschöpf bloß der Ausgangspunkt für viele andere, sehr viel komplexere Kreationen. Adam, ich habe dich doch mal gefragt, ob auch wir ein Spiegelbild haben, weißt du noch? Ich habe es gesehen. Im Fluss. Es werden viele wie wir die Welt bevölkern, sie werden leben, ihre eigenen Kreationen erschaffen, kompliziert und schön.

Adam verzog das Gesicht zu einem Lächeln. Hoffentlich, sagte er. Er setzte sich auf den feinen Sand, der den grauen Höhlenboden bedeckte, und streckte die Hand nach ihr aus, damit sie sich zu ihm setzte. Dann legte er ihr den Arm um die

Schultern. Eva schmiegte sich an seine Achsel. So hatten sie viele Male dagesessen und den Fluss betrachtet, das Grasland, den Urwaldregen, doch diesmal war ihr Bedürfnis, einander nahe zu sein und die Haut des anderen zu spüren, von einer ungewohnten Intensität. Eva hielt die Nase an seine Brust. Sie sog seinen Geruch ein. Und er griff ihr mit beiden Händen ins Haar und roch daran.

»Sonderbar«, sagte sie. »Irgendwie wäre ich gerne wieder in deinem Körper, ich wäre gern wieder die Rippe, aus der ich nach deiner Schilderung geworden bin. Am liebsten wäre mir, die Haut, die uns trennt, würde verschwinden.«

Er lächelte und drückte sie fester an sich. Genau das gleiche Bedürfnis habe er auch, sagte er und berührte ihre Schulter mit den Lippen. Er habe Lust, in sie hineinzubeißen wie in die verbotene Frucht. Eva lächelte. Sie griff nach Adams Hand und nahm jeden seiner Finger einzeln in den Mund, lutschte und saugte daran. Seine salzige Haut hatte noch den köstlichen Beigeschmack der verbotenen Feige.

Während sie ihn auf diese Weise studierte, betrachtete er sie fasziniert, und seine Finger erkundeten die feuchte Wärme ihres Mundes, der sich anfühlte wie die Weichtiere im Wasser. War vielleicht ein Meer in Evas Innerem? Und auch in ihm? Was konnte sonst diese Flut sein? Denn mit einem Mal spürte er einen Strom im Unterleib anschwellen, durch die Beine aufsteigen und in der Brust zerschellen, so dass er stöhnte. Er entzog seine Hand diesem schier unerträglichen Reiz und legte den Kopf auf Evas Schulter. Sie blickte auf, seufzte und reckte den Hals. Er sah ihre geschlossenen Augen und streichelte ihr vorsichtig mit den Händen über die Brüste und war verzaubert von der Glätte, der Farbe und der Berührung der kleinen rosa Aureolen, die sich plötzlich unter seinen Händen versteiften. Auch die Haut seines Gliedes hatte unversehens ihre gewohnte Entspanntheit verloren, und nun erhob es sich wie ein überdimensionierter Finger und zeigte unmissverständlich auf Evas Leib. Ihr Körper war gespannt wie ein Bogen, als sie ihrem Verlangen nachgab, Adam von oben bis unten abzulecken. Und mit einem Mal waren sie eine Kugel und rollten über den Boden der Grotte, Arme und Beine und Hände und Münder, die sich stöhnend und lachend suchten, so erforschten sie einander fingernd und tastend, lernten sich kennen und stellten ohne Hast und voller Staunen fest, dass ihre Körper unvermutet verborgene Feuchtigkeiten und nie gekannte Festigkeit entfalteten und ihre Münder zueinander hingezogen wurden, bis sie mit verschlungenen Zungen dalagen, als wären es geheime Gänge, wo das Meer des einen an den Strand der anderen brandet. Doch sosehr sie sich auch berührten, ihr Verlangen nach Berührung war nicht zu stillen.

Als sie zwei schwitzenden, unersättlichen Feuern glichen, überkam Adam der unbezwingbare Impuls, Eva den vertikalen Trieb, der sich nunmehr aus seiner Mitte aufbäumte, in den Leib zu pflanzen, während die endlich mit Wissen begabte Eva erkannte, dass sie ihm den Weg in ihr Inneres freigeben musste, weil dies der Ort war, wo jenes überraschend zwischen Adams Beinen gewachsene Glied hinstrebte. Einer im anderen wurde ihnen endlich das überwältigende Erlebnis zuteil, wieder in einen einzigen Körper zurückgekehrt zu sein. Und sie wussten, solange sie so vereint wären, gäbe es für sie keine Einsamkeit mehr. Sie wussten, sollten ihnen einmal die Worte ausgehen, sollte einmal in ihren Gedanken das Schweigen überhandnehmen, dann könnten sie so beieinander liegen und miteinander sprechen, auch ohne etwas zu sagen. Dies war zweifellos das Wissen, das ihnen die Schlange nach dem Verzehr der Baumfrucht angekündigt hatte.

Sie gaben sich dem Auf und Nieder ihrer Bewegungen hin, einer dem anderen entgegen, und kehrten so zum Nichts zurück, bis ihre Körper endlich überbordend miteinander verschmolzen, hier, am Ausgangspunkt der Welt und der Geschichte.

Kapitel 6

Adam schlief zum zweiten Mal in seinem Leben. Im Traum sah er eine riesige Kugel mit unzähligen Stacheln. Die Stacheln waren Bäume, aufrecht gewachsen ragten sie in alle Richtungen. Jeder bekam eine Taille, einen Torso und den Kopf eines Mannes oder einer Frau. All diese Wesen, halb Baum, halb Mensch, hielten an ihren emporgereckten Händen weitere Männer und Frauen, es waren die Kronen eines riesigen menschlichen Waldes. Einer nach dem anderen wurden die Bäume gefällt, sie krachten um und zerbrachen unter einem anhaltenden wehen Stöhnen. Adam flog über sie hinweg, während sie mit hilfesuchenden Blicken zu ihm aufschauten und das verwirrte Schreckensgeschrei über dieses jähe Ende in seinem Herzen widerhallte. Adam flog weiter, außerstande, den kreisenden Flug zu unterbrechen, außerstande auch, dem Poltern der sterbenden Bäume Einhalt zu gebieten.

Er erwachte zitternd. Er erhob sich von Evas Seite, dann weckte er sie. Ein feindseliges, rachedurstiges Sturmgebraus drang von draußen zu ihnen herein. Der Boden begann zu beben. Adam dachte, es seien die Regungen, mit denen sich die Erde bisweilen behutsam bemerkbar machte. Ihn verunsicherte jedoch, mit welcher Heftigkeit sie sich diesmal schüttelte, als wollte sich die Erde ihrer entledigen.

Eva warf ihm einen beunruhigten Blick zu. Die Höhle, die noch vor kurzem ihr Liebesnest gewesen war, schien jetzt von einer riesigen Faust zerquetscht zu werden. Rosafarbene Quarzbrocken und Kristalle lösten sich von den Wänden und zersplitterten tausendfach auf der Erde. Steine und Staub setzten ihnen erbarmungslos zu. Plötzlich schien die vorher nur von ferne erahnte Welt der erdgeschichtlichen Katastrophen und verirrten Kometen unter ihren Füßen zu brodeln. Adam! Adam, geschieht das jetzt, weil wir von der Frucht gegessen haben?

»Ich habe auch unsere Nachkommen gesehen«, schrie er zurück. »Sie werden leben, aber sie werden durch unsere Schuld zugrunde gehen, einer nach dem anderen werden sie gefällt zu Boden sinken!« Er versuchte sich aufzurichten und einen Fuß vor den anderen zu setzen, konnte jedoch nicht das Gleichgewicht halten. Ein ums andere Mal knickte er ein und fiel hin. Es hagelte weiter Felsbrocken, die Höhlenwände brachen auseinander. Dann wurden sie von einer schmutzigen Staubwolke umhüllt, die sie zwang, die Augen zusammenzukneifen. Eva legte schützend die Arme über den Kopf. Wie Adam versuchte auch sie zu gehen, verlor jedoch ebenfalls bei jedem Schritt das Gleichgewicht. Sie dachte, dass sie sterben müssten, dann würde sich das erfüllen, was ihr die Schlange prophezeit hatte.

Adam kam auf allen vieren ein kleines Stück vorwärts. Er bedeutete Eva, ihm zu folgen. Wie ein Tier, dachte sie, und kroch auf allen vieren hinter ihm her. Die Erde tobte und wankte immerfort. Plötzlich stürzte ein Steinbrocken auf Adams Bein. Als er vor Schmerz aufschrie, bewegte sie sich rasch auf ihn zu und schaffte es, den Felsen wegzuheben. Das Bein blutete. Adam und Eva hatten noch nie Blut gesehen. Sie starrten auf die Wunde. Das helle Rot schlängelte sich in einem Rinnsal über die Haut. Nichts wie raus hier, sagte Adam. Sie mussten die Höhle verlassen, ehe die Wände einstürzten. Meine Augen sind so weit offen, dachte Eva, dass sie brennen. Ich habe Angst.

Sie krochen auf Händen und Füßen zum Ausgang. Draußen spannte sich ein düsterer Himmel über sie, grauer Staub rieselte auf die Erde, begleitet von einem harten Niederschlag, der auf der Haut schmerzte. Inmitten des Chaos erahnten sie nur die Unordnung des Gartens mit all den schreienden, durcheinanderlaufenden Tieren. Krachend wurden die Bäume entwurzelt, und das unheilvolle Donnern verwandelte sie mit einem Schlag in zwei verwundbare kleine Geschöpfe – zerbrechlich und voller Angst. Wenige Schritte vor ihnen klaffte eine Erdspalte, wie von einem unsichtbaren Peitschenhieb geschlagen. Eva schloss die Augen und schrie aus Leibeskräften, um mit dem Schall ihrer Stimme dem Wüten des zornigen Geistes, der drauf und dran war, alles zu vernichten, Einhalt zu gebieten. Adam ballte die Fäuste und befahl ihr, still zu sein. Sie war an allem schuld, dachte er. Sie und ihre Neugier. Er packte sie und zog sie so weit wie möglich weg von der Erdspalte, die sich unmittelbar darauf mit ohrenbetäubendem Gedröhn zu einem unüberwindlichen Abgrund öffnete. Rumpelnd und schiebend riss die Erde auf, wie aufgeschlitzt von einem allmächtigen, unsichtbaren Strahl, der sich als eine breite Schlucht in sie hineingrub.

Entgeistert beobachtete Eva, was dann geschah: Der Garten Eden rückte von ihnen ab und war bald außer Reichweite, er entzog sich ihnen. Auf der anderen Seite des breiten, tiefen Abgrundes sah sie ihn, als das Beben der Erde nachließ, wieder seine ursprüngliche Form annehmen. Sie sah, wie sich der gewohnte Frieden über ihn breitete und er von goldenem Licht übergossen wurde – eine sonderbare Insel. Der Garten, schrie sie lautlos, sie hätte nie gedacht, ihn zu verlieren, sie hatte nie daran gedacht, dass sie dort weg müssten, davon getrennt würden, ausgestoßen würden.

Plötzlich schwankte es unter ihren Füßen, als schaukelten die soeben noch unverrückbar verankerten Felsen auf einem unterirdischen Gewässer. Dann tauchte neben ihnen eine sonderbare Kreatur auf, mit einem runden, langgestreckten Leib und schuppiger Haut, die über den Boden glitt. Eva erkannte sie am Gesicht, an den Augen.

»Bist du es?«

»Das hat er aus mir gemacht. Er wird sich schon wieder einkriegen. Wenn er in Wut gerät, dann weiß er manchmal nicht mehr, was er tut. Bestenfalls erinnert er sich noch mal daran und überlegt es sich anders, dann korrigiert er sein Werk. Ich werde dies hier nicht so lange bleiben müssen, aber euch wird die Zeit bestimmt lang werden. Ihr könnt nicht mehr in den Garten zurück.«

»Das ist alles deine Schuld!«, warf ihr Adam vor, als er sie erkannte. »Du hast uns hinters Licht geführt und die Frau überredet, die dann mich mit hineingezogen hat.«

»Ihr habt nur von eurer Freiheit Gebrauch gemacht«, erwiderte die Schlange. »So hat es sein müssen.«

»Und was sollen wir jetzt tun?«

»Leben, wachsen, euch vermehren, sterben. Dazu wurdet ihr erschaffen, um Gut und Böse zu erkennen. Wenn Elohim nicht gewollt hätte, dass ihr von der verbotenen Frucht esst, dann hätte er euch diese Wahl gar nicht gelassen. Dass ihr es gewagt habt, von eurer Freiheit Gebrauch zu machen und ihn herauszufordern, hat ihn aber trotzdem in seinem Stolz gekränkt. Er wird sich schon wieder einkriegen. Er hat euch rausgeworfen, aus Angst, ihr könntet auch vom Lebensbaum essen und unsterblich werden wie er. Durch seine Ewigkeit hat er Macht über euch, und die will er nicht aufgeben.«

»Du hättest mir ja sagen können, dass ich auch vom Lebensbaum essen muss, damit ich dem Tod entrinne«, hielt ihr Eva vor.

Die Schlange schnalzte mit der Zunge. Als Eva sah, dass diese gespalten war, empfand sie Abscheu.

»Du bist unverbesserlich«, sagte die Schlange. »Aber glaub bloß nicht, dass die Ewigkeit ein Geschenk ist. Euer Leben ist zwar vergänglich, aber wenigstens werdet ihr euch nicht langweilen. Da ihr nicht das ewige Leben habt, müsst ihr euch fortpflanzen und euch um euer Überleben kümmern, damit habt ihr genug zu tun. Und jetzt muss ich weg hier, ehe er mich erwischt und mir auch noch die Sprache nimmt. Das wäre nämlich nicht das erste Mal. Und ihr müsst da, in die Richtung gehen. Da findet ihr eine andere Höhle.«

Wieder schwankte der Boden, und die Erde erbebte. Zuckende Lichtfetzen verglommen donnernd am Himmel. Die Schlange schob sich rasch ins Gebüsch und war blitzschnell verschwunden.

Adam wandte den Blick zur Frau. Um nicht das Gleichgewicht zu verlieren, hielten sie sich aneinander fest. Wankend suchten sie Schutz unter einem Baum. Um nicht zu stürzen, klammerten sie sich an den Stamm. Evas weit geöffnete Augen wanderten von hier nach da, ohne sich irgendwo niederzulassen. Er konnte ihre Angst förmlich riechen und empfand zum ersten Mal die Ungewissheit und die Furcht, nicht zu wissen, was zu tun war, wohin sie gehen sollten. Wenn wenigstens die Erde zu beben aufhören würde, dachte er. Er ließ sich mit Eva zu Boden gleiten und legte den Arm um ihre Schultern. Sie zitterte genauso wie er, kauerte sich hin und stützte den Kopf auf die Knie. Dann hörte er sie mit der Erde sprechen, sie bitten, dass sie sich beruhigte.

Kapitel 7

Als das Beben nachließ und sie wieder aufstehen konnten, näherten sie sich dem Abgrund, der sie vom Paradies trennte, und warfen einen Blick hinein. Die helle Klarheit, die sonst über ihren Köpfen leuchtete, war einem ungewöhnlich grauen, glanzlosen Himmel gewichen, einem kalten, gelblichen, von Staubwolken durchsetzten Dämmerlicht. Sie betrachteten die Schlucht und hielten im dichten Staub Ausschau nach einem Weg zurück in den Garten, doch der Schlund zog sich rundherum.

Adam warf sich auf die Knie und vergrub die Stirn im Sand. Er schlug mit den Fäusten auf den Boden und stieß Wut- und Verzweiflungsschreie aus. Eva musterte ihn betroffen. Sie konnte sich auf diese Katastrophe keinen Reim machen, genauso wenig wie auf Elohims heftige Reaktion. War dieser Wutausbruch ausgelöst worden, weil sie es gewagt hatte, die Frucht zu essen, oder weil sie und Adam sich in der Höhle erkannt hatten? Warf er sie hinaus, um nicht sehen zu müssen, was aus ihnen hervorkommen würde, all das, was sie im Fluss erblickt hatte? Vielleicht war er enttäuscht, weil sich Adam und sie, als sie die Wahl hatten, für das entschieden hatten, was sie nicht kannten? Natürlich war der Garten herrlich, und wie herrlich er war, außerdem hatte Elohim stets dafür gesorgt, dass es ihnen an nichts fehlte.

»Ich hätte niemals gedacht, dass er uns hinauswirft«, sagte sie wie zu sich selbst.

»Was hast du denn gedacht, Eva? Was hast du dir dabei gedacht?«, forschte Adam, drehte sich zu ihr um und sah sie vorwurfsvoll an.

»Das habe ich dir doch schon gesagt. Er hat es so gewollt. Dass ich die Frucht esse, das hat er mir eingegeben. Er will wissen, was aus uns wird. Das ist der Grund, weshalb er uns den freien Willen gegeben hat. Das habe ich mir dabei gedacht.«

»Und du hast geglaubt, das alles würde im Garten passieren?«

»Ich dachte, es gäbe nur unseren Garten.«

Adam warf ihr einen mitleidigen Blick zu. »Da hast du dich getäuscht«, sagte er.

»Wir wissen doch gar nicht, wie es da hinten ist, Adam. Vielleicht finden wir ja, was ich gesehen habe. Elohim wird schon wissen, was er tut.«

Auf dem Gesicht des Mannes erschien der Anflug eines zugleich ironischen und melancholischen Lächelns. Was war von ihr anderes zu erwarten als Neugier? Die Glückliche, konnte so auf die Ungewissheit reagieren. Er dagegen fühlte sich wie gelähmt, voller Angst und Reue. Er wollte sich nicht von der Stelle rühren, sondern klammerte sich an den Gedanken, Elohim könnte es sich noch einmal anders überlegen und ihnen die Rückkehr gestatten.

»Ich glaube, wir sollten Elohim bitten, dass er uns vergibt, und uns vor ihm niederwerfen, bis er uns zurückkommen lässt.«

Eva spürte Adams Furcht an ihren eigenen Fußsohlen und Handflächen und in einer trüben Wasserwolke, die sich in ihren Augen sammelte und ihr die Wangen herabzurinnen begann. Er nahm die Wärme der Frau in seinem Rücken wahr und die Feuchtigkeit ihrer Tränen. Langsam richtete er sich auf und schaute aus der Hocke noch einmal zum Garten hinüber. Der lag auf der anderen Seite, umgeben von einer fast unwirklichen Klarheit. Die dicht verzweigte Krone des Lebensbaumes verströmte das sanftgoldene Licht, das bisher alles um sie herum erhellt hatte. Er fragte sich, ob sie es schaffen würden, zu überleben, oder ob ihre Vertreibung nicht bloß eine Täuschung war, dass Elohim sie damit hinters Licht führte, um sie wehmütig zu stimmen. Eva verließ ihn und ging nah an die Schlucht heran. Je mehr der dichte Staub nach oben stieg und sich auflöste, desto deutlicher waren die Umrisse des Paradieses zu erkennen. Sie sah die so oft gegangenen Pfade, all die Pflanzen, all die Bäume, die sie beim Namen kannte. Sie lauschte dem Rauschen der Flüsse, die, ihres Flussbetts beraubt, nun in die Schlucht stürzten. Sie kehrte an Adams Seite zurück.

»Ich habe nicht den Eindruck, dass Elohim uns überhaupt zuhört«, ließ sie ihn wissen und streichelte seine Hand. »Die Erde hat gerade erst zu beben aufgehört. Wir sollten warten, bis sein Zorn verraucht ist. Lass uns doch gehen und nachsehen, wie es da hinten ist, da, wo der Himmel in die Erde versinkt. Schau mal, der Staub legt sich schon. Komm, Adam, und danach machen wir, was du vorgeschlagen hast.«

Resigniert ergab er sich ihren Überlegungen. Sie marschierten los und ließen den Garten hinter sich. Dort, wo der Vorhang aus Staub schon aufgerissen war, ahnte man eine weite, unebene Steppe aus rötlichem Sand, überzogen von einem gelblichen Grasteppich und hier und da unterbrochen von kleinen Gruppen aus Palmen oder Zedern. Auf einer Seite des Landes ragten wilde, schroffe Berge aus dem Boden, mit kantigen, steilen Felsen. In einer Entfernung, die sie nicht zu bestimmen vermochten, sahen sie eine ganze

Felsformation. Riesige Gesteinsplatten wuchsen aus der Erdoberfläche, als hätte der Untergrund sie emporgeschoben. Dahinter erhoben sich kleine Felshügel und bildeten schließlich einen sonderbaren, einsamen Berg, fleckenweise bedeckt von einer dichten, vielfältigen Vegetation, die ihn grün umschlang und sich zu seinen Füßen in der Ebene verlor.

Die Landschaft sah nicht neu aus, vielmehr wirkte sie erschöpft, zerklüftet, geschunden. Ihre unermessliche Weite und die Willkür, mit der Felsen, Gras und Pflanzen hier so ganz anders als im Garten verstreut waren, überraschte sie.

Hat etwa Elohim all das hier geschaffen?, fragte sich Adam und wunderte sich, wie es in unmittelbarer Nähe des Gartens eine derart trostlose und feindselige Landschaft wie diese geben konnte. Eva ging neben ihm her und war damit beschäftigt, den Eindruck zu verkraften, plötzlich geschrumpft zu sein. Sie fühlte sich winzig klein, verletzlich. Ihre Augen brannten, und in der Nase spürte sie ein Stechen.

»Was wohl dort drüben ist, wo der Himmel aufhört, Adam? Noch eine Schlucht?«

»Das ist der Horizont«, erwiderte er. »Wenn du achtgibst, dann merkst du, wie er sich beim Laufen verschiebt.«

Eva schaute zu den Wolken auf. Wo die wohl hingehen, dachte sie, eine Frage, die sie sich nie gestellt hatte, als sie noch im Garten am Fluss lag und die Wolken über ihren Kopf ziehen sah.

Ohne sich abzusprechen, lenkten beide ihre Schritte zu dem grünen Flecken eines Kiefernwaldes. Eva blieb immer wieder stehen, hob Steine vom Boden auf oder pflückte Gräser und roch daran. Ihr kamen der Lebensbaum und der Baum der Erkenntnis in den Sinn, wie ähnlich sie doch waren und auch wie gegensätzlich! Auch außerhalb des Gartens fand sie auf der Erde Gebilde und Düfte, die sie an ihr Paradies erinnerten. Allerdings schien hier jedes Ding die Wahl zu haben: Die Steine etwa konnten Schaden zufügen, wenn sie ihr beim Laufen in die Fußsohlen schnitten, oder aber sie zeigten ihre scharfen Kanten und ihre Härte nur, wenn sie sich bückte, einen Stein aufhob und ihn auf dem Handteller betrachtete.

Ob wohl alles um sie herum von Gut und Böse durchsetzt war, fragte sie sich. Als sie die Hand ausstreckte, um eine vollkommene blaue Wildblume zu berühren, zuckte sie zurück. Sie hatte Stacheln! Niemals hätte sie damit gerechnet, dass eine Blume sie verletzen könnte.

Adam sah Eva den Steinen auf dem Weg ausweichen. Sie bohrten sich auch ihm in die Füße und nötigten ihn, zur Seite zu springen, um das Stechen zu vermeiden, das ihm die Beine hinaufstieg und sich auf eigenartige Weise bis in die

Brust fortsetzte. Seit sie begonnen hatten, sich vom Garten zu entfernen, verursachte ihm derselbe Leib, der ihm noch vor kurzem so viel Wonne bereitet hatte, unzählige Empfindungen, die er weder verstehen noch verhindern konnte. Der feine Staub in der Luft trocknete ihm die Kehle aus, das aschfarbene Licht legte sich auf sein Fleisch, nahm ihm den Atem und ließ Salzwasser auf seiner Haut erscheinen. Neue Worte wie Schmerz und Schweiß tauchten in seinem Bewusstsein auf und benannten jenes verwirrende Unwohlsein.

Während Eva ein Stück von ihm abrückte, um die unbekannten Bäume, Gräser und kleinen Blumen anzufassen, konnte er es nicht lassen, sich unaufhörlich sehnsüchtig nach dem Garten umzuschauen und sich bange zu fragen, ob Elohims zorniger Entschluss, sie zu vertreiben und der Einsamkeit jener allzu großen und unwirtlichen Landschaft auszusetzen, wohl wieder umkehrbar war.

Auf halber Strecke erblickte Adam einen Falken, der in der Ferne seine Kreise zog. Die Tiere, dachte er. Er hatte sie völlig vergessen. Wo mochten bloß die Tiere sein? Was war aus ihnen geworden?

Der milchig weiße Himmel lastete schwer auf seinen Schultern. Er fragte sich, ob jenes bleiche Licht ebenso anhaltend wäre wie früher das warme, goldene Licht im Garten. Das Gefühl von schweißgebadeter Haut und die Hitze, die seinen Körper zum Kochen brachte, nötigten ihn, seine Schritte zu verlangsamen. Auch Eva schwitzte. Ihre schimmernde, feuchte Haut verlockte Adam. Er näherte sich ihr und strich ihr mit der Hand über den Rücken, über die Arme. Er bemerkte den rötlichen Ton, den sie angenommen hatte, und fragte sich, ob sich in Eva die Farbe der Erde widerspiegelte. Obwohl sie immer weitergingen, kamen sie dem fernen Flecken Grün kaum näher. Eva lauschte dem Wind. Woher kam er? Er war wie Elohim, unsichtbar, aber allgegenwärtig. Dann meinte sie ein Lachen zu hören und dachte, dass das die anderen sein könnten, all jene, die sie gesehen hatte. Sie konnte sich einfach nicht vorstellen, dass sie in dieser endlosen Weite allein waren. Im Wasser des Flusses waren es viele gewesen. Dann vernahm sie das Lachen zum zweiten Mal. Mit einer Geste hieß sie Adam, stehenzubleiben.

»Hörst du das? Da lacht jemand.«
»Die Schlange. Die wird hier irgendwo sein.«

Der Mann hob den Blick. Sie standen in unmittelbarer Nähe einer Gruppe seltsamer Felsformationen, die wie riesige Monolithe aus der Erde emporragten und an den Wänden blassrosa bis orangefarbige Streifen aufwiesen. Das Lachen war

jetzt noch deutlicher zu hören. Es klang nicht wie die Schlange. Adam lief auf die Felsen zu, von denen das Geräusch kam. Eva folgte ihm. Da entdeckten sie oben auf einer Anhöhe Hyänen. Sechs oder sieben. Der Mann lächelte. Er entsann sich des Augenblicks, als ihr Name in seinem Geist erschienen und in seinem Mund Form geworden war. Aber diesmal bemerkte er zum ersten Mal die Ähnlichkeit ihres Rufes mit dem Laut seines eigenen Lachens. Er lockte sie. Alle Tiere pflegten sich ihm zu nähern, wenn er sie rief.
Doch die Hyänen folgten seinem Ruf nicht. Sie nahmen Witterung auf. Ihr kehliges Lachen wich einem heiseren Knurren. Sie beobachteten die Menschen scharf und bewegten sich unruhig. Eva sah, dass ein Tier den Abstieg begann. Ohne zu wissen, warum, lief ihr ein eiskalter Schauer über den Rücken.

»Sie erkennen uns nicht, Adam«, presste sie alarmiert hervor. »Lock sie nicht an. Lass uns lieber gehen.«

Adam warf ihr einen befremdeten Blick zu. Ihre Bedenken wischte er mit einer Gebärde beiseite, die von seiner Herrschaft über die wilden Tiere kündete. Er rief sie erneut.

Eva wich ängstlich zurück. Zwei Hyänen stiegen von der Anhöhe herab. Die anderen liefen ruhelos und unentschlossen oben auf und ab und stießen unbekannte, feindselige Laute aus.

Ohne die Warnung der Frau zu beachten, ging Adam ihnen entgegen. Als er nur noch wenige Schritte entfernt war, streckte er die Hand nach den Hyänen aus, um sie zu kraulen, wie er es im Garten mit allen Tieren getan hatte. Erst da merkte er, wie anders vieles nun war, was vorher gegolten hatte. Die mutigste Hyäne duckte sich, setzte zum Sprung auf Adam an und verpasste ihm einen Hieb mit der Pranke, der ihm die Hand aufriss. Das war das Signal für die anderen, die rasch von den Felsen herabkamen. Eva schrie aus Leibeskräften, bückte sich, hob einen Steinbrocken vom Boden auf und schleuderte ihn mit aller Gewalt gegen das Rudel. Überrascht horchten die Hyänen auf und standen einen Moment still.

Da folgte Adam Evas Beispiel, hob ebenfalls Steine auf und begann sie nach den Tieren zu werfen, während er beunruhigt zurückwich. Und dann rannten der Mann und die Frau, vom Instinkt getrieben, so schnell ihre Beine sie trugen, in Richtung Garten, von dem Vorfall wie vor den Kopf gestoßen und von einer Angst gepackt, die ihnen bis ins Mark fuhr.

Als sie schon fast da waren, fasste Adam Eva keuchend und schwitzend und mit verzerrtem Gesicht bei den Schultern.

»Lass uns um Vergebung bitten, Eva. Komm, wir werfen uns nieder und bitten Elohim, dass er uns wieder zurückkehren lässt. Und du musst mir versprechen, dass du nie, nie wieder von der verbotenen Frucht isst.«

»Nie wieder«, versprach sie und nickte, zu allem bereit, wenn sie bloß diesen wirren Blick des Mannes nicht mehr aushalten und auch die Angst nicht mehr spüren musste, die ihr die Knie weich machte.

»Vielleicht geht es ja, schließlich haben wir Elohims Wissen noch nicht ganz erkannt. Er kann uns nichts vorwerfen. Wir sind immer noch dieselben.«

Eva betrachtete ihn. Sie wollte ihm nicht sagen, dass von dem Lichtschein, der vorher um ihn gelegen hatte, nichts mehr übrig war, und auch nicht, dass er zusehends kleiner wurde. Sie mochte nicht an den Klagelaut denken, mit dem er die Luft in die Lunge einsog. Eine bleierne Angst und die überstürzte Flucht vor den Hyänen nahmen ihr den Atem. Er hatte recht. Das Beste wäre, zurückzukehren, Vergebung zu erflehen, sich zu erniedrigen.

Dicht am Rand des tiefen, klaffenden Risses warfen sie sich nieder. Die Luft war jetzt wieder vollkommen klar, und in dem Abgrund war vage ein Haufen glatter, kantiger Bruchsteine zu erkennen. Jenseits der Spalte erspähten sie die herrliche

Krone des Lebensbaumes. Gierig füllte Adam seine Lungen mit der frischen Luft. Hätte er doch nur mit einem Riesensatz in den Garten zurückgekonnt, er würde sich gewiss nie mehr von dort wegbewegen, dachte er. Er lag neben Eva auf den Knien, und seine Lippen berührten den sandigen Boden, als er seine Reue lauthals hinausschrie, all die Klagen und all das Flehen, das ihm über die Lippen kam. Eva unterstützte ihn zerknirscht und beschämt, wie er erhob sie die Stimme, bis sie merkte, dass ihr ganzes Feuer in diesem Betteln verglomm.

Da stieg unversehens aus dem Abgrund ein Windstoß auf und umfing sie, zerzauste ihnen das Haar und riss die Blätter weg, mit denen sie ihre Nacktheit bedeckt hatten. Vor ihren Augen verwandelte sich der Wind in eine brennende Substanz, ein riesiges rotglühendes Blatt, langgezogen und sich dann verkürzend, das wie eine Peitsche vor ihren Füßen knallte, heißer und schrecklicher noch als die zuvor erlittene Hitze. Die Feuerzunge stürzte sich gnadenlos auf sie, leckte ihre Fußsohlen und Handflächen, beschnüffelte ihr Haar, traktierte sie mit Hieben. So gut es eben ging, richteten sie sich auf und begannen zu laufen, fort, nur fort von hier. Ohne einen Augenblick von ihnen abzulassen, nahm das Feuer die Verfolgung auf, trieb sie erbarmungslos quer über die Steppe und bis zu dem Berg, der aus der Felsformation aufragte. Die Arme schützend über die Köpfe hebend, erreichten Adam und Eva mit wunden, wehen Füßen die Bergflanke und machten sich, die Feuersäule hart auf den Fersen, an den mühevollen Aufstieg. Im dichten Dornengestrüpp entdeckten sie plötzlich den Eingang einer Höhle. Ebenso wie es aufgetaucht war, erlosch das Feuer unversehens wieder mit einem dumpfen Knall. Sie begriffen, dass dies ihre Wohnstatt sein sollte, in dem unwirtlichen Landstrich, in den sie verstoßen worden waren. Wie betäubt vom Schreck, flüchteten sie einer in die Arme des anderen, geschüttelt von einem haltlosen Schluchzen.

»Diese Machtdemonstration ist beinah so beeindruckend wie die Schöpfung selbst«, bemerkte die Schlange, die neben ihnen auf einem Felsen erschien. »Wenn man bedenkt, dass ihr nur ein paar Früchte gegessen habt.«

»Warum bloß bin ich nicht auf die Idee gekommen, auch vom Lebensbaum zu essen? Warum hast du mich nicht darauf aufmerksam gemacht? Warum? Warum bloß?«, stieß Eva unter Schluchzern hervor.

»Wenn du glaubst, Elohim hätte das zugelassen, bist du aber ziemlich naiv! Sogar die Freiheit, die er euch schenkt, hat Grenzen.«

»Heute haben uns die Hyänen angegriffen«,

erzählte Adam. »Was soll aus uns werden, wenn auch andere Tiere das tun?«

»Ihr werdet nicht umhinkommen, unterscheiden zu lernen, welchen ihr vertrauen könnt und welchen nicht. Die Tiere bekommen allmählich Hunger.«

»Was ist das?«, fragte Eva.

»Hunger und Durst. Das werdet ihr schon noch merken. Und ihr werdet auch sehen, was man dagegen unternimmt. Ihr werdet Schritt für Schritt entdecken, was ihr alles wisst. Ihr tragt das Wissen in euch. Bloß finden müsst ihr es selber. Geht in eure Höhle. Ruht euch aus. Ihr habt einen harten Tag hinter euch.«

»Tag?«

»Tag und Nacht. Willkürliche Maßeinheiten, die sich aus der Rotation der Gestirne ergeben. Ruh dich jetzt aus, Eva. Und frag nicht so viel.«

Kapitel 8

Die Höhle war geräumig, ihre Wände wurden aus teils vorspringenden flachen Felsen gebildet, die in der Mitte einen offenen, von feinem dunklen Sand bedeckten Platz freiließen. Die Seiten wölbten sich und umschlossen den Raum wie eine Kuppel mit einer Öffnung oben, wo Licht einfiel. Nach der Hitze des Feuers und dem blendenden Tag empfanden sie das kühle Dämmerlicht im Inneren als Wohltat.

Eva sank auf einen flachen Stein nieder. Adam betrachtete die Frau von hinten. Ihre langen Beine, die sie angewinkelt hatte und an die Brust zog. Sie sah aus wie ein Blütenblatt. Wider die Prophezeiung, dass sie sterben würden, wenn sie vom Baum aßen, spürte er seinen Körper und die Lebendigkeit darin noch immer genauso intensiv wie unmittelbar nach Verzehr der Frucht. Nur die Angst vor einer weiteren grausamen Strafe hinderte ihn daran, sich erneut mit der Frau zu vereinigen, um seinem Aufruhr und seinem Kummer in ihr Ruhe zu verschaffen. Eva begann, ihn nach Leben und Tod zu befragen und wie beide voneinander zu unterscheiden seien, und er konnte ihr nicht antworten, ohne sie zu berühren. Sie lagen so dicht beieinander, diese neuen und schmerzhaften Empfindungen, dass sie ihm kaum gestatteten, klar zu denken.

»Ich hatte noch nie solche Schmerzen in den Füßen und auf der Haut. Mein Mund ist voller Sand, mein Hals brennt. Glaubst du nicht, das könnte der Tod sein?«, jammerte Eva untröstlich.

»Der Tod ist das Gegenteil vom Leben«, erwiderte er. »Und du spürst all das, weil du am Leben bist. Das ist es doch, was du gewollt hast, Eva, nicht wahr?«, hörte er sich selbst sagen und bedauerte es noch im gleichen Moment. Er setzte sich zu ihr: »Du wolltest wissen. Also, das ist es, das Wissen von Gut und Böse, von Lust und Leid, von Elohim und der Schlange, alles spiegelt sich in seinem Gegenteil.«

Ihretwegen weiß ich, dass ich am Leben bin, dachte er. Obwohl ihre Körper nun kein Licht mehr verströmten, obwohl sie geschrumpft waren und der zarte Schweif, der früher ihre verborgenen Körperöffnungen geschützt hatte, jetzt fehlte, hinderte ihn sein Verlangen nach Berührung daran, die Verzweiflung über ihre Verlassenheit mit dem Tod zu verwechseln.

Eva hörte zu. Sosehr sie sich auch die Augen wischte, immer wieder füllten sie sich mit Wasser. Sie konnte sich gar nicht beruhigen, Hände, Mund und Füße wollten nicht stillestehen. Ihre Worte bordeten über vor Schmerz. All die Schürfwunden, Schnitte, Verbrennungen. Vielleicht war Adams Körper ja widerstandsfähiger. Oder der Schmerz drang nicht so tief in ihn ein, um seine Gedanken zu verseuchen. Sie dagegen spürte die Wunden auf ihrer Haut brennen und bis in die tiefe Leere in ihrem Innern schmerzen, ein Abgrund gleich dem, der sie vom Garten trennte. Die Grausamkeit Elohims und all dessen, was ihnen widerfuhr, quälte sie unablässig und raubte ihr jeglichen Mut und alle Kraft. Und diese Kraft hätte sie gebraucht, um zu verstehen, warum ihre Tat diese peitschende Feuerzunge verdiente, die sie bis hierher getrieben hatte.

»Ich habe Durst«, sagte sie. »Durst heißt das, was unseren Mund so ausdörrt. Hilf mir, Wasser zu suchen. Das Wasser löscht den Durst.«

Sie vermochte kaum zu sprechen. Sie spürte ein unerträgliches Brennen im Hals und eine trockene Klebrigkeit im Mund.

Adam ging tiefer in die Höhle hinein. Beim Eintreten hatte er ein fernes Plätschern vernommen. Ein Stück weiter hinten fand er eine Quelle, die über eine Wand rann und durch einen engen Kanal lief, um sich schließlich in einer tiefen Felsmulde zu sammeln. Abwechselnd tauchten sie die Köpfe hinein, die Gesichter, öffneten die Münder und spülten den Sand aus den Zähnen. Das Wasser linderte die Trockenheit ihrer Kehlen. Sie füllten die Backen damit, wagten aber nicht, es herunterzuschlucken. Es war kalt und das ganze Gegenteil des Feuers, aber brennen konnte es genauso. Sofort spien sie es wieder aus. Sie fürchteten, dass es ihnen die Brust sprengen könnte.

Auf einem der Felsen entdeckten sie lange Stücke eines sonderbaren, mit Härchen bedeckten Stoffes, der sie an die Haut der Lämmer erinnerte. Damit hüllten sie sich ein, indem sie ihn um die Hüften banden. Die Härchen waren weich und glänzend. Allmählich wurde ihnen wärmer. Sie legten sich auf den steinigen Boden. Als Adam sah, dass Eva die Augen geschlossen hatte, streckte er sich neben ihr aus, schlang die Arme um sie und schloss die Augen ebenfalls.

Eva erwachte. Sie sträubte sich gegen das Aufwachen, weil sie von der Rückkehr in den Garten geträumt hatte und ihr Bewusstsein noch nicht in der Lage war, die Wirklichkeit eindeutig von der Vorstellung zu unterscheiden. Doch aus lauter Neugier, zu erfahren, ob die schrecklichen Dinge, an die sie sich erinnerte, tatsächlich geschehen waren, ließ sie sich dazu hinreißen, die Augen einen Spalt weit zu öffnen. Sie sah nichts. Da sperrte sie die Augen so weit auf, wie sie nur konnte, aber sie sah immer noch nichts. Sie dachte an die Raben. Die Farbe ihrer Flügel hatte alles zugedeckt. Sie streckte die Arme aus und griff mit den Händen in die undurchdringliche Finsternis. Abrupt setzte sie sich auf. Dann tauchte sie die Finger in die blinde Schwärze. Ihre Augen versagten ihr den Dienst. Sie berührte das eigene Gesicht, um sich zu vergewissern, dass sie wach war. Von Panik gepackt, fuchtelte sie wild herum.

»Adam! Adam! ADAM!!!«, schrie sie.

Sie spürte, wie er sich regte, aufwachte, hörte ihn brummen. Dann Stille – und ein Schrei.

»Wo bist du, Eva? Wo bist du?«

»Siehst du mich nicht?«

»Nein. Ich kann nichts sehen. Nur Schwärze.«

»Ich glaube, wir sind tot«, wimmerte sie. »Was soll das sonst sein?«

Er tastete sich vorwärts, bis er sie spürte. Als Erstes gewahrte er ihre kalten Finger. Er verstand nicht, wie sie einfach hatte verschwinden können. Es war nichts mehr von ihr zu sehen. Ein Wehklagen entrang sich seiner Brust.

»Ich mag den Tod nicht, Eva. Hol mich hier heraus.«

Dann vernahmen sie in ihrem Innern, wie in den ersten Zeiten des Paradieses, die Stimme. Ihr Ton schwankte zwischen Ironie und Milde.

»Das ist die Nacht«, sagte sie. »Ich habe sie geschaffen, damit ihr ausruht, denn ab jetzt werdet ihr für euer Überleben arbeiten müssen. Nachts sollt ihr schlafen. Dann seid ihr ohne Willen und könnt Einblicke in euer Bewusstsein nehmen. Es kennenlernen und gleichzeitig wieder vergessen.«

Eva bemerkte, dass die Stimme für sie offen war. Sie verspürte keine Angst.

»Du bist grausam«, sagte sie.

»Du warst ungehorsam.«

»Erzähl mir nicht, dass du nicht genau das vorhattest. Du hast uns gar nicht als ewige Wesen erdacht. Ebenso gut wie ich hast du gewusst, dass genau das hier passieren würde.«

»Richtig. Aber die Herausforderung für mich bestand darin, nicht einzugreifen. Zuzulassen, dass ihr frei seid.«

»Und uns dafür zu bestrafen.«

»Für diese Schlussfolgerung ist es noch zu früh. Ich gebe zu, dass ich seit jeher gewusst habe, was geschehen würde. Aber es hat genauso sein müssen.«

»Gib mir das Licht wieder.«

»Komm später mit Adam zum Eingang der Höhle. Das Licht wird da sein und auf euch warten. Tag für Tag. Fortan sollt ihr nämlich in der Zeit leben.«

»Wenigstens sind wir nicht tot«, sagte Eva, als die Stimme verstummte.

Als der Morgen kam, stellte Adam fest, dass die Dunkelheit aus der Höhle wich, sich wie Nebelschwaden auflöste. Eva schlummerte noch. Ob sie gerade in ihr Bewusstsein blickte? Wo war der Ort, an den man im Traum gelangte? Ob sie wohl die Dinge verstand, auf die er sich keinen Reim machen konnte? Nur ungern sah er sie schlafen. Er mochte es nicht, wenn sie die Augen schloss und ihr Geist nicht mehr ihm gehörte. Aber in der finsteren Höhle war es eine Erleichterung gewesen, sich dieser sonderbaren Reglosigkeit zu überlassen, dem Ruf des Körpers nach Stillstand zu folgen und keine Wehmut, keine Angst und keine Ungewissheit mehr zu fühlen. Da überkam ihn erneut die Unruhe. Ob Elohim Wort gehalten hatte und ihnen das Licht zurückgab?

Er näherte sich dem Höhlenausgang, aber was er da sah, jagte ihm einen solchen Schrecken ein, dass er nicht umhinkonnte, laut aufzuschreien. Der weißliche Himmel vom Vortag brannte lichterloh von einem Ende zum andern, sogar die Wolken hatten Feuer gefangen. Er rief Eva. Schlaftrunken wankte sie herbei, als lernte sie gerade erst, ihre Beine zu benutzen. Sie sah den glühenden Himmel. Dann schob sie sich an ihm vorbei aus der Höhle hinaus und breitete die Arme aus, der lauen Luft entgegen. Sie sah am Firmament die rote Sonnenscheibe aus dem Horizont aufsteigen.

»Der Himmel steht in Flammen, aber das Feuer reicht nicht bis auf die Erde, um sie zu verbrennen«, sagte sie.

Adam kam zu ihr hinaus. Seine Augen waren mit Tränen gefüllt.

Eva legte die Arme um seinen Brustkorb. Er, der größer war, ließ seinen Kopf auf den ihren sinken und brach in ein hemmungsloses Schluchzen aus. Was sollte nur aus ihnen werden, fragte er. Wie sollten sie fernab vom Garten weiterleben, dazu mit diesen schmerzenden Körpern und dem quälenden Durst.

»Was haben wir nur getan, Eva? Was haben wir getan? Was nützt uns Wissen in dieser grenzenlosen Einsamkeit. Was sollen wir bloß tun? Wo sollen wir bloß hin?«

Sie hatte keine Antwort darauf. Nichts war so, wie sie es sich vorgestellt hatte. Sie schlang die Arme noch fester um Adam. Sie ertrug es nicht, ihn leiden zu sehen. Sein Kummer hallte in ihr wider, erschütterte sie bis in die Knochen. Am liebsten hätte sie ihn mit ihrer Haut eingehüllt und unzählige Hände gehabt, um ihn zu liebkosen. Die Ungeduld, die der Mann bisweilen in ihr auslöste, wich einzig dem Wunsch, ihn zu trösten, ihn zu lieben, so ungestüm wie der Wind und so sanft murmelnd wie das Wasser im Fluss. Sie fragte sich, ob er das spürte, ob er es in ihrem Haar riechen konnte und ob seine Verzweiflung nachließe, wenn er wüsste, wie groß ihre Zärtlichkeit für ihn war.

»Lass uns den Tod ausprobieren«, sagte Adam und richtete sich unversehens auf. »Vielleicht kommen wir ja zurück in den Garten, wenn wir sterben.«

»Du hast vorhin noch gesagt, dass dir der Tod nicht gefällt.«

»Ich habe die Nacht für den Tod gehalten. Wir fürchten uns vor dem Tod, weil wir ihn nicht kennen.«

»Und wie willst du es anstellen, zu sterben? Das ist gar nicht so einfach«, wandte Eva verdutzt ein.

»Ich habe eine Idee. Lass uns auf den Berg steigen«, schlug er vor und gewann, von der eigenen Entschlossenheit beflügelt, die Fassung zurück.

Er begann den Aufstieg. Eva folgte ihm brav. Sie wusste nicht, was sterben war. Die Schlange hatte gesagt, der Tod bestünde darin, nichts zu fühlen, aber was nach dem Tod kam, das hatte sie nicht gesagt. Womöglich lohnte es sich, es auszuprobieren. Das war jedenfalls der beste Weg, es herauszufinden und sich ein Bild davon zu machen, ob der Tod wirklich so furchterregend war. Lieber Bescheid wissen, dachte sie, als länger darüber im Ungewissen bleiben.

Der Berg wuchs über der Höhle empor. Hier und da ragten größere Felsen heraus, und dazwischen war der Boden sandig, besiedelt von Dorngestrüpp. Je weiter sie hinaufkamen, desto schwerer wurden ihre Körper. Ihre Füße brannten und ebenso ihre Hände, mit denen sie im Geröll Halt suchten. Der Himmel hatte die Farbe gewechselt. Er war jetzt tiefblau. Wolkenlos. Sein Feuer war erloschen, und die Sonnenscheibe war weiß blendend, so dass man die Augen abwenden musste. Erneut spürten sie, wie die glühende Hitze ihre nackte Haut peitschte.

Eva bluteten die Füße. Ich kann nicht mehr, sagte sie, geh alleine weiter, aber Adam nahm sie huckepack und setzte keuchend, schwitzend und entkräftet den Weg fort. Er verstand nicht, wo plötzlich diese Erschöpfung herkam und wieso etwas, was er vorher vollkommen mühelos getan hatte, auf einmal so anstrengend war. Eva jammerte in einem fort. Ihre Klagen drangen in ihn ein, durch Nase, Augen und Ohren, und zerrissen ihn innerlich. Insgeheim verfluchte er Elohim. Endlich waren sie am Berggipfel angelangt. Unter ihnen breitete sich die Erde aus mit ihrer endlosen Weite, den rauchenden Vulkanen, der Paradiesinsel, den Flüssen, die sich ins Meer ergossen.

Eva schwieg überwältigt. Das war zwar nicht das Paradies, dennoch fand sie die Landschaft wunderschön. Wunderschön und auf eine sonderbare Weise ihr zugehörig.

»Wenn wir sterben, werden wir das alles nicht mehr sehen können«, sagte sie.

»Ich habe dich nicht allein gelassen, als du die Frucht essen wolltest«, sagte Adam. »Nun lass du mich auch nicht allein.«

Nach einem flüchtigen Moment des Zweifelns und Bedauerns stürzte sich Adam von einem Felsvorsprung in die Leere. Die Frau sprang hinterher.

Sie fielen Hals über Kopf den Abhang hinunter, die Luft pfiff ihnen um die Ohren. Eva schloss die Augen und presste die Lippen zusammen.

Adam sah den roten Staub vom Boden aufwirbeln und einen Windtunnel bilden, der sie umgab wie ein schwindelerregender Sog, sie im Sturz auffing und durch die Luft trug bis zu einem Wasserstrom.

Ein zweites Mal vernahmen sie Die Stimme in ihrem Innern.

»Ihr seid noch nicht dran mit Sterben«, sagte sie. »Zur gegebenen Zeit werdet ihr den Tod kennenlernen. Und wenn er kommt, dann werdet ihr ihn gewiss noch hinauszögern wollen.«

Kapitel 9

Fröstelnd und mit den Armen rudernd kamen sie aus dem Wasser ans Land. Sie erkannten das Flussufer mit der Vegetation aus Palmen, Zedern und Kiefern, das sie aus der Ferne gesehen hatten. Dorthin hatte Elohim sie also geführt. An der Böschung fanden sie erneut Felle, um sich zu bekleiden. Die Sonne stand hoch am Himmel. Verwirrt, zerknirscht und ohne ein Wort zu sagen, legten sie sich am Ufer ins Gras. Die wohlige Wärme, die sich allmählich in ihrem Körper ausbreitete, beruhigte ihr Zittern, den Schwindel und den Schock des freien Falls.

»Ich hatte furchtbare Angst«, gestand Eva. »Verlang nicht noch einmal von mir, dass ich zu sterben versuche.«

Adam nickte. Er hatte sehr viel Wasser geschluckt. Sie tat ihm gut, diese kristallklare Flüssigkeit, sie erfrischte ihm Kehle und Mund. Vorsichtig wartete er eine Weile ab, um sicherzugehen, dass sie ihm nicht schadete, dann forderte er Eva auf, das Wasser zu kosten.

»Trink, Eva, trink. Es wird dir nichts passieren. Es schmeckt köstlich«, sagte er, nahm sie an der Hand und führte sie zu einem Stein, wo sie sich hinabbeugen und mit den hohlen Händen Wasser schöpfen konnte, das sie an den Mund hob.

Eva trank. Genießerisch schluckte sie das Nass und leckte es sich bis zum letzten Tropfen von den Fingern, um sie dann gleich wieder einzutauchen, immer und immer wieder. Adam lächelte. Er bewunderte, dass sie niemals halbe Sachen machte. Entweder sie vertraute ihm oder sie bot ihm die Stirn. Und diesmal sprach aus ihrer Miene der uneingeschränkte Genuss.

»Sieh mal einer an, da rettet er euch, wenn ihr beschließt zu sterben! Versteh einer mal diesen Elohim! Ich habe euch ja gesagt, dass er voller Widersprüche steckt. Er macht etwas, und anschließend bereut er es wieder. Ich bin sicher, dass er vor Neugier vergeht, zu sehen, was ihr mit der Freiheit, die ihr euch genommen habt, nun anstellen werdet.«

Gleichzeitig hoben sie die Köpfe. Die Schlange lag eingerollt auf dem Ast eines niedrigen Baumes direkt am Wasser und sprach.

»Du schon wieder«, sagte Adam.

»Ich bin jetzt auch alleine und langweile mich.«

»Wenn das mit dem Sterben geklappt hätte, wären wir dann ins Paradies zurückgekehrt?«, wollte Eva wissen. »Hat er uns nur gerettet, weil er nicht wollte, dass wir zurückkommen?«

»Es gibt keine Rückkehr vom Tod. Deshalb solltet ihr einen zweiten Versuch lieber unterlassen. Ihr habt ja noch kaum gelebt. Es ist das Leben, das euch dem Paradies näherbringt.«

»Aber wie?«, drängte Adam.

»Da kann ich euch auch nicht weiterhelfen. Elohim zieht mich nicht mehr ins Vertrauen. Ich bin ganz allein.«

»Immerhin weißt du eine Menge.«

»Wissen ist nicht die Lösung für alles. Das werdet ihr schon noch merken. Ich gehe jetzt. Es ermüdet mich, so viele Fragen zu beantworten.«

Lautlos glitt sie über die Zweige davon und verschwand im Laub.

Die Frau streckte sich nachdenklich ins Gras. Adam legte sich zu ihr. Eine Weile verharrten sie schweigend und starrten durch die Baumwipfel zum blauen Himmelsgewölbe hinauf.

»Ich frage mich, ob die Schlange sozusagen Elohims Eva ist«, sinnierte sie. »Bei unserem Geplauder im Garten hat sie mir nämlich erzählt, dass sie zugesehen hat, wie er Konstellation um Konstellation erschaffen hat und ihrer dann wieder überdrüssig wurde. Fest steht, dass sie sich schon sehr lange kennen.«

»Vielleicht ist sie ja aus ihm hervorgegangen, wie du aus mir.«

»Warum hat Elohim uns voneinander getrennt, was glaubst du?«

»Wahrscheinlich dachte er, wir könnten zusammen in einem Körper leben, aber das hat nicht geklappt. Er hat dich zu tief in mich hineingelegt. Da konntest du weder sehen noch hören. Deshalb hat er beschlossen, uns zu trennen, dich aus meinem Inneren zu holen. Das ist der Grund, warum es uns so gutgeht, wenn wir wieder eins werden.«

»Du glaubst aber doch, dass ich an allem schuld bin, was uns passiert ist. Weil ich dich aufgefordert habe, die Frucht vom Baum der Erkenntnis zu essen. Das hättest du ja nicht zu tun brauchen.«

»Stimmt. Aber sobald du davon gegessen hattest, blieb mir nichts anderes übrig. Ich dachte, du würdest nicht weiterleben. Ich wollte nicht wieder allein bleiben. Wenn ich nicht von der Frucht gegessen hätte und der Andere nur dich aus dem Garten vertrieben hätte, dann wäre ich ohnehin losgezogen, um dich zu suchen.«

Evas Augen füllten sich mit Wasser.

»Ich habe kein bisschen daran gezweifelt, dass du davon essen würdest«, sagte sie.

»Und ich habe dich anschließend auf eine Weise gesehen wie nie zuvor. Deine Haut schimmerte so sanft. Und du hast mich angesehen, als würdest du dich plötzlich genau an die Stelle erinnern, wo du in mir wohntest, bevor der Andere uns getrennt hat.«

»Ich war wie geblendet von deinen Beinen. Von deiner Brust. So breit. Natürlich habe ich den Wunsch verspürt, wieder dort einzutauchen. Ich habe dich im Traum gesehen. Du hast den Körper eines Baumes. Du beschützt mich, damit die Sonne mich nicht versengt.«

Ohne sich zu verständigen, standen beide gleichzeitig auf und stiegen erneut in die Fluten, um sich zu erfrischen.

»Euphrat«, sagte Adam, »so heißt der Fluss.«

Sie ließen sich in der Strömung treiben und gaben sich dem Rausch des kristallklaren Wassers hin. Die Freudensprünge der Fische, deren buntes Glitzern sie so oft bewundert hatten, waren ihnen ohne weiteres nachvollziehbar. Adam öffnete die Lippen und trank in langsamen Schlucken das kühle Nass. Der Geschmack der verbotenen Frucht stieg wieder in ihm auf, und er suchte Eva. Sie begannen sich zu küssen und einer in die andere einzudringen, erstaunt über ihre ungewohnt leichten und fließenden Körper. Lange verharrten sie reglos eng umschlungen und suchten nach der verlorenen Erinnerung und nach den gemeinsamen Bildern, als sie noch ein und dasselbe Geschöpf waren, um den nunmehr getrennten Bilderstrom mit jenen zu vereinen. Vergeblich durchforschten sie die feinen Gänge des eigenen Geistes, um in die Empfindungen des anderen vorzudringen, aber sie schafften es nicht, den Raum zu überwinden, in dem jetzt jeder unweigerlich allein lebte, unerbittlich in den Grenzen des eigenen Körpers gefangen. Sosehr sie sich auch bemühten, sie konnten keinen Blick auf die verschlungene Landschaft der innersten Gedanken des anderen erhaschen. Als sie diese unüberwindliche Hürde erkannten, öffneten sie sich einander vorbehaltlos, samt Muskeln und Knochen, um sich die einzige Intimität zu verschaffen, die ihnen ganz und gar vergönnt war und die sich ihnen inmitten von Schlamm und Algen auf der nahen Uferböschung erfüllte.

Auf dem Rückweg zur Höhle verblasste das blendende Tageslicht schon, und die milde Nachmittagssonne umschmeichelte sie. Eine leichte Brise erhob sich. Sie ließen den Wald mit dem Fluss hinter sich und steuerten querfeldein auf den Berg zu. Unterwegs erblickten sie in der Ferne eine Elefantenherde und eine Schar Oryxantilopen mit langen Hörnern. Die schienen genauso orientierungslos wie sie selbst umherzuirren. Auch die Tiere hatten von der verbotenen Frucht gegessen, dachte Eva. Womöglich gaben sie ihnen die Schuld daran, aus dem Garten vertrieben worden zu sein. Adam kamen die Hyänen in den

Sinn, und er fragte sich, ob diese anderen Tiere wohl zutraulich sein würden oder eher auf sie losgehen. Eva fand, sie sollten lieber nicht zu dicht herangehen.

»Ich vermisse Kain«, sagte Adam und dachte an den treuen Hund, der sie im Garten begleitet hatte.

»Und ich die Katze«, sagte Eva. »Komm, lass uns zum Garten gehen und sie holen.«

Kapitel 10

Als sie wieder den Abgrund erspähten und die geheimnisvolle Entrücktheit des Gartens, spürte Adam, wie ihm erneut die Tränen aufstiegen. Wäre er ein Tier gewesen, er hätte angesichts dieser Täuschung, deren unerklärliche Schönheit in seine Erinnerung eingebrannt war, vor Schmerz laut aufgejault. Er bemühte sich redlich, seine inneren Vorwürfe gegen die Frau, die Schlange und Elohim zum Schweigen zu bringen. Denn alles Hadern und alles Reden mit der Frau halfen nicht; in der tiefsten Einsamkeit seiner selbst vermochte er die Trauer nicht zu überwinden, von jenem Ort vertrieben worden zu sein, wo er als die außergewöhnlichste und glücklichste aller Kreaturen erschaffen worden war.

Er sah Eva vor sich hergehen, wie sie sich ein paar blühenden Büschen näherte, um an den Blumen zu riechen. Er bemerkte, dass ihre Haut dunkler war, fast golden, als wäre es ihr auf irgendeine Weise gelungen, sich den Glanz des Paradieses zu bewahren. Er holte sie ein. Nicht zu nah an den Abgrund, sagte er zu ihr. Damit sie nicht noch einmal vom Feuer belagert und zum Rückzug gezwungen würden.

So schritten sie im vorsichtigen Abstand die Schlucht ab. Die nach der Katastrophe aus der fruchtbaren Erde des Gartens Eden herausgerissenen Kriechpflanzen weigerten sich zu verwelken und wuchsen auf dem roten Untergrund weiter. Unterwegs trafen Adam und Eva auf hohe Gräser, Gestrüpp, Pflanzen mit gezackten und stechenden Blättern, die ihnen den Weg versperrten und die Beine zerkratzten. Sie lernten das Ameisengift kennen, Mückenstiche und Schnakenbisse. Eva sprach mit den Insekten, damit sie ihr gehorchten und von ihnen abließen. Als sie feststellte, dass das nichts nützte, ging Adam mit beiden Armen wedelnd vorneweg. Sie sahen Hasen, Fasane, Eichhörnchen und Mäuse, die, anstatt herbeizulaufen, wenn sie sie riefen, fluchtartig das Weite suchten. Adam hörte irgendwo die Wölfe heulen und schätzte, dass sie eingeschüchtert und weit weg waren. Er fragte sich, ob die vertrauten Tiere wohl hier draußen schon auf ihresgleichen gestoßen waren, auf lebenserfahrene Gefährten außerhalb des schützenden Gartens. Er vermisste die Löwen mit den goldenen Mähnen, die Giraffe mit dem langen Hals und den sanften Augen, den herrlichen Phönix und natürlich seinen Begleiter, den kräftigen, klugen und stets folgsamen Hund.

»Kain!«, rief er. »Kain!«

Er fand ihn bei Sonnenuntergang. Mit einem Kojoten ins Spiel vertieft und nichts ahnend davon, dass der Mann ihn suchte. Doch als er diesen sah, lief er zu ihm und leckte ihm die Hände. Adam ging in die Knie und legte dem Tier die Arme um den Hals. Dass er erkannt wurde, machte den Hund genauso glücklich wie den Mann. Der Kojote beobachtete sie eine Weile. Erst machte er Anstalten, zu ihrem Spiel hinzuzukommen, aber dann kehrte er um und verschwand im Buschwerk. Eva lächelte, als sie den Mann mit Kain über den Boden rollen sah. Sie und die Katze spielten nie so. Die Katze würde sie nie behandeln wie eine andere Katze, Kain dagegen freute sich mit Adam und begrüßte ihn, als wäre er ebenfalls ein Hund.

Als sie die Katze endlich fand, hatte Eva es keineswegs so einfach. Sie musste lange begütigend auf sie einreden, bevor das widerspenstige Tier von dem Ast herunterkam, auf dem es hockte und traurig maunzte. Eva verteilte ein wenig Spucke auf ihrer Hand, um ihm aus ihrem ausgetrockneten Mund zu trinken anzubieten. Die Katze näherte sich zögerlich, aber als Eva ihr schließlich die

Flanke kraulte, kam sie vom Baum herunter und strich ihr um die Beine.

In Begleitung von Hund und Katze machten sich Mann und Frau auf den Heimweg zu ihrer Höhle. Adam ging vorneweg. Er warf dem Hund einen Stock voraus, und dieser sammelte ihn ein und lief zurück, um ihn abzuliefern. Adam lächelte. Es war das erste Mal, dass Eva ihn so breit lächeln sah, seit das Feuer sie daran gehindert hatte, in den Garten zurückzukehren. Er folgte seinem Weg ohne das geringste Zögern. Sie bewunderte seine Orientierung. Er machte dafür nicht wie der Hund von seiner Nase Gebrauch. Vielmehr reckte er den Arm hoch, sah sich um, zog die Stirn kraus und schien zu wissen, wo es langging. Sein Rücken war sehr breit. Vielleicht war das der Grund, weshalb er sich besser zurechtfand? Was sie betraf, so verwirrte die Landschaft sie. Die Ebene schien endlos. Sie betrachtete die Katze mit ihrem leichten Trippelschritt neben ihr. Auch ohne Worte trösteten die Tiere sie in ihrer Hilflosigkeit und Verlassenheit. Bisweilen verschwanden sie im Dickicht, aber wenn sie gerufen wurden, kehrten sie sofort zurück.

Lange marschierten sie so einher. Evas Beine wurden ihr immer schwerer, und das seit dem Morgen in ihrem Magen knurrende Loch begann jetzt zu schmerzen. Es kam ihr vor wie ein kleines

Tier, das mit seinen Krallen die Innenwände ihres Leibes traktierte und sie biss. Nie zuvor hatte sie eine solche Empfindung gehabt. Sie sah Adam aus den Augenwinkeln an und stellte fest, dass auch er seinen Schritt verlangsamte. Der Himmel, von Wolken übersät, deren Ränder dunkelrot bis rosa leuchteten, verfärbte sich langsam. Eva vernahm ein Brummen. Sie drehte sich um. Adam hielt sich den Magen und krümmte sich.

»Fühlst du ein Loch? Tut es weh?«

»Das ist der Hunger, Eva.«

»Was sollen wir tun?«

»Ich weiß nicht.«

»Zur Höhle ist es noch weit. Auch mir tut es weh. Ich will nicht weiterlaufen.«

»Lass uns einen Baum suchen. Um zu rasten.«

Ehe sie einen Baum fanden, wo sie sich anlehnen konnten, mussten sie noch ein gutes Stück weiterlaufen. In der Ebene gab es kaum Bäume, und wenn, dann eher niedrige. Nur die schlanken Palmen reckten sich überall himmelwärts, und ihre Wedel schaukelten im Wind.

Schließlich fanden sie ein Plätzchen. Müde sanken sie auf die Erde nieder. Hund und Katze streckten sich neben ihnen aus. Der Hunger war genauso plötzlich da wie die Erschöpfung. Ermattet, wie er war, schlief Adam sofort ein.

Eva beobachtete, wie die Dämmerung in die

Nacht überging, und empfand die Finsternis diesmal als sanft, wie einen dichten Nebel, der alles einhüllte. Nach einer Weile vermochten ihre Augen sogar die Umrisse der umgebenden Formen zu erkennen. Das beruhigte sie. Sie vernahm ein Pfeifen, dann den traurigen Gesang eines Vogels und ein paar rauhe, unbeschreibliche Laute. Sie spähte in die Dunkelheit und sah, dass das Firmament von Löchern gesprenkelt war, die das Licht hindurchließen. Sie fragte sich, ob durch diese Löcher wohl die weißen Blütenblätter herabgerieselt waren, von denen sie sich früher ernährt hatten. Die Erinnerung daran und an den Geschmack der verbotenen Feige ließ ihr die Zunge am Gaumen kleben und schnürte ihr den Magen zu. Adam glaubte von der Stimme gehört zu haben, dass sie fortan zu Kräutern und Dornen verdammt waren.

Eva tastete die Erde um sich ab, riss ein paar Grashalme aus, steckte sie in den Mund und kaute. Der fade, bitterliche Geschmack enttäuschte sie. Sie verfluchte sich selbst dafür, die Frucht gegessen und so selbstgewiss getan zu haben, so herausfordernd gewesen zu sein. Sie fragte sich, ob das, was sie so sehnsüchtig zu wissen verlangte, überhaupt all die Mühe wert war. Was sollten Wissen und Freiheit nützen, wenn es nur darum ging, ihren Hunger zu stillen! Wenn sie gehorsamer gewesen wäre, so überlegte sie, ob Elohim sie dann wohl im Garten behalten hätte? Aber warum reagierte er so verletzt, wenn das alles doch zu seinem Plan gehörte? Vielleicht kam Elohim ja mit den vielen Welten, die er schuf, durcheinander und vergaß dann die dem einzelnen Geschöpf auferlegte Bestimmung. Es war naiv gewesen, zu glauben, dass ihr allein durch den Verzehr der Frucht der böse oder gute Sinn all dessen offenbart werden würde!

Adam erwachte im roten Licht der Morgendämmerung. Diesmal überkam ihn nicht die schiere Angst, sondern er fühlte sich belebt. Er beschloss, dass ihm der Tag lieber war als die Nacht. Unweit des Baumes, unter dem sie sich am Abend niedergelassen hatten, entdeckte er einen weiteren Baum, diesmal mit grünen Früchten an den Zweigen. Er ließ Eva weiterschlafen und ging sie pflücken. Birnen, dachte er. Ihm lief das Wasser im Mund zusammen. Er warf dem Hund eine hin. Und sah ihn hineinbeißen. Er sah, wie ihm der Saft aus der Schnauze troff. Dann pflückte er eine zweite Frucht. Im Begriff, sie in den Mund zu stecken, warf er sie plötzlich im hohen Bogen von sich. Der Hund lief hin und holte sie. Adam schlug die Hände vors Gesicht. Er roch den Duft der Birne an seinen Fingern. Nein!, rief er, und sein Erschrecken war mächtiger als der Hunger. Bei diesem fruchtigen Duft war er wie von Sinnen. Das war viel zu gefährlich, entschied er dann.

Am Ende forderte er damit Elohims Zorn erneut heraus, nein, nicht auszudenken, welche Strafe ihnen dann blühte. Früchte waren einfach zu riskant. Ihr Fleisch war durch und durch von Elohims Wut getränkt. Wenn sie davon aßen, würde er sie nur noch weiter verstoßen. Dann würden sie ganz gewiss nie mehr in den Garten zurückkehren können.

Er weckte Eva. Sie roch den Birnenduft an seinen Händen. »Woher kommt dieser Geruch, Adam? Hast du gegessen?«

Er zeigte ihr den Birnbaum. Aber er habe nichts davon gegessen, erklärte er. Weder er noch sie dürften die Birnen verzehren.

Mit einem Satz war sie auf den Füßen. Sie lief zum Baum. Er folgte ihr.

»Er hat uns verboten, die Frucht eines ganz bestimmten Baumes zu essen, Adam, nicht jede Frucht.«

»Er hat uns verboten, von einem Baum zu essen, und du kannst sicher sein, dass er uns nicht aus dem Garten geworfen hat, damit wir gleich vom nächsten Baum essen. Ich sage dir, wir dürfen keine Früchte essen. Sie sind gefährlich. Wir können das nicht noch einmal riskieren, Eva.«

Sie sah ihn ungläubig an. Der in ihrem Magen nagende Hunger leitete sie. Beim Duft der greifbar nahen Birnen konnte sie keinen klaren Gedanken mehr fassen. Sie machte Anstalten, eine abzupflücken. Adam trat ihr in den Weg. Der Hund begann zu kläffen.

»Du kannst mir nicht verbieten zu essen.«

»Schau uns doch nur an, Eva, wir sind ausgehungert, schutzlos und mutterseelenallein. Welches Unglück willst du denn noch über uns bringen?«

Eva spürte eine Hitze im Gesicht und in der Brust. Sie unterdrückte den Wunsch, sich vor lauter Wut und Enttäuschung auf Adam zu stürzen. Allein der Impuls erschreckte sie. Beschämt und verwirrt begann sie zu laufen. Fort, fort. Sie lief immer weiter und gewann in der sanften Brise des frischen Morgens ihre Fassung zurück.

Adam lief hinter ihr her.

»Wo willst du denn hin? Warum läufst du weg?«, rief er.

Sie hielt inne.

»Es macht mich wütend, dass du mich jedes Mal an die verbotene Frucht erinnerst, wenn ich dir gehorchen soll.«

»Manchmal kann ich nicht anders vor lauter Verzweiflung«, sagte er.

»Die Entscheidung zu essen hast du aus eigenen Stücken getroffen.«

»Schon, aber du hast mir die Frucht hingehalten. Du hast damit angefangen.«

»Ich wusste nicht, was geschehen würde. Und du hast es auch nicht gewusst.«

»Wir wussten beide, dass wir sterben könnten.«

»Aber wir sind nicht gestorben.«

»Nicht auf der Stelle. Aber wir werden sterben.«

»Du hast doch gesehen, dass Elohim uns nicht sterben lässt. Findest du nicht, es hat sich gelohnt, dass du und ich einander erkannt haben? Dass wir die herrliche Feige gekostet haben? Und das frische Wasser?«

»Und den Hunger? Und die Schmerzen?«

»Wir müssten keinen Hunger leiden, wenn du endlich aufhören würdest, solche Angst zu haben.«

Als sie schon dicht an ihrer Höhle waren, kreiste über ihren Köpfen ein Schatten. Adam hob den Blick. Die Sonne blendete ihn so sehr, dass ihm für einen Moment schwarz vor Augen wurde, dann erkannte er vor dem schon blassblauen Nachmittagshimmel das prächtige Gefieder seines Lieblingsvogels, die riesigen orangefarbenen und goldenen Schwingen sowie den kleinen, von einem leuchtend blauen Federbusch gekrönten Kopf. Es war der Phönix.

»Er ist der Einzige, der nicht mit uns vom Baum der Erkenntnis gegessen hat«, rief Eva aus.

»Gewiss geht er im Garten ein und aus, ohne vom Feuer daran gehindert zu werden!«

Adam fragte sich, ob das ein Zeichen war. Vielleicht würde der Phönix sie über den Abgrund hinweg in den Garten zurückbringen. Bei diesem Gedanken hätte er am liebsten einen Luftsprung gemacht und mit den Armen gewunken. Bevor die Frau erschienen war, hatte der Vogel ihn nämlich einmal durch die Lüfte bis zum Meer getragen. Dort ließ er ihn ins Wasser nieder, wo Adam die trägen, schwerelosen Geschöpfe gesehen hatte, die darin wohnten. Er hatte dem Hammerfisch, dem Wal, dem Hai, den Rochen und Delphinen ihre Namen gegeben, auch den Sardinenschwärmen, den Schnecken und Seesternen. Er hatte die lauwarmen Untiefen gesehen und die Schlunde, aus denen unterirdische Feuer ihren Dampf ausstießen. Leuchtfische hatten ihn begleitet, und er ahnte erstmals etwas von der Dunkelheit. In der ersten finsteren Nacht seines Lebens war jene Ahnung einer lichtlosen Welt aus seinem Gedächtnis heraufgestiegen. Er dachte an die kleinen bunten Fische, deren Bilder beim Anblick von Evas Zehen vor seinem geistigen Auge standen, als der Vogel, einen wohligen Wind aufwirbelnd, herabstieß und der Frau zwei Feigen vor die Füße legte. Im nächsten Augenblick schwang er sich wieder in die Lüfte und flog, Schnabel und Flügel wie einen Pfeil ausgerichtet, dem Paradies entgegen.

Sie hob die Feigen vom Boden auf. Beim bloßen Anblick lief ihr das Wasser im Mund zusammen, und der Geschmack von Fruchtsaft und -fleisch war wieder da. Flink wie die Katze nahm Adam sie ihr aus der Hand.

»Nein, Eva, keine Früchte mehr, habe ich gesagt. Nein. Und schon gar nicht Feigen.«

Der Mann presste die Feigen in der Hand. Seine Augen folgten dem Phönix in die wohlbekannte Richtung. Bitterkeit überfiel ihn, weil sein Traum, dass er sie in den Garten zurückbringen könnte, geplatzt war.

»Ich habe solchen Hunger«, sagte sie erschrocken. »Wir müssen etwas essen, Adam. Wir müssen etwas zu uns nehmen.«

»Ich habe genauso viel Hunger wie du, aber unser Missgeschick macht mich vorsichtig.«

»Diese hier hat uns doch der Vogel hingelegt, Adam. Die schickt uns sicher der Andere.«

»Das wissen wir nicht, Eva. Ich dachte, der Phönix würde uns wieder mit zurücknehmen. Und die Feigen … wir wissen es nicht, Eva, was ist, wenn das wieder eine Falle ist«, sagte er hartnäckig. »Wir wissen doch nicht, ob der Andere gegen uns ist oder für uns.«

Von Adams Sturheit und Verbohrtheit eingeschüchtert, schluckte Eva die Tränen herunter, die in ihrem trockenen Mund ganz salzig schmeckten.

»Bitte, Adam, wirf die Feigen nicht fort.«

Daraufhin vergrub er sie vor dem Eingang der Höhle. Mit Hilfe eines spitzen Steins grub er ein Loch in die Erde. Unter dem nächtlichen Sternenhimmel unternahm Eva noch weitere Versuche, ihn zu erweichen. Es sind doch zwei, Adam. Gib mir wenigstens eine. Sie konnte ihn nicht überreden. Ohne ein weiteres Wort und ohne sich zu berühren, jeder dem strengen Urteil des anderen ausgesetzt, legten sie sich schlafen.

Ihr Hunger erschuf Bilder von der Feige, wie sie in der Erde zerfiel. Was sie hätte im Mund haben können, war nun verloren, und alles nur wegen der Unnachgiebigkeit des Mannes und dessen Grausamkeit. Denn es war grausam von ihm gewesen, sie zuschauen zu lassen, wie er die Früchte fortwarf, und noch schlimmer war, dass er für beide entschieden hatte. Er verhielt sich, als hätten ihre Worte kein Gewicht und keinen Klang, als würde er sie gar nicht hören. Aber sie und ihre Worte waren eins. Indem er sie nicht hörte, nahm er ihr die Existenz, ließ er sie im Stich.

Ihm hingegen war bewusst, dass er sie nicht angehört hatte. Auf sie zu hören schwächte ihn und verunsicherte ihn in seinen Absichten. Sie verließ sich am meisten auf sich selbst, und er wusste nicht mehr, auf wen oder was er sich verlassen sollte. Er wusste nur, dass er sie brauchte. Er vermisste ihre Wärme, ihren Körper.

Sie wurde von seiner Hand geweckt, die ihr zaghaft über die Seite strich und eine Stelle suchte, wo sie ihm gestatten würde, sie zu umarmen. Nachts pflegte Adam sie in die Höhlung seines Körpers zu betten, so dass ihr Rücken an seiner Brust lag. Als sie merkte, dass der Mann in der Finsternis herumtastete und nach ihr suchte, gab sie nach. Die Erinnerung an ihre Wut genügte nicht, um ihn abzuweisen. Sie ließ zu, dass Adam seinen Arm quer über ihre Brust legte, und schmiegte sich an ihn. Sie fror. Bei Tag war die Höhle angenehm kühl und bot ihnen Schutz, aber des Nachts war sie seelenlos. Da waren sie aufgerufen, selbst Wärme zu erzeugen, indem sich einer an den anderen lehnte. Schweigend kuschelte sie sich in seine Arme. Morgen, flüsterte er ihr ins Ohr, morgen bringe ich dich ans Meer.

Kapitel 11

Sie liefen, bis sie die Möwen und den Salpetergeruch erreichten.

Vor ihren Augen tauchte blau und durchsichtig das unbegreifliche, riesige Becken auf. Ohne Scheu rannte der Hund, unentwegt bellend, ins Wasser. Die Katze streckte sich gleichgültig im Sand aus und sah aufs Meer hinaus. Adam erzählte Eva von seinen früheren Erkundungsgängen. Er wollte, dass sie sah, was er gesehen hatte. Sie gingen ins Wasser. Die Frau erst vorsichtig. Es war recht mühsam, in der flüssigen Masse vorwärtszukommen, und sie kamen sich dabei unbeholfen und tolpatschig vor.

»Jetzt, Eva«, sagte Adam, als ihnen das Wasser schon bis zum Kinn reichte. »Jetzt musst du untertauchen, die Arme ausbreiten und dich in die Tiefe abstoßen.«

Es war zwecklos. Sosehr sie sich auch abmühte, das Wasser in Nase, Mund und Hals machte ihr die

Sache unmöglich, außerdem wurde sie jedes Mal wieder an die Oberfläche getrieben. Verzweifelt mit Armen und Beinen rudernd, versuchte sie an den Strand zurückzugelangen. Adam folgte ihr verwirrt und beschämt. Es ginge nicht mehr so wie früher, erklärte er ihr. Der Körper gehorche ihm nicht mehr auf die gleiche Weise, und er käme nur noch ein paar Stöße in die Tiefe, dabei dringe ihm das Wasser überall ein, und er bekäme keine Luft mehr. Das Meer ist eben nur zum Ansehen da, befand Eva, als sie wieder festen Boden unter den Füßen hatten und sich allmählich von den Unmengen geschluckten Salzwassers erholten. Nach diesem misslungenen Versuch ließen sie entmutigt die Köpfe hängen, vor allem Adam war am Boden zerstört. Hatte er ihr doch in schillernden Farben die Unterwasserwelt geschildert. Nun zweifelte er daran, ob er selbst sie je gesehen hatte. Wahrscheinlich war es nur ein Traum gewesen, denn als solchen empfand er inzwischen fast sein ganzes Leben.

»Aber das Meer kann nicht nur zum Ansehen da sein«, widersprach er überzeugt.

Eva streckte sich am Strand aus und schloss die Augen. Die Wellen rauschten ans Ufer wie das stetige Kommen und Gehen der Fragen in ihrem Geist.

Kurze Zeit später kehrte er zurück. Er nahm neben ihr Platz.

»Sieh mal, was ich hier habe«, sagte er, »etwas gegen deinen Hunger.«

Es waren Muscheln, rauh und oval. Als er sie öffnete, kam ein wabernder weißer Stoff zum Vorschein, der ihr den Gaumen herabglitt, als hätte sich das Wasser auf eine zarte, brackige Weise verfestigt. Mit einem Stein schlug Adam die Muscheln auf einem Felsen auf, bis sie die Frucht aus ihrem Innern preisgaben. Austern, sagte er. Austern, wiederholte sie lachend.

»Woher wusstest du, dass sich etwas Essbares darin befindet?«

»Genauso, wie ich ihren Namen wusste. Einfach so.«

Sie kehrten erst am nächsten Tag zur Höhle zurück. Die Nacht verbrachten sie am Strand, einer vom anderen abgerückt, gedemütigt vom Aufruhr ihrer Eingeweide: die Geräusche, die Gerüche, der Abgang. Voller Ekel wuschen sie sich bei Tagesanbruch im Meer. Sie rätselten darüber, ob ihre Körper verfault wären, ob dies eine weitere Strafe sei, weil sie erneut etwas in den Mund gesteckt hatten. Dann sahen sie Hund und Katze urinieren und koten und ihre Haufen mit Sand bedecken.

»Adam, glaubst du, die Tiere wissen, dass sie Tiere sind?«

»Jedenfalls denken sie nicht, sie wären etwas anderes. Sie geraten nicht durcheinander wie wir.«

»Was sind wir noch, außer zwei Tiere?«

»Adam und Eva.«

»Das ist keine Antwort.«

»Eva, Eva, wirst du denn nie müde, Fragen zu stellen?«

»Wenn mir eine Frage einfällt, dann nur, weil es eine Antwort darauf gibt. Und wir sie kennen sollten. Wir haben von der Frucht gegessen, den Garten verloren und wissen trotzdem noch nicht viel mehr als das, was wir ohnehin schon wussten.«

Sie unterhielten sich auf dem Rückweg zur Höhle. Es sei gewiss eine Strafe, glaubte Adam, dass sich der Körper auf diese Weise rächte, wenn sie etwas aßen. Trotzdem fühlte er sich jetzt sehr viel wohler, er hatte mehr Kraft in den Muskeln und war in einer besseren Verfassung.

»Es kommt mir sinnvoll vor, dass der Körper das ausstößt, was so übel riecht. Das erleichtert einen. Und was für eine sonderbare Empfindung damit einhergeht … ganz anders als der Schmerz, nicht wahr?«

Mit einem Lächeln überspielte Eva die Verlegenheit, die das Thema bei ihr auslöste. Sich wie Hund und Katze auf das Einnehmen und Abgeben beschränkt zu sehen ekelte sie nicht nur, es machte sie auch klein. Sie verstand nicht, wie Adam etwas genießen konnte, was sie als demütigend empfand. Es war ihr unverständlich, dass er die Niedrigkeit dieses Vorgangs nicht nachempfinden konnte.

»Der Andere hat keineswegs gescherzt, als er sagte, dass wir Staub sind und wieder zu Staub werden. Unsere Körper hier, was glaubst du, wie lange die wohl halten?«, fragte Adam die Frau.

»Keine Ahnung. Das Einzige, was ich weiß, ist, dass meiner mehr schmerzt als deiner.«

Aus dem bleiernen Himmel fiel Wasser. Dicke Wassertropfen hämmerten ihnen auf den Rücken.

Sie rannten, so schnell sie konnten, zur Höhle zurück. Der Regen prasselte sturzflutartig vom Himmel. Plötzlich zuckte ein Baum mit grell leuchtenden Ästen am Firmament auf. Den flackernden Lichtzweigen antwortete die Erde mit einem dumpfen Widerhall.

In der Finsternis sahen sie die Augen der Katze funkeln. Der Hund schnüffelte am Boden. Sie zogen sich alle vier auf den Felsvorsprung zurück, der ihnen als Nachtlager diente. Eng aneinandergeschmiegt ließen Adam und Eva gebannt und voller Angst den Ausbruch über sich ergehen, die Donnerschläge und die Blitze.

»Ob wohl der Himmel einstürzt? Ob die Sterne jetzt herunterfallen?«, fragte Eva.

»Ich glaube nicht«, erwiderte Adam. »Sie sind sehr weit weg.«

»Woher weißt du das?«

»Ich bin nicht sicher.«

Als Eva erwachte, blutete sie zwischen den Beinen. Sie erschrak, als sie aufstand und die rote Flüssigkeit aus ihrem Geschlecht fließen sah. Die neblige Höhle erstrahlte im frühen Morgenlicht. Sogar die Wolken, so dachte sie, hatten vor dem zornigen Anfall des Himmels Reißaus genommen. Der Schmerz in ihrem Unterleib fühlte sich an wie eine sich öffnende und wieder schließende Faust. Die rote Flüssigkeit war warm und klebrig. Der Hund näherte sich und schnupperte daran. Sie schob ihn ungehalten beiseite.

Dann ging sie zur Quelle im Innern der Höhle und wusch sich, aber das Blut strömte weiter. Sie weckte Adam. Er erbot sich, Blätter zu holen, um sie abzuwischen, und forderte sie auf, sich wieder hinzulegen. Sie waren beide bange, verbargen es aber voreinander. Kurz darauf kehrte der Mann zurück. Er hatte beide Hände voller Feigen und Feigenblätter und strahlte über das ganze Gesicht.

Der Regen hatte zwei Feigenbäume aus den Früchten keimen lassen, die er vor dem Höhleneingang vergraben hatte. Nun hingen die Bäume voll reifer Feigen.

»Schau nur, Eva, schau. Du hattest recht. sie sind für uns. Wir können sie essen.«

Aus den Blättern formte Adam mit Quellwasser einen Verband für Evas Wunde.

»Glaubst du, dass ich jetzt sterben muss, Adam? Es fühlt sich eigentlich nicht danach an. Es schmerzt nur ab und zu da drinnen.«

»Bleib lieber ruhig liegen. Iss eine Feige.«

Adam ging mit dem Hund hinaus. Wie sie so in der dämmrigen Höhle lag, öffnete Eva eine Feige und betrachtete ihr rosafarbenes, süßes Inneres, das Fleisch und die roten Kerne in der Mitte. Mein Körper ist anders als der des Mannes, dachte sie, denn die Flüssigkeit, die aus ihm austritt, wenn er auf mir liegt und schreit, ist weiß. Meine ist rot und kommt zum Vorschein, wenn ich traurig bin. Sie zog die Knie an die Brust. Sie konnte seine Anschuldigungen für die erlittenen Qualen nicht vergessen. Sie verletzten sie ebenso wie die Steine unter ihren Füßen, als sie den Berg hinaufgestiegen waren, um sich in den Tod zu stürzen, vor dem Elohim sie errettet hatte. Sie war davon überzeugt, dass er sie aus ein und demselben Grund gerettet wie auch angestiftet hatte, vom Baum der Erkenntnis zu essen: Er wollte zusehen, wie sie zu selbständigen Wesen wurden. Sie hatte ihm diese Chance eröffnet, aber Adam wollte das nicht verstehen. Es war ja auch viel einfacher, ihr die Schuld zu geben als dem Anderen, der sich nie blicken ließ.

Nachdem die Sonne untergegangen war, bestaunten sie die Helligkeit jener Nacht. Vom Innern der Höhle aus sahen sie deutlich die Umrisse des Feigenbaumes vor dem aschfahlen Licht. Es kam ihnen vor, als wäre die Dunkelheit voller Wasser, deshalb gingen sie hinaus, um nachzuschauen. Nach dem Regenschauer war das nächtliche Himmelsgewölbe durchsichtig vom einen Ende zum anderen. Es erinnerte sie an die Meeresoberfläche, und über ihnen hing schwerelos ein bleicher, runder Stern und lächelte.

»Die erloschene Sonne ist wunderschön«, sagte Adam.

»Das ist nicht die Sonne. Es ist der Mond. Deshalb blute ich.«

»Woher weißt du das?«

»Das weiß ich einfach«, sagte Eva. »Ich weiß, dass in mir ein Meer ist, der Mond füllt es und entleert es.«

Adam stellte ihr keine weiteren Fragen. Seine Freude über das Wunder von Evas ungewohnter Gefügigkeit, die nach Erde duftende klare Luft, das kühle Licht, das die Umrisse von Felsen und Bäumen reinzeichnete, und der ins Endlose wachsende Himmel tränkten seine Augen und seine Haut. So gering er als Geschöpf auch sein mochte, so gut er inzwischen um seine Verwundbarkeit und um seine Verirrung und Verbannung wusste, so empfand er zugleich die Gewissheit, dass er und sie ganz wesentliche Bestandteile jener verlassenen nächtlichen Landschaft waren.

»Glaubst du, dass wir allein sind, Eva? Glaubst du nicht, es gibt in dieser endlosen Weite noch andere als dich und mich?«

»Es gibt andere. Wir haben sie im Traum gesehen.«

»Meinst du, dass sie sich in uns verstecken? Und sich nur blicken lassen, während wir schlafen?«

»Das weiß ich nicht, Adam.«

Das Wissen, dachte Eva, war kein Leuchten, das mit einem Schlag alle Zweifel ausräumte, wie sie es sich vorgestellt hatte, es war vielmehr eine allmähliche Offenbarung durch Träume und Eingebungen, die an einem inneren Ort bewahrt wurden, an einem Ort, wo noch kein Wort gewesen war; das Wissen war eine langsam zunehmende zärtliche Intimität zwischen ihr und ihrem Körper. In jenem Fluss, im schwellenden Druck ihrer Brüste und ihres Unterleibs, im Schmerz, der jetzt die Stelle einnahm, wo sonst der Mann in sie eintauchte, ahnte sie die Brutstätte des Seins voraus, den Lebensquell, der aus ihr entspringen würde, um sich in ungeahnte Richtungen zu verströmen. An den Tagen, da sie blutete, wollte sie die Höhle nicht verlassen. Eingerollt lag sie da und brachte die Zeit mehr schlafend als wachend zu, als wären Träume die einzige Wirklichkeit für sie.

Kapitel 12

Feigen, Birnen, bittere Früchte, Gräser mit goldenen Grannen, welche das Bedürfnis befriedigten, in etwas hineinzubeißen – Adam sammelte alles, was er für geeignet hielt, ihnen den Hunger zu vertreiben, aber der Hunger kehrte wieder. Wenn er morgens die Augen aufschlug, spürte er ihn schon in der Mitte seines Leibes hocken, wo er wohnte wie ein mächtiges, grausames Geschöpf, das sich seinem Willen entzog. Was, so grübelte der Mann, könnte er ihm geben? Früchte vermochten ihn kaum zu stillen, und das, obwohl er und die Frau deren süßes Fleisch genossen und immer wieder über die Fähigkeit der Bäume staunten, an Zweigen und Blättern Essbares wachsen zu lassen. Auf ihren Erkundungsgängen in der Umgebung der Höhle hatte Adam auch Ameisen und andere Insekten probiert oder Pflanzen mit dicken, saftigen Blättern, deren Inneres seltsam wässrig schmeckte. Er war den Eichhörnchen gefolgt und hatte die harten Kerne gekostet, die sie mit ihren langen Zähnen aufknackten, aber sein Hunger war größer und ließ sich durch all die mit Eva entdeckten und geteilten Kleinigkeiten nicht zum Schweigen bringen.

Im Gegensatz zu ihm wurde die Frau nicht müde, immer wieder die Feigenbäume aufzusuchen, um ihren Hunger zu stillen. Sie war überzeugt, dass das Erscheinen des Phönix mit den Feigen in den Klauen und die Art, wie die Bäume über Nacht aus dem Boden gewachsen waren, ein untrügliches Zeichen für sie waren, die weißen Blütenblätter, von denen sie sich im Garten ernährt hatten, durch diese Frucht zu ersetzen.

Adam kauerte im hohen Gras und wagte nicht, sich den großen Tieren zu nähern, aus Angst vor einer Begegnung wie mit den Hyänen. Nach dem großen Beben nahmen sie deren Gegenwart auch viele Tage lang kaum wahr. Die Erde schwankte noch von Zeit zu Zeit und schien im Übrigen still und leer. Doch nach und nach erklang wieder das vielstimmige Konzert aus teils vertrauten, teils nicht zuzuordnenden Tönen, die sich in die Lüfte schwangen, um bis zu ihnen zu reisen. Des Nachts lauschten sie dem Heulen der Wölfe und Kojoten, und tagsüber trug ihnen der Wind aus der Ferne das Brüllen der Löwen und das kräftige Trompeten der Elefanten zu. Kleinere Tiere wie Fasane, Affen, Maulwürfe, Dachse und Hasen bewegten sich raschelnd im hohen Gras, und manchmal konnten sie sich anschleichen und einen Blick mit ihnen tauschen, ehe die Tiere, vom gleichen Schrecken beseelt, der sie selbst beim Anblick der Hyänen gepackt hatte, davonhuschten und im Dickicht untertauchten. Schwärme von Störchen, Reihern und Enten zogen über ihre Köpfe hinweg. Eva sagte, bei ihren Schreien werde ihr ganz schwer ums Herz, so viele Fragen und Forderungen lägen darin.

Der Hund und die Katze machten Adam neugierig. Obwohl sie kaum Früchte aßen, schienen sie nicht unter Hunger zu leiden wie er selbst. Was sie wohl während all der Zeit taten, die sie nicht in der Höhle verbrachten?

Eines Tages erhielt er frühmorgens die Antwort. Er wurde von einem Schwarm Singvögel geweckt, die sich in der Krone des Feigenbaumes niederließen. Er setzte sich auf einen Stein und sah zu, wie die Amseln im Astwerk herumhüpften, sangen und an den Feigen pickten. Der Hund und die Katze stimmten ein aufgeregtes Gebell und Maunzen an, indes sie um die Feigenbäume strichen. Kain stellte sich auf die Hinterpfoten, als wollte er vom Boden abheben. Den Rücken zu einem Buckel gekrümmt, schüttelte die Katze ihre Schläfrigkeit ab und fixierte die Vögel mit einem unergründlichen Ausdruck. Nachdem sie ein paar Mal die Krallen am Baumstamm gewetzt hatte, streckte sie blitzschnell den Rücken und sprang geschickt auf den niedrigsten Ast. Von dort stieg sie vorsichtig bis in die Baumkrone und duckte sich ins Laub. Adam beobachtete sie fasziniert. Dann sah er sie mit einem raschen Tatzenhieb einen der Vögel fangen und mit den Zähnen am Hals packen. Kräftig maunzend hielt sie mit ihren langen Krallen den Hund in Schach, während sie mit ihrer Beute den Baum wieder herunterkletterte und sich im Gebüsch versteckte.

Adam ging auf Zehenspitzen hinterher, um zu sehen, was sie tat. Er sah sie ein ungleiches Spiel mit dem Vogel beginnen, sich anschleichen und ihm mit Pfoten und Zähnen zusetzen, bis er tot dalag. Dann beobachtete er, wie sie ihm die Zähne ins Fleisch schlug und ihn in aller Ruhe auffraß. Angeekelt wandte sich Adam von dem Schauspiel ab. Kurz darauf erschien die Katze wieder aus ihrem Unterschlupf, leckte sich das Maul und suchte zufrieden ein Sonnenplätzchen zum Ausruhen.

Adam wurde gleichzeitig von unbändigem Hunger und großem Abscheu ergriffen. Er stand reglos da. Er pflückte eine Feige und biss hinein. Er fragte sich, ob das Blut des Vogels wohl anders schmeckte. Und plötzlich ging ihm auf, welche Bewandtnis es mit all den Knochen und Gerüchen auf sich hatte, denen er auf seinen Streifzügen begegnete, den seltsamen Schreien und den Lauten der versteckten Tiger. Lustlos und voller Unwillen musterte er den Feigenbaum, dann spuckte er dessen Frucht aus. Der lange Weg zum Meer und die Austern kamen ihm in den Sinn. Da wusste er, was er zu tun hatte.

Er ging in die Höhle und holte den langen Stecken, dessen Ende er mit einem Stein versehen hatte, um Nüsse zu öffnen und bittere Wurzeln auszugraben. Wo gehst du hin?, fragte Eva. Adam erwiderte, er gehe den Geräuschen einer Tierherde nach, die sich am Rande der Ebene aufhielte, um herauszufinden, ob sie ihn näher kommen ließe. Er verstand selbst nicht, warum er ihr die Wahrheit vorenthielt. Sei vorsichtig, gab sie ihm mit auf den Weg. Das werde ich sein. Dann zog er mit dem Hund los. Die Katze blieb bei Eva.

Die Sonne vom wolkenlosen Himmel wärmte schon. Er beschloss, die dem Garten entgegengesetzte Richtung einzuschlagen, dorthin zu gehen, wo die weiten Steppen lagen und dahinter weitere Felsformationen und Palmgruppen. Falls andere Tiere ebenfalls auf der Suche nach etwas Essbarem umherliefen, musste er damit rechnen, dass sie auch ihn dafür in Betracht zogen. Er hatte Angst, aber er hatte es auch eilig. Kain war genauso unruhig, als verstünde er, auf welcher Mission sich der Mann befand.

Sie waren noch nicht sehr weit gegangen, als Kain die Ohren spitzte. Adam sah den Hasen und ging in die Hocke, um ihn herbeizulocken. Häschen, Häschen. Der junge Hase machte Männchen und hob die Ohren. Der Hund preschte auf ihn los. Als Adam ihn endlich einholte, hielt Kain das Tier schon leblos zwischen den Krallen und riss ihm mit den Zähnen die Fleischfetzen ab. Er rückte ein Stück ab und ließ den Hund in Ruhe fressen. Doch beobachte er ihn dabei, um festzustellen, was er verzehrte und was er liegen ließ. Ihm fiel auf, mit welcher Selbstverständlichkeit Kain seine Beute vorzeigte, und ebenso, dass der Hund sogar Adam gegenüber eifersüchtig über sein Futter wachte. Denn als der versuchte, näher heranzukommen, knurrte Kain und fletschte die Zähne.

Also wartete der Mann ab. Unruhig erforschten seine Augen den Horizont. Was wohl dahinter war? Befand sich vielleicht unter ihren Füßen ein weiterer Himmel, so wie jener, der sich nachts über sie spannte? Wie mochte das Blut der Tiere schmecken? Mit seinem Stecken trieb er den Hund zur Eile an, weil er seinen Weg fortsetzen wollte. Sie waren nicht weit gekommen, da setzte Kain schon dem nächsten Hasen nach. Adam lief hinter dem Hund her, um die Schnelligkeit seiner Beine zu erproben. Er riss ihm das Tier aus den Fängen. Der Kopf des Hasen hing schon schlapp am Rumpf.

Diesmal war es der Mann, der sich verbarg. Er setzte sich unter einen Baum. Dann schloss er die Augen und vergrub die Zähne im Fell des Kaninchens. Er schmeckte das Blut, das Fleisch unter dem Fell. Mit Händen und Klauen zog er dem Tier die Haut ab und riss ihm ein Bein aus. Er aß das blutige, noch warme, nach Moschus riechende Fleisch.

Er vernahm ein sehr leises Gelächter. Ein spöttisches Gelächter.

»Sieh einer an, was aus dir geworden ist. Da muss er töten, um satt zu werden!«

Erst hielt er es für seine innere Stimme, doch dann erkannte er den heiseren Klang wie Geröll an einem Hang. Er sah die Schlange.

»Du bist es! Habe ich's mir doch gedacht. Was isst du denn?«

»Ich habe Mäuse gefressen und Rotwild. So ein Hase ist auch nicht übel. Aber schau an, du, der du dich für so etwas Besonderes gehalten hast, sitzt jetzt da und frisst wie jedes andere Tier auch.«

»Werden wir so in dieser Welt überleben, indem wir uns gegenseitig auffressen?«

»Das Leben, das sich vom Tod nährt, tja! Wenn Elohim von Zorn gepackt wird, dann erschafft er so was: Er verdammt einen Teil der Natur, so zu leben wie der andere. Aber du siehst ja. Mir hat er befohlen, Erde zu fressen, und dir, dich von Kräutern und Dornen zu ernähren, um sich's dann anders zu überlegen. Jetzt lässt er zu, dass wir uns gegenseitig auffressen.«

»Du kennst ihn wohl ziemlich gut.«

»Wir sind schon lange zusammen. Solange es ihn gibt, wird es auch mich geben.«

»Dich gibt es, um ihm Kontra zu geben.«

»Ohne mich wäre die Ewigkeit für ihn unerträglich. Ich sorge dafür, dass er staunt, dass etwas unvorhersehbar ist. Ich habe übrigens ein Geschenk für dich«, fügte die Schlange mit einem boshaften Zischeln hinzu. »Du findest es bei deiner Rückkehr in der Höhle. Es wird dir helfen, dich zu ernähren, dich zu wärmen. Aber du musst dich beeilen. Ich habe Eva zwar gewarnt, aber sie wollte nicht auf mich hören. Wenn du nicht schnell machst, dann kommt sie ums Leben.«

Als er das hörte, richtete sich Adam vor Schreck kerzengerade auf. Seine Muskeln spannten sich, er ballte die Fäuste. Er rief Kain und machte sich auf den Rückweg zur Höhle, so schnell ihn seine Beine trugen. Die Reste des Hasen nahm er mit, um sie mit Eva zu teilen.

Als er die Steppe überquerte, sah er eine Gruppe Tiger, die wild brüllten. Sie bildeten einen Kreis, wahrscheinlich, um ihre Beute zu schützen. Er bewegte sich mit größter Vorsicht, um ihnen zu bedeuten, dass er nicht die Absicht hatte, ihnen den Fang streitig zu machen, und ging in einem Bogen um die Stelle herum, bis er hinter den nächsten Felsen seinen Weg in der gebotenen Eile fortsetzen konnte. All das Großwild kam ihm in den Sinn, dem er Namen gegeben hatte. Jeder von ihnen hatte Hunger, dachte er, wer da wohl wen verschlingen mochte?

Noch ein gutes Stück von seiner Wohnstatt entfernt, sah er den Rauch und die Flammen aus der Höhle schlagen und die Feigenbäume einhüllen. Jemand hatte die Steine am Eingang mit Sträuchern und Kräutern bedeckt. Das Feuer gewann an Boden und erhob sich mit lodernder Zunge. Er blieb stehen, außerstande, etwas zu tun. Bevor er die Angst kennenlernen musste, hatte ihn das Feuer schon eingeschüchtert. Es war das mächtigste und großartigste aller Elemente. Als er es jetzt sah, als er Hitze und Rauch bereits spürte und sich vorstellte, dass Eva da drinnen war, überfiel ihn die nackte Panik und Ohnmacht. Der Hund drehte wie verrückt seine Runden, bellte und jaulte in einem fort. Schließlich näherte er sich, so weit er konnte, und versuchte das Brennen auszuhalten, indem er das Gesicht mit den Händen bedeckte. Wie der Hund begann auch er zu jaulen und zu wimmern und mit den Füßen auf den Boden zu stampfen und laut nach Eva zu rufen. Der Rauch erstickte ihn. Unmöglich würde Elohim zulassen, dass die Schlange sie tötete. Hatte er nicht selbst gesagt, es sei für sie noch nicht an der Zeit, zu sterben?

Von nie gekannter Verzweiflung gepackt, fing er an, lauthals nach ihm zu schreien, zu fluchen und zu flehen.

»Elohim, Elohiiiiiiim«, rief er und rannte vor der Höhle auf und ab, das Gesicht dem Garten zugewandt.

Kurz darauf sah er den Phönix erscheinen. Mit riesigen rotgoldenen Schwingen kam der Vogel rasch herbeigeflogen. Er ballte die Fäuste. Was sollte ein Vogel schon ausrichten, um dem Feuer Einhalt zu gebieten? Verblüfft sah er, wie sich das Tier mit ausgebreiteten Flügeln auf der brennenden Höhle niederließ. Und mit einem Mal hielt das Feuer, das sich schon in alle Richtungen ausgebreitet hatte, inne und lief im Leib des Vogels zusammen, als wäre es ein zahmes Geschöpf, das einem unabwendbaren Ruf gehorchen müsste. Die Gestalt des Vogels sog das Feuer auf wie ein Schwamm, wurde größer und größer, damit es in ihm Raum fand. Schon umzingelte ihn der Brandherd, und die Flammen leckten ihm das Gefieder, ohne dass sich der Phönix im Geringsten gerührt hätte. Schließlich breitete der kolossale, wie eine Sonne brennende Vogel über der Höhle die Schwingen aus und hob den Kopf. Reglos staunend sah Adam die weißglühende Gestalt für Minuten in Flammen stehen, ohne verzehrt zu werden, und dann langsam, ohne die Haltung einer herrlichen Statue aufzugeben, zu einem Häufchen Asche zerfallen. Als das Feuer erlosch, erwachte der Mann aus seinem Zustand ohnmächtigen Schreckens und stürzte, den verkohlten Zweigen des Feigenbaumes ausweichend, zum Höhleneingang. Von den Wänden löste sich ein heißer Dunst, aber der Weg war frei. Er fand Eva zitternd unter der Quelle hocken, aus der kaum noch ein Fädchen Wasser floss.

»Das war die Schlange, Adam. Sie hat gesagt, du hättest jetzt getötet, deshalb solltest du auch das Feuer kennenlernen. Was hast du getan?«

»Lass uns hinausgehen. Ich werde dir alles erklären, aber komm bloß hier raus.«

Der Tag ging zur Neige. Der Himmel bestand aus lauter rosa und purpurnen Fetzen. Er spürte Evas warme Haut neben sich. Adam tat es leid um den Phönix. Und sie hatten ihn für unsterblich gehalten, dachte er. Die feurige Silhouette brannte in seiner Erinnerung fort. Voller Rührung zeigte er der Frau die zu Asche zerfallenen Reste.

Während er Blätter suchte, um sich den Ruß von Gesicht und Körper zu wischen, setzte sich Eva auf die Steine. Ganz in den Anblick der Höhle und der toten Feigenbäume versunken, bemerkte sie unversehens, wie ein leichter Wind durch die Asche des Vogels fuhr. Er hob sie hoch und ließ sie immer wieder zur Erde rieseln, als wollte er sie sortieren, ehe er sie mit sich forttrug. Das Aschehäufchen auf dem Felsen regte sich, ohne zerstreut zu werden, wechselte dann die Farbe, wandelte sich langsam zu roten und goldenen Federn und ordnete sich flatternd zu einer Form, die im Gedächtnis des Windes fortzubestehen schien. Dann tauchte unerwartet aus dem Gefieder der Kopf auf. Sich aus der Vernichtung emporreckend, als wäre er soeben erwacht, schüttelte der Vogel sich, und die zahllosen Federn seines Kleides kehrten an ihren ursprünglichen Platz zurück. Voll Freude – denn möglicherweise begriff er soeben erst den Zyklus, den seine Natur bis in alle Ewigkeit wiederholen würde – öffnete der Phönix seine ungewöhnlichen Schwingen, stieß sich anmutig ab und erhob sich mit einem lustvollen Laut in die Lüfte empor. Mit offenen Mündern sahen Adam und Eva ihn in die Farben des Abendrots eintauchen und am Horizont verschwinden.

»Glaubst du, dass mit uns das Gleiche passiert, wenn wir sterben?«

»Keine Ahnung, Eva, ich weiß es nicht.«

Die Sonne ging unter. Mann und Frau suchten in einem Winkel zwischen den Felsen unter freiem

Himmel Deckung vor der einbrechenden Nacht: Sie hatten versucht, in die Höhle zurückzukehren, aber die Wände strahlten noch zu viel Hitze ab, und die Haut schmerzte, wenn sie damit in Berührung kam. Von ihrem Schlafplatz aus sahen sie ein orangefarbiges Leuchten im Innern. Glut. Adam schlang die Arme um Eva. Ihr Haar roch nach Rauch. Diese Schlange ist eine Verräterin, dachte er. Doppelzüngig ist sie. Freundin und Feindin in einem. Das verwirrte ihn.

»Wir haben nichts mehr zu essen«, sagte Eva mit einem Blick auf die verkohlten Feigenbäume.

»Ich habe etwas mitgebracht«, erwiderte Adam.

Er erhob sich und holte den Hasen, den er in die Astgabel eines nahen Baumes gehängt hatte. Er legte ihn Eva vor die Füße und wartete auf ihre Reaktion. Was für ihn nach etwas Essbarem aussah, war für sie ein starres, blutverschmiertes Tier. Mit einem Aufschrei schlug sie die Hände vors Gesicht.

»Ist der tot, Adam, oder wird er wieder lebendig wie der Phönix?«

»Nein, er ist tot.«

Sie nahm die Hände weg, berührte das weiche, leblose Fleisch des Hasen und betrachtete die matten Pupillen.

»Und das gibst du mir zu essen? Den Tod?«

»Heute Morgen hat die Katze einen Vogel entdeckt. Sie hat ihn getötet und gefressen. Später hat Kain einen Hasen gefangen und ihn ebenfalls gefressen. Als ich ihn den zweiten jagen sah, habe ich ihn an mich genommen und mitgebracht, um ihn mit dir zu teilen. Wir werden noch weitere Tiere töten und essen müssen, wenn wir überleben wollen. Das hat die Schlange mir gesagt. Sie hat Mäuse und Rotwild gegessen. Wir können uns nicht nur von Feigen ernähren. Das Hasenfleisch ist gar nicht übel. Ich habe es probiert.«

»Und das glaubst du der Schlange, Adam? Du glaubst, dass wir töten müssen, damit wir leben?«

Eva sah ihn erschrocken und ungläubig an.

»Ich weiß nur eins: Als ich sah, wie die Katze den Vogel gefressen hat, da wusste ich, dass wir genau das tun müssen. Es gibt viele Hasen, Eva.«

Eva senkte den Kopf und legte in einer Gebärde der Hoffnungslosigkeit die verschränkten Hände in den Nacken.

»Wer ist der Andere? Wer ist die Schlange? Wer sind diese beiden Wesen, Adam? Was wollen sie von uns? Eins betrügt uns, das andere bestraft uns. Sie tun so, als wären sie unsere Freunde, aber sie widersprechen sich gegenseitig. Wenn uns schon beim Verzehr einer einzigen Frucht diese Strafe auferlegt wird, was glaubst du, was passiert, wenn wir töten, um zu essen? Ich will nicht töten, Adam. Woher sollen wir denn wissen, was wir töten sollen und was nicht? Töten, um zu essen«, wiederholte sie, und ihre Miene spiegelte Widerwillen und Verwunderung. »Wer ist denn nur auf die Idee gekommen?«

»Ich habe dir doch gesagt, dass es von Hasen nur so wimmelt. Elohim hat sie bestimmt zu diesem Zweck erschaffen.«

»Du kannst sicher sein, dass es dem Hasen, den du tötest, ziemlich egal ist, wie viele Hasen es noch gibt. Und was ist, wenn ein anderes Tier darauf kommt, dass wir für ihn der Hase sind?«

»Wir werden Tag für Tag überleben und dazulernen müssen. Ich kann dir all die Fragen nicht beantworten.«

»Du sollst nicht töten. Das sagt mir mein ganzer Körper. Wenn der Tod eine so große Strafe ist, warum müssen wir ihn dann anderen zufügen? Es scheint Elohim schwerzufallen, sich an unsere Stelle zu versetzen. Er glaubt, er wüsste, was für uns am besten ist, aber ich kann mich sehr wohl in den Hasen hineinversetzen. Das arme Geschöpf. Schau ihn dir doch an, ein Häuflein Elend.«

»Es geht nicht darum, zu töten, um zu töten, sondern um zu überleben.«

»Das war im Garten aber nicht so.«

»Du warst es doch, die Gut und Böse kennenlernen wollte. Vielleicht ist das ja das Böse. Wir müssen es ausprobieren. Wenn wir es nicht tun, werden wir sterben.«

»Wir werden so oder so sterben.«

»Elohim hat gesagt, dass unsere Zeit noch nicht gekommen ist.«

»So wie du sagst, dass dies das Böse ist und wir es ausprobieren müssen.«

»Ja.«

»Aber wir sind doch frei, Adam, wir können wählen. Wenn du der Meinung bist, dass wir uns schon einmal geirrt haben, warum sollen wir dann noch mal das Falsche tun? Sie haben uns allein gelassen. Jetzt entscheiden wir, wie wir leben wollen.«

Adam sah sie lange an. Er bewunderte ihre Vehemenz. Dennoch war sie es gewesen, die sie an diese Wegscheide geführt hatte. Sie hatte keine Angst davor gehabt, Gut und Böse kennenzulernen, aber jetzt hatte sie plötzlich Angst davor, zu tun, was sie zum Überleben tun mussten.

»Du hast die Frucht gegessen.«

»Ich wollte wissen, Adam. Ich weiß jetzt mehr als im Paradies. Deshalb bitte ich dich, nicht zu töten.«

»Wenn wir die Frucht nicht gegessen hätten, dann hätten wir vielleicht auch niemals töten müssen, aber jetzt sind wir allein. Ich kann mich nicht nur nach dir richten. Auch ich weiß, was ich zu tun habe. Vielleicht ist es ja nicht deine Aufgabe, zu töten. Vielleicht sind wir deswegen verschieden.«

»Vielleicht, Adam. Meinetwegen kannst du das glauben.«

»Ich bin größer und stärker als du. Ich fühle mich dafür verantwortlich, dass wir es schaffen, zu überleben.«

»Ich fühle mich dafür verantwortlich, dich zu beschützen. Und jetzt geht es anscheinend darum, dich vor dir selbst zu beschützen. Wir sind keine Tiere, Adam.«

»Woher weißt du das? Nur die Worte, die wir gebrauchen, unterscheiden uns von ihnen.«

»Und das Wissen.«

»Ich weiß, dass wir essen müssen. Die Tiere wissen auch, dass sie essen müssen. Nur dir passt das nicht.«

»Es stört mich, wenn wir dafür Tiere töten müssen.«

»Es ist uns so bestimmt. Wir haben uns das nicht ausgesucht.«

»Du wirst hart werden müssen, um es zu tun. Du wirst lernen, grausam zu sein.«

»Mag sein, dass das böse ist, Eva, aber das Böse gehört auch zum Wissen.«

Evas Gedanken wanderten wehmütig zurück zum Licht und zur Stille des Gartens. Zur Ewigkeit. Sie entsann sich ihrer Seelenruhe und der schlichten Gedanken ihres von Schrecken, vom Weinen, von Angst und Wut noch unberührten Gemüts; sie hatte sich leicht gefühlt wie ein Blatt, das auf dem Wasser treibt.

»Wenn wir nicht von der Frucht gegessen hätten«, sagte sie und sah ihm dabei fest in die Augen, »dann hätte ich nie eine Feige gekostet und auch keine Auster. Ich hätte nicht gesehen, wie sich der Phönix aus seiner Asche erhebt. Ich hätte die Nacht nicht kennengelernt. Ich hätte nicht gewusst, dass ich mich allein fühle, wenn du fortgehst, und nie erfahren, wie mein trotz des Feuers fröstelnder Körper plötzlich von Wärme durchströmt wurde, als ich dich meinen Namen rufen hörte. Ich würde deine Nacktheit immer noch ohne jede Regung ansehen. Ich hätte nie geahnt, wie sehr es mir gefällt, wenn du wie ein Fisch in mich hineingleitest, um das Meer zu erfinden.«

»Und ich hätte nie erfahren, dass ich es nicht ertrage, wenn du Hunger hast. Dass ich mir grausam vorkomme, wenn du blass wirst und ich nichts tun kann, um es zu verhindern. Ich habe nicht entschieden, dass die Dinge sind, wie sie sind, Eva. Ich lerne bloß aus dem, was ich um mich herum sehe.«

Der Mann sagte nichts mehr. Auch sie hüllte sich in Schweigen. Wieso dachten sie so verschieden?, fragte sie sich. Wer von ihnen hatte recht? Unter den Felsen unweit der Höhle schmiegte sie sich dicht an ihn, und später, als sie rittlings auf ihm saß, ihr Kopf eingerahmt vom abnehmenden Mond, sorgte sie dafür, dass der Mann den Hunger vergaß und auch die Notwendigkeit zu töten.

Gegen Morgen nahmen sie die Höhle wieder in Besitz. Die Hitze darin war einem wohlig warmen Dunst gewichen. Auf dem Sand der Grotte glommen schwach ein paar Steine. Adam ließ den Hasen achtlos fallen. Kurz darauf ließ ihm der von der Herdstelle verströmte Fleischgeruch das Wasser im Mund zusammenlaufen. Das Fleisch wurde im Feuer goldbraun und war dann viel leichter mit den Zähnen zu zerteilen. Er dachte, dass er lernen musste, die Macht des Feuers zu bändigen. Denn es ist, wie alles andere auch, Gut und Böse in einem, ging ihm auf.

Eva sah ihm zu, ohne näher zukommen.

Am folgenden Tag war sie es, die loszog, um einen Erkundungsgang zu machen. Sie wollte alleine gehen. Aber geh nicht zu weit fort, sagte er, sonst kannst du am Ende nicht mehr zurückkehren, das darf nicht passieren. Wie kam er darauf, dass sie nicht genauso fortgehen und wiederkommen konnte, wie er fortgegangen und wiedergekommen war? Sie lächelte in sich hinein und ging.

Das Sonnenlicht wurde weich und schwerelos durch einen wolkenverhangenen Himmel gefiltert, als sie den Weg zum Fluss einschlug. Dort wollte sie eine Möglichkeit suchen, ans andere Ufer zu gelangen, in das frische, satte Grün. Auf der Steppe mit dem hohen gelben Gras sprang der Hund hinter ihr her. Immer wieder flitzte er an ihr vorbei und ging mit der Schnauze am Boden ein Stück vorneweg, wo die flüchtenden Hasen in alle Richtungen auseinanderstoben. Es waren wirklich sehr viele. Sie stellte sich ihre kleinen, ängstlichen Herzen vor. Ein Falke stieß im Sturzflug herab, holte sich einen und trug ihn durch die Lüfte davon. Er wird ihn töten. Er wird ihn fressen, dachte sie. Der Geruch von Tierfleisch kam ihr wieder in den Sinn. Die Vorstellung von Lebewesen, die sich gegenseitig auffraßen, war abscheulich. Das Blut. Die Reißzähne des Hundes. Der Schmerz der geopferten Tiere. Traurig war das. Was sollte Gutes dabei herauskommen, wenn sich das Leben am Tod nährte? Wer hatte das so eingerichtet? Was würden sie tun, wenn ein anderes Tier versuchte, sie zu töten? Nein, es konnte nicht sein, dass dies die einzige Art war, sich Nahrung zu beschaffen. Die Erde brachte Feigen und Früchte hervor. Wenn sie Vögel und Elefanten speiste, dann musste sie auch für sie etwas Süßes, Gutes bereithalten. Oh, wie sie die weißen Blütenblätter aus dem Garten vermisste!

Sie erreichte den Fluss. Eine Weile stand sie still da, um ihn zu betrachten. Sie stellte sich ein

Riesenauge vor, ganz weit weg, das dieses kristallklare Wasser weinte. Der Fluss hatte es schrecklich eilig, obwohl er keinen anderen Zweck erfüllte, als nur zu fließen und zu fließen. Sie lauschte seinem Plätschern und Murmeln. War es möglich, dass die Vögel im Fluss starben und im Wasser weitersangen? Die Steine, sonst so ausdruckslos und stumm, erschienen im Wasser weich und gefügig. Der Fluss kam von ganz weit her. Er verlor sich am Horizont. Sie erinnerte sich, vom Berggipfel aus, wo sie sich ins Leere gestürzt hatten, zwei lange Wasserschnüre gesehen zu haben, die sich durch die Landschaft schlängelten und in der Ferne immer kleiner wurden. Denen, so dachte sie, sollten sie einmal folgen, um herauszufinden, wo sie hinführten.

Sie wanderte im Schatten der Bäume und sog genüsslich den Pflanzenduft ein. Überall wimmelte es von Eichhörnchen, Vögeln und Insekten. Der Hund witterte etwas. Er machte halt und hob ein Bein. Vom Ufer sprang Eva auf eine kleine Insel und hielt sich dabei an den Steinen fest, die aus dem Fluss ragten. Der Hund schwamm. Dann ging sie auch ins Wasser und watete ans andere Ufer.

In einem Palmblatt sammelte sie Früchte, die ihr fleischig und essbar vorkamen. Die Landschaft auf dieser Seite war grüner und fruchtbarer. Es gab dicht belaubte Bäume und kleine Palmen, an denen ganze Büschel von Datteln hingen. Begeistert von diesem Fund, riss sie die Früchte ab. Sie fand auch hohes goldgelbes Gestrüpp mit Federbüschen aus kleinen, harten Körnern, die sie kostete. Von einer sonderbaren Kraft ergriffen, ging sie weiter wie ein Reh und schaute nach hier und da, jedoch nicht mehr in der kontemplativen Haltung von vorher, sondern in der klaren Absicht, in der Natur etwas zu finden, was sie verwenden oder nutzen konnte. Sie riss lange, bleiche Blätter aus und knüpfte sie aneinander, um ihre Last zu tragen. Sie sammelte Schalen, Samen, Blumen und untersuchte alles eingehend und in der Gewissheit, von Zeichen umgeben zu sein, die sie mit der gehörigen Aufmerksamkeit und Geduld würde entschlüsseln können. Am Abend zuvor hatte sie beim Anblick der Phönixfedern im Geiste für Adam und sich ein Federkleid gemacht, doch die einzeln auf dem Boden verstreuten Federn reichten dafür nicht aus.

Als sie mit ihrer kleinen Beute auf dem Rückweg war, wurde ihr für einen Augenblick schwindelig. Sie fürchtete, bei der Durchquerung des Flusses bis zur Insel alles zu verlieren. Nachdem sie beobachtet hatte, dass das Holz, ohne unterzugehen, auf der Strömung trieb, fügte sie zwei Äste mit dichten, trockenen Zweigen mit Hilfe der mitgebrachten Lianen zusammen und baute so ein kleines Floß, um ihr Bündel darauf zu befördern.

Der Hund legte sich in den Schatten, während sie arbeitete. Endlich erreichte Eva, fröstelnd, aber glücklich, das andere Ufer. Und sie wusste, dass das, was sie an jenem Tag getan hatte, gut war.

Kapitel 13

Adam hatte weitere Hasen getötet und ihnen die Häute abgezogen. Sie wurde traurig, als sie bei ihrer Rückkehr die in der Sonne ausgebreiteten Felle auf den Felsen sah – steife, abgelegte Hüllen. Als sie eintrat, lag der Mann schlafend in der Höhle, das angespannte Gesicht schien am Traum Halt zu suchen, während die Reste seines Festschmauses auf dem Boden um die Feuerstelle zerstreut lagen, wo noch trockene Holzstücke brannten. Die in seiner Nähe ausgestreckte Katze hob den Kopf und sah sie gleichmütig an. Der Hund stürzte sich auf die abgenagten Knochen und schleppte sie in einen Winkel der Grotte.

Sie öffnete ihr Bündel mit den Früchten und aß Datteln und Orangen.

»Die Erde auf der anderen Seite des Flusses ist so ähnlich wie der Garten. Da stehen viele Bäume, und sie tragen Früchte. Schau mal, was ich alles mitgebracht habe«, sagte sie, als er aufwachte. »Du brauchst keine Hasen mehr zu töten.«

»Hast du gesehen, wie viele ich gefangen habe? Ich habe auf der einen Seite der Steppe einen Holzklotz in Brand gesetzt und bin dann auf die andere Seite gelaufen. Da kamen sie alle angerannt. Wenn du dabei gewesen wärst, hätten wir sogar noch mehr.«

Er lächelte stolz und war sichtlich mit sich zufrieden.

»Wozu denn so viele?«

»Mit den Häuten können wir uns bedecken, und an Nahrung wird es uns nicht mehr fehlen.«

»Ich habe dir doch gesagt, dass es auf der anderen Seite des Flusses Unmengen von Früchten gibt.«

»Wir sollten nicht so weit fortgehen von hier, Eva. Lass uns lieber in der Nähe des Gartens bleiben und warten, ob der Andere Reue empfindet und seine Meinung ändert. Komm mal mit.«

Er erhob sich und führte sie nach draußen zu einer Einbuchtung in den nahen Felsen, wo er zwei ungehäutete Hasen auf einen glatten, sauberen Stein gelegt hatte.

»Ich habe eine Opfergabe für den Anderen hingelegt. Er soll wissen, dass wir ihm dankbar sind für den Phönix, den er uns geschickt hat, um dich aus dem Feuer zu retten. Es stimmt nämlich, dass er weiter über uns wacht. Vielleicht vergibt er uns ja.«

»Er verhindert vielleicht, dass wir sterben, aber ob er uns zurückkehren lässt, das ist eine andere Sache.«

»Denk daran, du hast dich auch getäuscht, als du dachtest, dass es nichts Besonderes wäre, die Frucht zu essen. Vielleicht täuschst du dich ja jetzt auch.«

»Und wenn er nicht kommt, um die Hasen zu holen?«

»Dann bringen wir sie ihm hin. Wir bringen ihm jeden Tag eine Gabe, um sein Herz zu erweichen.«

Als sich Eva an jenem Abend niedergelegt hatte, merkte sie, dass der Schlaf nicht kommen wollte. Sie öffnete in der Finsternis die Augen und sah den funkelnden, starren Blick der Katze und das rötliche Schimmern der Glut, die Adam mit trockenem Gras und Zweigen speiste, damit sie nicht erlosch. Sie verstand die Grausamkeit nicht, doch allein das Wort hinterließ einen bitteren Nachgeschmack in ihrem Mund. Sie schloss die Augen wieder. Dann erforschte sie ihre Furcht.

Sie versuchte das Blut aus ihrem Schoß vom Blut der Hasen zu unterscheiden. In ihrem Geist tauchte wieder das Meer auf mit dem langen, leeren Strand, wo die Wellen ihr endloses Lied sangen. In der Ferne entdeckte sie auf den Felsen eine Gestalt. Sie dachte, es wäre Adam, und ging auf ihn zu. Da überraschte sie das Antlitz einer anderen wie sie. Aber noch mehr erstaunte sie, dass sie sie kannte und ihren Namen wusste. Im Unterschied zu ihr selbst, die ihre Blöße nur dürftig mit dem groben, zerrissenen Fell bedeckte, das sie als einziges Kleidungsstück kannte, war die Frau in ein Federkleid gehüllt, das ihre Linien weich umspielte. Eva hörte, dass die andere zu ihr sprach, aber ihre Worte wurden vom Wind davongetragen. Sie wollte hören, was die andere zu ihr sagte, und versuchte ihr näher zu kommen und die Barriere der inzwischen dichten, milchigen Luft zu überwinden. Sie hatte schon den Mund voller Salz, aber sie gab nicht auf. Sie wollte unbedingt wissen, wer das war, diese Frau wie sie, die unversehens in ihrer Einsamkeit auftauchte.

Schließlich gelang es ihr, sich vom Wind loszumachen, der an ihr zerrte, und sie fiel bäuchlings auf die Frau. In der Umarmung löste sich das Gesicht, das sie angeschaut hatte, auf. Als sie das Gleichgewicht zurückgewann, war sie am Strand allein, saß in ein Federgewand gekleidet an der Stelle der anderen und schaute aufs Meer hinaus.

»Adam, wo gehen wir hin, wenn wir träumen? Wer ist das, die wie wir sind und uns im Traum begegnen? Heute Nacht habe ich am Strand eine wie mich gesehen. Vielleicht gibt es sie ja dort. Wir sollten sie suchen gehen.«

In seinen Träumen tauchten ebenfalls andere auf wie er, erzählte Adam. Er glaubte nicht, dass es sie gab. Träume waren, was sie selbst sehen wollten, sagte er.

Er ging hinaus, um nachzusehen, ob Elohim die beiden Hasen geholt hatte. Der Stein war leer, aber oben auf dem steilen Felsen am Gipfel des Berges sah er zwei große Geier auf der Lauer sitzen. Er lief, um die Felle zu retten, die er zum Trocknen hinausgehängt hatte, weil er ahnte, dass es nicht Elohim gewesen war, der sein Opfer angenommen hatte.

»Wir sollten es ihm zum Garten bringen«, beschloss er beim Eintreten.

Eva ließ ihn von den Apfelsinen und den Datteln kosten. Er aß langsam und genoss den süßen Saft und das Fruchtfleisch. Sie hob die Kerne auf, um sie später in die Erde zu stecken, damit sie zu Bäumen wurden wie die Feigen. Sie sammelten trockene Zweige, damit sie das Feuer anfachen konnten. Adam trug ein Bündel Hasen auf dem Rücken, als sie sich aufmachten zurück zum Garten.

Es war heiß. In der Ferne war der Himmel grau und voller Dunst, als ob die andere Hälfte der

Erde, die sie nicht sehen konnten, gerade Feuer fing. Bilder ihrer ersten Tage kamen ihnen in den Sinn: der Tumult und das Flackern, das sie damals sorglos beobachtet hatten. Diesmal versetzten sie die Vorboten der Katastrophe und das Tosen, das den Boden unter ihren Füßen erzittern ließ, in Angst und Schrecken.

Eva holte Adam ein. Was ist denn da hinten los? Da, ganz weit hinten?, fragte sie. Sie bezweifelten, ob sie je erfahren würden, was sich in der Ferne verbarg.

Adam legte den Arm um sie. Sie war kleiner, ihr Körper zierlicher. Und er fragte sich, warum. Er fragte sich auch, ob sie vielleicht recht gehabt hatte, als sie behauptete, sie wäre bei ihm, um ihn vor sich selbst zu schützen. Er fürchtete sich häufig, wenn er sie allein ließ. Ihn beunruhigte ihre Art zu träumen, wenn sie von seiner Seite wich, ohne sich zu rühren. Ihn überraschten ihre Augen, die für ihn nicht erkennbare Zeichen sahen, und ihre Haut, die wie die Nase von Hund und Katze die Ereignisse voraussagte. Wenn er sie nachts im Schlaf beobachtete, überkam ihn oft der Drang, sie aufzuwecken und ihr weh zu tun. Er wusste nicht, wohin mit seinem Groll darüber, dass sie auf eine besondere Weise mit der Erde verbunden war, wie ein Baum ohne Wurzeln, und er nicht.

Er wunderte sich, dass sie so wenig Reue zeigte, von der Frucht gegessen zu haben, dass sie beharrte, es nicht gewesen zu sein: Der Andere, so behauptete sie, habe es so eingerichtet. Mit dieser Begründung weigerte sie sich, ihren Teil der Schuld anzuerkennen – ihre verhängnisvolle Neugier! Sie könnte sie beide erneut in Gefahr bringen, wenn sie darauf bestand, sich noch mehr vom Garten zu entfernen, weil sie doch ohnehin nie mehr dorthin zurückkehren würden. Er konnte und wollte das nicht akzeptieren. Mehr als vor Katastrophen und vor dem Unbekannten fürchtete er sich vor sich selbst und vor dem, wozu er bereit war, um in dieser feindlichen Welt zu überleben. Er hatte Angst vor seinem eigenen Hunger und vor der ungezügelten Kraft, mit der er einen Hasen nach dem anderen getötet hatte, indem er ihnen den Kopf mit einem Stein zertrümmerte. Man musste grausam sein, um zu töten. Da hatte sie gar nicht so unrecht.

Sie kannten den Weg zum Garten auswendig, was ihnen erlaubte, ihren Gedanken nachzuhängen, während sie inmitten goldener Weizenähren einen Fuß vor den anderen setzten. Von dem Brot, das deren Körner verhießen, ahnten sie nichts.

Der in der Ferne vom Wind verteilte Dunst legte sich über das Tageslicht, das matter wurde und die Umrisse der Landschaft verschwimmen ließ. Wie jedes Mal, wenn sie sich dem Garten näherten, drang durch ihre Füße die Traurigkeit in sie ein, nahm von ihnen Besitz und kroch wie eine Schlingpflanze in ihrem Körper hoch. Die Wehmut tauchte ihre Erinnerungen dann in die schönsten Farben und umspielte sie mit den schweren, süßen Wohlgerüchen von ehedem.

Diesmal war es Adam, der zuerst die Veränderungen wahrnahm. Eva ging mit gesenktem Kopf hinter ihm her und versuchte, ihren Ekel vor dem Gestank des toten Hasen auf Adams Schulter zu unterdrücken. Als sie seine Stimme vernahm, hob sie den Kopf.

»Er verschwindet! Eva, er verschwindet!«, rief er entsetzt.

Eva schaute hin. Sie drohte in Ohnmacht zu fallen, als der Schock über das, was sie sah, sich zu ihrer Übelkeit gesellte. Sie schwankte leicht. Adam war sofort bei ihr und fing sie auf. Auf seinen Arm gestützt, sah sie einen breiten Lichtstrahl, in dem sich, wie unter dem Sog einer übernatürlichen Kraft, der Abgrund schloss und die Erde wieder eins wurde. Gleichzeitig begann das, was der Garten gewesen war, aufzusteigen und sich in einem leuchtenden Nebel aufzulösen, als wallte aus den Tiefen der Erde die Hitze einer verborgenen Quelle auf, die alles verdampfen ließ: Bäume, Blätter, Orchideen, Schlingpflanzen ... Die langgestreckten Silhouetten der Pflanzen zogen in senkrechten grünen Bahnen bis zum Himmel hinauf und hinterließen einen blassen Abglanz in Rot, Blau, Violett und Gelb, als folgte der Garten plötzlich einer noch unbestimmten Berufung zum Regenbogen. Während die Baumstämme und Sträucher in Bodennähe noch die vertrauten Umrisse zeigten, hoben das gewaltige helle Astwerk des Lebensbaumes und das dunklere des Baumes der Erkenntnis von Gut und Böse sowie Laub und Farben der höchsten Baumwipfel schon vom Grund ab und fielen, einem auf dem Kopf stehenden Regen gleich, in allen Grüntönen schillernd, zitternd und vibrierend nach oben. Das Ganze sah aus wie das Bild eines Teiches, den jemand sanft ruckelnd in den Himmel zog.

Eva öffnete und schloss die Augen, um sich zu vergewissern, dass die Vision nicht von ihrer Ohnmacht rührte. Sie kannte das Wort »Lebewohl« nicht, aber sie spürte es. Sie dachte, dass so der Tod sein müsste, der ihnen angekündigt war. Die Landschaft und alle Farben, auch der Sitz der Erinnerungen würde sich auflösen, und man war allein, um reglos und wehrlos dabei zuzusehen, wie alles, was war oder gewesen sein könnte, verschwand.

Sie war wütend über solch ein grausames Schicksal.

Andererseits war es vielleicht an der Zeit, dass der Garten verschwand und sie ein für alle Mal die Wirklichkeit annahmen, für die sie geschaffen worden waren und in der sie leben mussten. Inmitten ihrer Verbitterung spürte sie die Klarheit von Elohims Gedanken ihr eigenes Denken durchdringen: Sie waren nicht der Anfang, sondern die Vollkommenheit am Ende, die er hatte sehen wollen, ehe er sich entschloss, ihnen die Freiheit zu geben, hörte sie ihn sagen. Eines Tages würden sich ihre Nachkommen aufmachen, um ins Paradies zurückzukehren.

Eva sah, wie sich der Knopf an ihrem Bauch öffnete und daraus Glied um Glied hervorging: grobe Geschöpfe, die ihren Weg machten, ein Hindernis nach dem anderen überwanden auf der Suche nach der sanften Klarheit des Gartens, ein Bild, das sie, Eva, in deren Gedächtnis abgelegt hatte. Sie verstand die Dringlichkeit und die Hoffnung, die sich beim Anblick der unzähligen, wirren, noch schwer zu deutenden Bilder in ihr regten. Sie war soeben Zeugin davon geworden, wie ihre Nachkommen im Dunkeln tappten, wie sie den ganzen Kreis würden durchlaufen müssen, ehe sie den ersten Blick auf die Umrisse der Bäume tun könnten, unter denen sie ihren ersten Atemzug genommen hatte. Sehnsüchtig wünschte sie, sich und Adam diese perfekte kleine Parzelle erhalten zu können, die bis in alle Ewigkeit anklagend mit dem Finger auf sie zeigen würde. Gleichzeitig war ihr klar, dass es ihr nicht viel nützen würde, ihre

Unschuld zu beteuern, denn ihre Schuld gehörte mit zum Plan Elohims und der Schlange.

Sie kam wieder zu sich. Adam schüttelte sie.

»Du hattest recht«, keuchte der Mann. »Er vernichtet den Garten. Wir können nie wieder zurückkehren, um vom Lebensbaum zu essen.«

Der Mann schlang die Arme um ihre Taille und brach in ein haltloses Schluchzen aus. Er war immer so sicher gewesen, dass sie eines Tages in den Garten zurückkehren könnten. Nachdem er selbst getötet hatte, schreckte ihn der Tod, und seine innere Not hatte Nacht für Nacht zugenommen. Wenn er aufwachte, fuhr er mit den Händen an sich herab, füllte die Lungen mit Luft, vergewisserte sich des Erdengeruchs und tastete nach Eva an seiner Seite. Dann empfand er Dankbarkeit für das Licht, für das Wasser seiner Augen, für die Festigkeit seiner Haut, für seine Muskeln und seine Knochen, ja sogar für seine tierischen Körperregungen, die ihn erst so abgestoßen hatten. Und nun zwang Elohim ihn dazu, das Ende seiner Anfänge zu sehen. Genauso wie die Baumkronen würde sich auch sein Leben auflösen, Evas Leben und die Meere, Flüsse, das Feuer und der Phönix, alles, was seine Augen je erblickt hatten.

Ohne sich abzusprechen war beiden klar, dass sie dableiben würden, bis sich der Garten vollständig aufgelöst hatte. Gebannt von dem Schauspiel ließen sie sich an einer Stelle zwischen den Steinen nieder und schwankten zwischen Staunen und Bestürzung. Die bunten Streifen flogen im Wind und zerfielen zu vertikalen Linien mit wechselnder Färbung; aus den Baumkronen erhoben sich Vogelschwärme himmelwärts und stoben in alle Richtungen davon; das Männchen und das Weibchen des Phönix nahmen den Weg zur Sonne. Ihre wunderschönen, rotgolden schimmernden Flügel flammten in der Ferne auf und füllten den Tag mit loderndem Licht. Eva hatte den deutlichen Eindruck, dass die Zeit stillstand, fragte sich aber, ob nicht vielmehr alles in einer schwindelerregenden Schnelligkeit geschah, während ihr und der ganzen umgebenden Natur der Atem stockte. Sogar die von den toten Hasen angelockten Insekten schienen reglos in der Luft zu stehen. Und als Adam sie mit einem Bündel Ähren vertrieb, kamen ihr seine Bewegungen unendlich langsam vor.

»Eva, glaubst du nicht, dass wir noch ein allerletztes Mal hinüber können? Der Abgrund ist doch jetzt zu.«

»Vom Lebensbaum ist aber kaum noch das Wurzelwerk übrig. Elohim weiß, dass wir nicht mehr davon essen können, um ewig zu leben«, erwiderte sie.

»Ich will nicht sterben.«

»Was haben die Hasen gemacht, als du sie getötet hast?«

»Sie haben sich erst gewehrt, und dann haben sie stillgehalten und sich ergeben.«

»Vielleicht ist es ja nicht mehr als das: sich wehren und sich am Ende ergeben.«

»Und gibt es danach einen anderen Garten?«

»Was sollen wir da mit dem Wissen von Gut und Böse, das wir erworben haben?«

»Ich weiß es nicht, Eva. Ich weiß es ja nicht. Wollen wir versuchen, noch mal rüberzugehen? Ich will so gerne hinein.«

Sie tasteten sich vorsichtig voran, weil sie fürchteten, wieder von dem peitschenden Feuer verfolgt zu werden. Vom Garten waren kaum noch feste Strukturen da. Nichts und niemand hinderte sie am Fortkommen. Sie gingen zwischen den Silhouetten von Bäumen und Pflanzen umher. Im Rückstau der Luft lebten noch bestimmte Düfte fort und sogar der Gesang einiger Vögel. Hier und da legte sich Farbe wie Schaum auf ihre Haut. Auch der Garten nahm Abschied und leckte sie wie ein Hund.

An der Stelle, wo Adam mit Eva an seiner Seite erwacht war, fand er drei Pflänzchen, deren Wurzeln unter der Erde eine Einheit bildeten. Vorsichtig grub er sie aus. Er wollte sie mitnehmen, einpflanzen und wachsen lassen, damit er sich in ihrem Schatten der Illusion hingeben konnte, wieder im Paradies zu weilen.

Sie gelangten ins Herz des Gartens, dorthin, wo die Bäume der Erkenntnis und des Lebens gestanden hatten. Die Farben schwebten bereits wieder über ihren Köpfen und formten eine weit ausstrahlende grüne Lichterkette. Wie schön, sagte Eva. Schönheit. So hieß das. Sie freute sich, das richtige Wort gefunden zu haben. Mehr als einmal hatte sie nämlich danach gesucht, im Lande ihrer Vertreibung, das sie mit seinen gewaltigen Sonnenauf- und -untergängen, seinen Tälern und Flüssen allmählich für sich einnahm. Schönheit war dort, wo das Auge sie zu erkennen vermochte. Vielleicht gab es sie sogar im Tod. Vielleicht war er gar nicht so schlimm. Kopfschüttelnd betrachtete sie ihre Hände. Ihr Haar und ihre Fingernägel waren gewachsen. Wie lange ihr Leben wohl dauern würde außerhalb der Ewigkeit des Gartens?

Kapitel 14

Sie gingen langsam und lustlos zur Höhle zurück. Der Garten war schon lange nicht mehr zugänglich für sie, aber sie hatten immer gewusst, wo er war, stets hatten sie ihn sehen können, wenn auch in weiter Ferne. Diese Gewissheit war bisher ein merkwürdiger Trost für sie gewesen. Der Garten war ihr Ausgangspunkt, ihre Herkunft. Da er nun verschwunden war, blieben ihnen nur noch die davon bewahrten Bilder, ihre Erinnerungen, die sich im Laufe der Zeit mit ihren Träumen mischen würden.

Adam ging vorneweg. Eva hielt sich, in Gedanken versunken, hinter ihm. Die Worte der Schlange kamen ihr in den Sinn: »Er langweilt sich. Er erschafft Planeten und Konstellationen, und dann vergisst er sie.«

Kaum hatte sie die Kreatur innerlich heraufbeschworen, da hörte sie neben sich etwas zischeln und nach ihr rufen. Eine kleine Staubwolke wurde aufgewirbelt, als die Schlange mit raschen Windungen Eva einzuholen suchte.

»Hat er dich nicht mitgenommen? Hat er denn auch dich verlassen?«, wunderte sich Eva.

»Er will allein sein. Ich glaube, er ist traurig. Aber das hat er sich selbst zuzuschreiben. Er erschafft seine eigenen Trugbilder. Schau mal, euch hat er zu seinem Bilde gemacht, das ihm gleich ist, aber er hat sich nicht getraut, euch mehr Freiheit zu geben als die, eure eigenen Grenzen kennenzulernen. Allerdings gebe ich zu, ich habe es selten erlebt, dass er – abgesehen von mir – mit einem Geschöpf so viel Macht teilt. Jetzt gehört die Erde euch. Ihr könnt sie neu erschaffen und Gut und Böse so definieren, wie es euch passt.«

»So wie es uns passt?«

»Er ist ja nicht mehr da. Er wird euch nicht mehr täglich miterleben, und er wird euch auch nicht ständig was ins Ohr flüstern.«

Das stimmte Eva nachdenklich.

»Wir werden lernen müssen, Gut und Böse zu unterscheiden. Wir haben die Frucht vom Baum gegessen.«

»Genau.«

»Tiere essen und sie dafür zu töten, ist das gut oder ist das böse?«

»Dass Adam Hunger hat, ist das gut oder böse?«, fragte die Schlange ironisch zurück.

»Er kann auch etwas anderes essen.«

»Er ist der Meinung, dass es nicht genügt, von Früchten und Nüssen zu leben. Davon wird er nicht satt.«

»Andere Tiere töten auch. Zum Beispiel die Katze und der Hund.«

»Und sie wissen nichts. Gut und Böse sind Extreme. Es gibt viele Zwischenstufen.«

»Du verwirrst mich.«

»Die Sache ist verwirrend. Aber genau danach wolltest du dich doch auf die Suche machen.«

»Ich finde es nicht gut, zu töten, um zu essen.«

»Dann tu es nicht. Überzeuge Adam.«

»Das habe ich versucht, aber er besteht darauf.«

»Besteh du auch darauf.«

»Es ist zwecklos. Der Hunger ist beängstigend, er sticht wie Sonne und Mond.«

»Dann lass es und verurteile ihn nicht.«

»Aber es wird Folgen haben.«

»Du hast entschieden, vom Baum zu essen. Auch das hatte Folgen. Und jetzt beeil dich. Du bist ganz schön weit zurückgefallen. Adam sucht dich schon. Er macht sich Sorgen, wenn er dich nicht sieht.«

In der Höhle zurück, kauerte sich Eva hin und versank in einen bedrückenden Traum, der sie tagelang verfolgte. In ihrer Welt ohne Vergangenheit und beinah ohne Erinnerungen wiederholten sich ihre Träume, ohne sich wirklich zu gleichen. Elohim, die Schlange, der Phönix, die Hasen, die Apfelsinen, die Datteln, das Meer, der Tod. Essen und nackt sein, der eine im anderen.

Adam wollte nicht, dass sich die Niedergeschlagenheit der Frau an seine Haut heftete. Er ließ sie schlafen und machte sich nützlich, ging zum Flussufer hinunter und holte ein paar feine, biegsame Zweige von schlankem Wuchs. Er verwendete die Dornen eines Strauches dazu, zwei Löcher in ein getrocknetes Kaninchenfell zu bohren und die Pflanzenfaser von einer Seite zur anderen hindurchzuziehen, so dass er eine Bedeckung hatte, die ihn vor dem starken Schmerz schützte, wenn er sich das Geschlechtsteil stieß. Damit das Leder weicher wurde, legte er die Felle mehrere Tage in den Schlamm. Er stellte fest, dass sie weicher wurden, je schmutziger der Schlamm war. Mit den weichsten Fellen nähte er etwas für Eva, damit sie Schultern, Brüste und den Schoß bedecken konnte.

Er fing weitere Hasen. Er fing scheue Fasane. Er stieg in den Fluss und fing Fische, aber sie glitten ihm aus den Händen. Er sammelte Eier aus den Vogelnestern. Er folgte dem Ufer flussabwärts und überquerte die Insel, um den Wald zu erkunden, wo Eva die Apfelsinen und Datteln gefunden hatte.

Die Frau aß kaum etwas. Sie sprach im Traum, und ihr Magen gab alles wieder von sich, was er ihr zu essen anbot.

Das Feuer und der Fleischgeruch lockten andere Tiere an. Nachts bellte der Hund, und der Mann hörte es draußen knurren und bedrohlich rascheln. Obwohl Eva es nicht wahrhaben wollte, stillten bereits viele Tiere ihren Hunger, indem sie sich gegenseitig auffraßen. Adam suchte Steine und schliff sie, dann grub er damit ein Loch in die Erde vor dem Höhleneingang und bedeckte es mit mehreren Reihen von Stöcken, um ungebetenen Gästen den Zutritt zu verwehren. Er staunte jedes Mal, wenn er in sich selbst die Antwort auf ein Rätsel fand, das ihm aufgegeben war, um ihr Überleben zu sichern. Er befestigte die gewetzten Steine an langen Holzstecken, zur Verlängerung seiner Kraft, und versuchte, damit ein paar Hirschkälber zu fangen. Mit dem Hund Kain setzte er ihnen nach, konnte aber mit ihrer Schnelligkeit nicht mithalten.

Wieder stand der Vollmond am Nachthimmel, aber diesmal blutete Eva nicht.

»Mein Körper verändert sich, Adam. Schau nur, meine Brüste, wenn ich drücke, dann kommt aus den Brustwarzen eine weiße Flüssigkeit. Und sieh mal, wie groß und schwer sie geworden sind.

Außerdem bin ich schrecklich müde, und alles, was ich esse, vergiftet mich von innen.«

Adam vermied es, mit ihr darüber zu sprechen. Er tat so, als bemerke er von alldem nichts. Zu sehr erschreckte ihn, was er sah, und er fand keine Erklärung dafür.

»Du brennst nicht mehr, weil du so viel schläfst. Komm morgen mit mir nach draußen. Es wird dir guttun, im Fluss zu baden. Wir können versuchen, einen Fisch zu fangen, oder zum Meer gehen und Austern sammeln.«

Er zeigte ihr das Kleidungsstück, das er für sie genäht hatte. Sie stand auf. Sie war schmutzig. Sie roch. Ihr Haar war verfilzt. Beim Gedanken an das wässrige Austernfleisch meldete sich der Hunger. Der Mann hatte dafür gesorgt, dass das Feuer nicht erlosch. Auch er veränderte sich, dachte sie. Er hatte aufgehört, sich zu beschweren, er hatte aufgehört, zu hoffen. Da der Garten ihm keinen Ausweg mehr bot, nutzte er die Geschicklichkeit seiner Hände und seine Intuition.

»Du warst eifrig«, lächelte sie.

»Ich war am anderen Flussufer. Wenn du willst, gehen wir zusammen hin.«

»Ich will gern ins Flusswasser steigen, aber am liebsten würde ich zum Meer gehen.«

Er legte Holz nach. Dann steckte er die gewetzten, bearbeiteten Steine in eine Art Tasche, die er aus einem weiteren Fell angefertigt hatte. Manche Steine eigneten sich gut zum Schneiden, erzählte er. Sie machten sich auf den Weg. Adam konnte ihr nicht sagen, wie lange sie in der Höhle gelegen und vor sich hin gedämmert hatte. Er sagte nur, er habe viele Nächte auf ihre Wiederkehr von dem Ort gewartet, wo sie hingegangen sei. In der Zwischenzeit war es kalt geworden, und die Blätter fielen gelblich und verwelkt von den Bäumen auf die Erde. Vielleicht würde jetzt ihre gesamte Umgebung vergehen, zerrinnen und sich auflösen, genauso wie der Garten. Die Landschaft lag gleichsam dahinschwindend vor ihnen. Das Pflanzengrün verblasste, und das Sonnenlicht ließ sich nur schüchtern darauf nieder.

»Was machen die Tiere? Hast du sie gesehen?«

»Aus der Ferne. Sie nähern sich, aber nur nachts. Ich höre sie vor der Höhle atmen. Ich kann sie hören, aber nicht verstehen.«

»Hast du Angst?«

»Ich habe Angst, dass sie vorhaben, mich zu fressen – dasselbe, was ich mit ihnen vorhabe. Wenn ich ein größeres Tier erlegen könnte, dann bräuchte ich nicht jeden Tag loszuziehen, um Fasane und Hasen zu jagen. Das wird auch immer schwieriger, wahrscheinlich kennen sie schon meine Tricks, um sie zu kriegen.«

»Ich weiß nicht, wie du das machst. Ist es das gute Gefühl, stärker und schlauer zu sein als sie?«

»Ja. Ich weiß, was ich tun muss, und das erstaunt mich. Ich stehe vor einer Schwierigkeit, und sobald ich eine Weile darüber nachgedacht habe, weiß ich plötzlich die Lösung. Ich sehe die Möglichkeiten, probiere sie aus, und eine davon geht immer.«

»Dann treibt dich etwas anderes als das Töten.«

»Töten! Darum geht es gar nicht. Es geht ums Überleben. Ich bin kleiner als viele Tiere, aber ich bin im Vorteil, weil ich viele ihrer Bewegungen voraussehen kann. Sie haben keine Vorstellungskraft, weißt du. Und ich glaube, dass die es ist, die uns mehr als die Worte von ihnen unterscheidet. Die Vorstellungskraft und die Traurigkeit, Eva. Es tut mir weh, wenn ich daran denke, dass die Tiere im Garten meine Freunde waren und ich jetzt nur noch darüber nachdenke, wie ich sie jagen kann. Du glaubst, dass das für mich nicht schwer wäre. Aber das stimmt nicht.«

»Ist es draußen vor der Höhle kalt, Adam? Glaubst du, dass die Sonne ausgeht?«

»Ich glaube, dass die Welt traurig geworden ist, weil der Garten weg ist. Hoffentlich geht die Sonne nicht aus, Eva. Wir müssen Elohim mehr Opfer bringen, damit er sich unser erbarmt.«

Sie erreichten den Fluss. Die Pflanzen an den Ufern waren noch üppig grün. Der Strom war dunkler und sehr kalt. Eva setzte sich ins Gras und begann auf einem Halm herumzukauen. Beißen, kauen, essen – bald würde auch sie den Forderungen des Hungers nachgeben müssen. Sie würde aufhören, Adam zu verurteilen, so wie die Schlange ihr geraten hatte. Was war schlimmer, der Hunger oder der Tod? Die Knochen schwammen in ihrem Körper und waren durch die Haut zu sehen. Sie konnte die einzelnen Rippenbögen erkennen, die Knoten an ihren Hüften und Knien. Nur ihr Bauch war geschwollen. Es würde ihr nichts anderes übrigbleiben, als genauso zu leben wie die anderen Tiere auch, die sich gegenseitig auffraßen. Aber gab es nicht genauso viele, die einfach nur weideten? Sie war nicht dazu geschaffen, den ganzen Tag Gras zu essen wie sie. Das vertrug ihr Magen nicht. Sie hatte jedes Mal diesen bitteren grünen Brei erbrochen, wenn sie die Stengel und Blumen gegessen hatte, die Adam ihr brachte, weil er beobachtet hatte, dass sich Rotwild, Gazellen und Schafe davon ernährten.

Sie stand auf und ging zum Wasser. Langsam ließ sie sich in die Strömung gleiten. Die Arme vor der Brust verschränkt und mit angehaltenem Atem tauchte sie ins eisige Wasser ein. Die Empfindung war schneidend und schmerzhaft, aber zugleich genussvoll. Ihr Körper zog sich zusammen, aber er wurde auch geweckt, und ihr Blut floss schneller. Sie stieß sich mit Händen und Füßen ab und paddelte ein Stück. Ihr langes Haar umfloss sie auf der Wasseroberfläche. Ein silberner Fisch näherte sich und begann, in den dunklen Strähnen umherzuschwimmen. Hinein und hinaus wie zwischen den Ranken einer unterirdischen Pflanze. Dem kleinen Fisch folgten andere. Mit einem Mal war Eva von einem ganzen Schwarm glänzender kleiner Fische umgeben, die furchtlos auf sie zuschwammen und ihre Haut berührten.

Ohne darüber nachzudenken, hob sie die Hand und strich einem der größten über den Rücken. Das Tier ließ sie gewähren und kehrte, nachdem es eine Runde geschwommen war, für weitere Liebkosungen zu ihr zurück. Sie machte den Versuch, einen festzuhalten, und der Fisch in ihrer Hand hielt ganz still. Die Fische boten sich ihr an. Sie wollten von ihr gefangen werden. Sie hob den Kopf und sah Adam am Ufer gestikulieren. Er forderte sie auf, die Fische zu nehmen und aus dem Wasser in seine Richtung zu werfen.

Sie hielt den größten in der Mitte fest. Dann warf sie ihn mit einer raschen Handbewegung auf Adam zu und vermied es, nachzudenken und das lebendige Zappeln des Geschöpfes zu spüren. Die Fische umringten sie immer noch und strichen ihr über die Haut, als wollten sie, dass sie mit ihnen das Gleiche täte. Sie packte einen zweiten. Und warf ihn ans Ufer. Vier- oder fünfmal tat sie das. Bis sie vor Kälte mit den Zähnen klapperte, halb erfroren, aber gerührt von dem stummen, sanften Ritual der Fische, die sich ihr hingaben, als wüssten sie, dass sie sie brauchte.

Adam hatte längst das Geheimnis des Feuers entdeckt, so dass er trockene Äste sammelte und so lange zwei Steine aneinander schlug, bis sich ein kleiner Funken löste und die Glut entfachte.

Eva betrachtete die fünf toten Fische. Sie sah in ihre starren Augen. Dann nahm sie einen in die Hand und sprach mit ihm. Sie bat ihn um Verzeihung. Anschließend begann sie, einem nach dem anderen mit Hilfe ihrer inzwischen langen Fingernägel die Schuppen auszureißen, mechanisch und mit verlorenem Blick, ehe sie ihn an Adam weiterreichte.

Sie aß das weiße Fleisch mit geschlossenen Augen. Es schmeckte mild und süß wie die Blüten des Paradieses.

Kapitel 15

Allmählich kam Eva wieder zu Kräften. Die Pilze mit den verschachtelten Hüten, die im Dickicht am Flussufer wuchsen, brachten sie auf die Idee, Pflanzenfasern aneinanderzuknoten und daraus ein Netz zu knüpfen, um darin Fische zu fangen. Wenn sie diese später aß, gab sie sich Mühe, nicht an ihre geschickten Schwimmbewegungen in der Strömung zu denken. Um sich nicht schuldig zu fühlen, redete sie sich ein, dass die Wasserwesen einen anderen Tod erlitten als die Erdenwesen. Sie stellte sich vor, dass sie mit der gleichen Sanftmut, mit der sie ein Leben lang stumm im Wasser schwammen, von dem einen in den anderen Zustand übergingen. Sie träumte, dass die von ihr verzehrten Fische in ihrem Bauch weiterlebten, in einer gewölbten Zuflucht, die jeden Tag ein wenig größer wurde.

Sie wollte wieder zum Meer. Die Erinnerung an die Austern und die Vorstellung, der Frau aus ihrem Traum zu begegnen, das sachte Rollen der Wellen, der Wunsch, alleine loszuziehen, ohne dass der Mann darauf bestand, sie zu begleiten, nahmen ganz von ihr Besitz. Eines Morgens wartete sie, bis Adam aufgebrochen war, und machte sich dann auf den Weg.

Ihr gefiel die Erkenntnis, dass außer ihren Gedanken nichts und niemand bei ihr war. Sie stieg den Hang hinunter und betrachtete den über der Höhle aufragenden Berg, felsig und zerklüftet bis zum Gipfel, mit den Sträuchern, deren Dornen ihr bei der Ankunft die Haut aufgerissen hatten. Als sie abstieg, entdeckte sie in der Ebene eine Herde kleiner Tiere mit langem Hals und kurzen Hörnern auf dem Kopf. Ziegen, dachte sie. Die Geschöpfe aus dem Garten hatten sich überall verstreut. Adam hatte ihr erzählt, dass er Elefanten, Giraffen und Zebras am Horizont hatte verschwinden sehen, die immer weitergingen, als hätte ihnen endlich jemand die Richtung gewiesen. Einige Tiere waren ganz verschwunden, andere nach dem Donner der ersten Tage zurückgekehrt. Manche zeigten sich offen, und wieder andere schlichen geduckt umher wie Adam auf der Jagd nach kleineren oder zutraulicheren Arten. Sie dachte an die Hyänen, verbannte den Gedanken aber sofort wieder aus ihrem Geist, um sich nicht zu ängstigen.

Am Ende der Ebene hoben sich die Umrisse eines Gebirgszuges deutlich vor dem hellen Tag ab. Wunderschön stand das dichte Grün an den Rändern des Flusses. Um zum Meer zu gelangen, musste sie auf der anderen Seite des Gebirges eine bewaldete Mulde durchqueren, ein paar Hügel überwinden und dann ein weites, einsames Stück Flachland, das hier und da von einer Palmgruppe unterbrochen war. Wenn sie Glück hatte, war sie gegen Abend in der Höhle zurück.

Sie folgte der Ebene an der Bergflanke, die um das Gebirge herumführte, bis die Waldung begann. Das Gelände ging steil abwärts. Sie versuchte, den Hügel auf der anderen Seite, von dem aus man das Meer schon sehen konnte, nicht aus den Augen zu verlieren, aber kurz darauf war sie bereits von hohen Stämmen und dichtem Laub umgeben. Im Unterschied zu dem stets lichtdurchfluteten Garten lag der tiefe Wald selbst am Tag streckenweise im Halbdunkel. Es roch modrig, und unter ihren Schritten knackten Äste und raschelten Insekten und Kleintiere, die vor ihr flohen. Sie nahm sich ausgiebig Zeit, um in aller Ruhe einen Tausendfüßler zu beobachten, eine Eidechse und eine Landschildkröte mit orangefarbenem Panzer. Sie fragte sich, wie viel Ewigkeit Elohim wohl benötigt hatte, um all das zu erschaffen, und ob er sich mit Einzelheiten aufgehalten hatte; oder ob die Geschöpfe, einmal entworfen, selbst dafür zuständig waren, die geeignetste Form zu finden, damit sie an all den verschiedenen Orten überleben konnten. Sie wunderte sich selbst, weshalb sie sich diese Fragen im Garten nie gestellt hatte. Dann kam ihr zu Bewusstsein, mit welcher Sanftmut sie damals alles, was sie umgab, angenommen hatte, und dass auch dies Teil einer Schönheit gewesen war, die sich selbst nicht hinterfragte.

Sie glaubte, weit genug gegangen zu sein, um allmählich die Hügel zu erreichen, doch kam sie immer wieder vom Halbschatten ins Licht und vom Licht in den nächsten Halbschatten. Sie versuchte die Stelle auszumachen, wo sie in den Wald heruntergestiegen war, und schätzte, dass sie mindestens den halben Weg zurückgelegt hatte. Sie schaute sich um. Bestimmte Bäume glaubte sie an den Ranken wiederzuerkennen, die über den Stamm krochen, um kurz darauf festzustellen, dass sie sich geirrt hatte. Die Bäume spiegelten sich gegenseitig wie in einem ihrer wiederkehrenden Träume, die unaufhörlich um ein und dieselbe Sache kreisten.

Sie machte kehrt und dachte, sie könnte ihre Spuren zurückverfolgen, verlor sie aber schon nach einer kurzen Strecke. Sie gab nicht auf. Sie sagte sich, dass sie bloß geradeaus und ohne Schleifen in eine Richtung zu marschieren brauchte, um an den Waldrand zu kommen. Die Waldsenke war nicht besonders groß und musste irgendwann aufhören. Sie lief und lief, ohne einmal anzuhalten. Mehrmals glaubte sie, dem Ende des Waldes schon ganz nah zu sein, dann war es wieder nichts.

Sie hatte sich verlaufen, erkannte sie, wütend auf sich selbst. Aus Wut wurde Angst und dann Verzweiflung, als sie nach mehreren Versuchen, denselben Weg zurückzugehen oder verschiedene Richtungen zu verfolgen, merkte, dass das Tageslicht erlosch. Sie hatte Hunger und Durst. Da sah sie einen mächtigen, hohen Baum voller kleiner Früchte. Sie pflückte mehrere davon und legte sie sich auf den Handteller. Sie erkannte sie. Es waren Feigen. Kleiner und gelblicher als jene, die an den Feigenbäumen vor der Höhle wuchsen oder im Garten, aber immerhin Feigen. Am Fuß des Baumes ließ sie sich nieder. Sie würde ausruhen. Ausruhen und essen. Was würde Adam tun, wenn er sie nicht vorfand? Und was würde sie tun, wenn es ihr nicht gelang, den Ausgang zu finden?

Die Geräusche nahmen im gleichen Maß zu, in dem das Licht abnahm. Zikaden und Grillen ließen ihr gedehntes, anhaltendes Abendzirpen vernehmen. Sie hörte das heisere Quaken der Frösche und bemerkte, wie die Nachtfalter erwachten. Vielleicht musste sie die Nacht dort verbringen und auf den nächsten Tag warten. Da es ihr bis jetzt nicht gelungen war, aus der Senke herauszufinden, konnte sie sich nur schwer vorstellen, wie es ihr mitten im Dunkeln gelingen sollte.

Plötzlich hörte sie ein lautes Gezeter und sah,

wie sich die Zweige über ihr bogen. Eine Horde Affen erschien. Sie schaukelten auf den Bäumen und machten es sich nacheinander darin bequem, um die Früchte zu genießen. Eva stellte fest, dass es nicht die Äffchen mit den bleichen Gesichtern und den flinken, zierlichen Körpern waren, die ihr auf den Erkundungsgängen mit Adam begegneten und sie an Spinnen erinnerten, vielleicht wegen der Bewegungen, die sie beim Schaukeln machten. Diese hier waren groß, mit kräftigen Armen und Schultern. Sie sah ihre glänzenden Augen, die sie ebenfalls aufmerksam musterten.

Seltsam, dachte sie. Sie konnte sich nicht entsinnen, solche Tiere im Garten gesehen zu haben.

Nach anhaltendem, kreischenden Gezänk einigten sie sich und näherten sich ihr einer nach dem anderen. Die Mutigsten kletterten vom Baum herunter und umringten sie schweigsam. Bisweilen stieß einer von ihnen schrille Rufe aus. Eva war beeindruckt von den ausdrucksvollen, beinah menschlichen Gesichtern und den sanften Augen, die sie voller Neugier betrachteten. Niemals hatte sie sich von einem Tier auf diese Weise gesehen gefühlt. Einer der Affen, der größte und der mit der meisten Autorität, kam dichter an sie heran. Sie lächelte ihn an, ohne zu wissen, was sie anderes tun sollte. Sie war eher fasziniert als ängstlich und fragte sich, was er vorhatte. Der Affe richtete sich vor ihr auf und streckte den Arm aus, um mit seiner langen, rauhen Hand sanft eine Strähne zu berühren, die ihr ins Gesicht fiel. Die anderen fingen an herumzuspringen und kurze Schreie auszustoßen.

Der Affe, der sie berührt hatte, nahm sie an die Hand. Er wollte, dass sie mit ihm den Baum hinaufkletterte. Sie sagte nein und schüttelte überrascht den Kopf. Verwechselte er sie vielleicht mit einer der Seinen? Eva versuchte, sich ihm mit Zeichen verständlich zu machen, um ihm zu bedeuten, dass dies nicht die Art war, wie sie sich in der Welt fortbewegte. Sie könne nur gehen und fände nicht mehr den Weg aus dem Wald hinaus. Der Affe schaute sie aufmerksam an. Sie drehte sich um und gab ihm gestikulierend zu verstehen, dass sie keinen Schwanz habe und deshalb nicht auf Bäume klettern könne. Nach einer Weile kletterten mehrere Affen wieder nach oben und hockten sich auf die Äste. Schließlich zogen sie alle ab.

Als Eva wieder allein war, hatte die Finsternis bereits den ganzen Wald eingeschlossen. Später kauerte sie, sich der Nacht ergebend, unter dem Baum und merkte, wie die Affen mit Feigen nach ihr warfen. Sie sah auch denjenigen, der sie berührt hatte, ganz in ihrer Nähe. Er sprang auf und ab und kratzte sich am Kopf, während er kleine Laute ausstieß, als wollte er ihr etwas mitteilen. Dann sah sie ihn auf Armen und Beinen vom Baum fortgehen und sich zwischen den Stämmen entfernen. Dabei schaute er sie an und gestikulierte. Die Frau brauchte eine Weile, um zu begreifen, dann erhob sie sich und folgte ihm.

Es war tief in der Nacht, als sie unter dem bleichen Mondlicht die Höhle erblickte. Sie fand Adam neben der Feuerstelle. Er war ganz heiser vom vielen Rufen und Schreien. Er hatte sie am Fluss gesucht, bei den Spuren des einstigen Gartens und war erst vor kurzem zur Höhle zurückgekehrt, in der Hoffnung, sie sei wieder da.

»Ich habe versucht, zum Meer zu kommen. Ich wollte es sehen«, sagte sie.

Sie erzählte ihm, wie sie die Orientierung verloren hatte, von ihren Versuchen zurückzufinden, und von ihrer Begegnung mit den Affen.

»Einer von ihnen hat mir den Weg gezeigt. Er hat mich an den Waldrand geführt. Da hat er mich verlassen, als hätte er verstanden. Glaubst du, dass er mich verstanden hat, Adam?«

»Keine Ahnung, Frau«, sagte Adam und umarmte sie.

Er schlief mit dem Ohr auf Evas Bauch, umklammerte ihre Beine und dachte, dass er kein anderes Paradies wollte, als so dicht bei ihr zu liegen und jenem Meer zu lauschen, das in ihrem Innern wuchs und in dem er meinte, den Gesang der Delphine zu vernehmen.

Kapitel 16

Eva fürchtete, jenes Meer in ihrem Innern könnte sie überschwemmen. Die Kreaturen darin wurden immer unruhiger und stießen gegen die Wände ihres Bauches oder schoben sich unter ihre Rippen. Sie war schon rund wie der Mond und wuchs beständig weiter. Mit dem Gewicht, das sie zu tragen hatte, fiel ihr allmählich jede Bewegung schwer. Wenn das so weiterging, überlegte sie, dann würde sie sich eines Tages nicht mehr rühren können und wäre zum Dasein einer grotesken Pflanze verurteilt, in der nur noch die vage Erinnerung fortlebte, einst eine Frau gewesen zu sein. Sie wusste weder, was sich da in ihrem Leib regte, noch, ob ihr Zustand vorübergehend war oder von Dauer. Ihre größte Angst war, bald ein Meerungeheuer auszuwürgen. Eine Gattung, die Adam und sie auffressen würde, um alleine auf dieser Erde zu wohnen, wo man zum Überleben vielleicht wüster sein musste, als sie es waren.

»Ich habe auch andere Tiere mit solch dicken Bäuchen wie deinem gesehen, Eva. Du bist nicht die Einzige. Die Ziegen haben das auch. Irgendetwas wird aus dir herauskommen.«

»Hasen«, lachte Eva. »Nur die Hasen machen weitere Hasen. Vielleicht vermehren wir uns ja, Adam. Könnte es nicht sein, dass in mir unser Spiegelbild entsteht? Manchmal denke ich, dass ich voller Wasser bin, und alle Fische, die ich gegessen habe, wieder herauskommen werden und uns auffressen.«

»Ich bin nie so klein gewesen und du auch nicht. Unser Spiegelbild würde nicht in dich hineinpassen.«

»Aber die Hasen sind am Anfang ganz klein. Mit der Zeit werden sie größer. Was in mir drin ist, bewegt sich.«

»Vielleicht sind es ja weiße Blütenblätter oder Fische. Damit was zu essen da ist, falls jemand kommt, während wir schlafen.«

»Und du, Adam, fühlst du nichts?«

»Ich habe Angst, Eva. Ich frage mich, ob wir eines Tages etwas anderes tun werden, als nur daran zu denken, wie wir es schaffen können, unseren Hunger zu stillen und nicht vor Kälte umzukommen. Ich kann an gar nichts anderes denken.«

In der gefrorenen Winterwelt war Adam gezwungen, um die Beute herumzuschleichen, die von anderen Tieren liegenblieb, und sich mit den Geiern um die Überreste zu streiten. Manchmal fand er überraschend zwischen den Knochen vollständige Fleischpartien. Er stellte sich vor, dass die großen Fleischfresser wie Tiger, Bären und Löwen in der Stille ihres Gedächtnisses die Verbindung zu ihm aufrechterhielten, die er im Garten zu ihnen hergestellt hatte, und dass dies ihre Art war, ihm zu zeigen, dass nicht alles vergessen war. Er freute sich über die Funde, aber er weinte auch. Beim Gedanken an das Essen lief ihm das Wasser im Mund zusammen, und gleichzeitig trauerte er. Er erinnerte sich daran, dass es eine Zeit gegeben hatte, in der er sich nie und nimmer eine Welt hätte vorstellen können, wo die Geschöpfe sich gegenseitig bedrohten und für ihr nacktes Überleben gezwungen waren, einander zu misstrauen. Er weinte, während er sich hemmungslos satt aß. Er stöhnte, geschwächt vom tagelangen Hungern, und riss das Fleisch vom Gerippe, elend, gedemütigt und zugleich glücklich, dass er zur Höhle zurückkehren würde und für Eva, die Katze und den Hund etwas Essbares mitbrachte.

Aufgeregt sah sie ihm entgegen, wenn er zurückkam. Der Hunger trieb sie schließlich dazu, von allem zu kosten, ganz gleich, was er gefunden hatte. Sie stellte keine Fragen mehr. Sie legte die Fleischstücke ins Feuer und aß fast atemlos. Nicht selten verfluchte sie Elohim, während sie kaute.

Ihr behäbiger Körper untersagte ihr, Adam zu begleiten, so dass sie sich damit begnügen musste, morgens hinauszugehen und Reisig für das Feuer zu sammeln und untertags aus den Fellen Hüllen zu nähen, damit sie etwas hatten, um sich gegen die Kälte zu schützen.

Die Einsamkeit tat ihr jedoch gut. Es machte ihr nichts aus, allein zu bleiben, solange sie darauf vertraute, dass er zurückkam, und daran wollte sie lieber nicht zweifeln. Trotz der Hyänen war Adam in Sicherheit. Hab keine Angst, sagte sie zu ihm, die Hyänen sind fort. Ich habe keine Angst, erwiderte er. Du bist es, die sich noch nicht von dem Schrecken erholt hat. Eva gab zu, dass aus ihr die eigene Angst sprach. Die Begegnung mit den Hyänen war in ihrer Erinnerung fest verknüpft mit dem Schock darüber, dass ihre Verbundenheit mit den Tieren vorbei war und sie nun gezwungen waren, Dinge neu kennenzulernen, die sie für bekannt gehalten hatten. Wenn sie so allein in der Höhle war, wurde sie bisweilen von Traurigkeit überflutet. Immer wieder zog das Erlebte an ihrem inneren Auge vorüber, und sie erinnerte sich an die Überlegungen, die sie dazu getrieben hatten, in die Feige zu beißen. Ihre Visionen und die Überzeugtheit, mit der sie an eine Geschichte geglaubt hatte, die sie in Gang setzen würde, all das erfüllte sie mit Kummer, und sie war wütend auf sich selbst. Die Landschaft rundum erinnerte sie zwar bisweilen an die Schönheit des Gartens Eden, aber der Schmerz einer blutenden Wunde wurde dadurch nicht besser. Mit Hunger und Durst und Kälte war die Schönheit nicht mehr dieselbe.

Aus dem Bedürfnis, ihre Traurigkeit loszuwerden, entdeckte sie an einem ihrer langen Tage eine Möglichkeit, dieser Gestalt zu geben und sie anzuschauen. Von da an schien sogar die Niedergeschlagenheit ihre Seinsberechtigung zu haben.

Eva stellte nämlich fest, dass sie mit den halbverkohlten Holzscheiten aus dem Feuer schwarze Linien über die Höhlenwände ziehen konnte. Zunächst erprobte sie die Wirkung noch zögernd an einer eher glatten Stelle. Ihre ungeschickten ersten Striche wurden im Laufe der Tage fließender. Während sie Bilder aus ihrem Gedächtnis an die Wände malte, strömte eine unbekannte Wärme durch ihren Arm, und sie fing Feuer. Ihre Hand legte jede Zurückhaltung ab, und die Kohle flog über die Wände und zeichnete eine Figur nach der anderen. So lernte Eva ein neues, unerklärliches Glück kennen, das nebenbei bewirkte, dass sie sich weniger einsam fühlte. Was in ihr verborgen lag, kam ans Licht und leistete ihr Gesellschaft. Später malte sie andere Gestalten wie den Hirsch, den sie zwischen den Bäumen erspäht hatte, und den großartigen Bison mit dem gebeugten Nacken. Den roten Staub von den Felsen verwendete sie für die Sonne. Sie zeichnete die Linien des Flussufers und die Steine an seinen Rändern, und ihr war, als hörte sie das Wasser in ihren Ohren rauschen.

Sie stellte auch Adam dar auf seinen Streifzügen. Sein Abbild war groß, monumental, erhabener und stärker als das jedes Tieres, das ihm begegnen mochte. Sie zeichnete ihn, wie er liebliche Landschaften durchquerte und fernab von jeder Bedrohung im Schutze der Felsen schlummerte, und war überzeugt, dass die Wirklichkeit einen Weg finden würde, ihren Bildern zu folgen.

»Das soll ich sein, der ich mich jede Nacht davor gefürchtet habe, von den Hyänen und Kojoten aufgefressen zu werden?«, machte sich Adam lustig, um seine Verblüffung zu verbergen, plötzlich Abbilder der Wirklichkeit an den Wänden zu sehen.

Adam hatte schon bald die Macht der Figuren entdeckt. Sich die Zeichnungen vorzustellen und zu wissen, dass Eva seine Rückkehr gemalt hatte, beruhigte ihn. Bei jedem Heimkommen erzählte er Eva seine Abenteuer in allen Einzelheiten, damit sie diese in ihren Malereien nacherlebte. Voller Bewunderung sah er dabei zu, wie sie die Hand bewegte und sich die Striche von ihren Fingern lösten und die Essenz von Tiger und Hirsch wiedergaben, ohne dass sie einen Hirsch oder einen Tiger vor sich hatte. Adam fand im Schein des Feuers Freude daran, ihr von seinen Ausflügen zu berichten, und erlag immer öfter der Versuchung, die Wirklichkeit mit seinen Fantasien auszuschmücken. Er mochte es, wenn sie ihm mit ungeteilter Aufmerksamkeit lauschte und regelrecht an seinen Lippen hing. Dann kam es ihm vor, als wäre sie dabei gewesen und er hätte all das an ihrer Seite erlebt.

Gegen Ende des Winters war der Mann so ausgezehrt und entkräftet, dass auch er die Höhle nicht mehr verließ. Tag für Tag ernährten sie sich nur noch von Stroh, Kräutern und Insekten. Zwei Fledermauspaare hatten sich bei ihnen in der Höhle eingenistet, und sie hörten sie umherflattern oder sahen sie kopfüber an der Decke hängen und schlafen. Eva verlor den Drang zu malen. Schließlich machten sie sich, vom Überlebenskampf erschöpft, zum Sterben bereit.

»Wir sollten keine Angst vor dem Tod haben«, sagte sie. »Vielleicht sind die Tiere deshalb so glücklich, weil sie keine Angst davor haben, Adam.«

»Vielleicht sind wir ja auch nie ewig gewesen. Vielleicht haben wir bloß nicht gewusst, dass wir sterblich sind. Vielleicht war ja das Paradies genau das«, sinnierte er.

Eva weinte. Sie weinte jetzt häufig. Sie dachte, dass durch das Weinen das Wasser aus ihrem Bauch abfließen würde. Adam umarmte sie. Seine Arme konnten sie jetzt nicht mehr vollständig umfassen. Er drang auch nicht mehr in sie ein, weil er fürchtete, von der Kreatur, die in ihrem Bauch lebte, gefangen zu werden. Aber er bettete sie auf seine Brust. Wenigstens im Schlaf erfuhren sie Linderung. Die grauen, lichtlosen Tage glichen den Vollmondnächten. Je mehr sie schliefen, desto größer war ihr Schlafbedürfnis. Sie erwachten nur noch, um den Durst zu stillen, Wasser zu lassen und die Eingeweide zu entleeren. Starr vor Kälte schaute Adam aus dem Höhleneingang nach draußen und fragte sich, ob die nächtlichen Sterne nicht vielleicht glitzernder Sand an einem dunklen Meer auf der anderen Seite des Himmels waren, in dem sie am Ende untergehen würden.

Eines Tages, als sie wieder einmal vom Tod träumten, von gefährlichen Wanderungen am Rande des Abgrunds und von neuen vergeblichen Versuchen, in den Garten zurückzukehren, weckte Eva ein deutlich durch den Höhleneingang vernehmbares Wasserrauschen.

Sie spürte einen wärmeren Luftzug. Sie schlug die Augen auf. Dann betrachtete sie Adam, der kraftlos dalag und mit dem Arm über dem Gesicht schlief. Sie berührte ihren Bauch, um sich zu vergewissern, dass das Geräusch nicht vom überlaufenden Meer in ihr herrührte. Sie richtete sich auf dem flachen Felsen auf und sah das Wasser vor der Höhle in langen, durchsichtigen, glitzernden Fäden herabfließen. Sie rüttelte Adam wach.

»Es regnet. Es regnet!«, rief sie jubelnd. Jetzt war sie sicher, dass sie nicht mehr vor Kälte umkommen würden.

Sie hatten ihren ersten Winter überlebt.

Kapitel 17

Adam und sie badeten im Regen. Sie waren abgemagert. Sie betrachteten sich gegenseitig und zeigten auf ihre Knochen. Dann lachten sie. Das kalte Wasser wusch ihnen den Schlaf aus den Augen, reinigte sie vom Staub und vom muffigen Geruch. Eva warf dem Mann einen Blick zu und wusste, dass er dasselbe dachte wie sie: an den Augenblick, in dem er wusste, dass er ward, und an den Moment, als sie an seiner Seite erwachte und sie sich als Mann und Frau erkannten. Darüber sprachen sie nie, aber manchmal tauschten sie einen Blick, der ihnen das Vorhandensein jener Erinnerungen im anderen bestätigte. Sie ließen sich in der Sonne trocknen. Sie hatten die aufrechte Haltung und die glücklichen Augen ihrer ersten Existenz zurückerlangt. Adam fragte sich, wie viele Tage es wohl geregnet haben mochte, während sie noch dalagen und träumten zu sterben, denn die Welt um sie herum erstrahlte neu in üppigem Grün. Als der Regen nachließ, blies der Wind die Wolken weg, und über ihnen leuchtete der tiefblaue Himmel eines strahlenden Sonnentages.

Eva durchquerte auf Adams Arm gestützt die Pfützen, die das Wasser wie glänzende Augen auf der Erde hinterlassen hatte. Nicht nur die Landschaft hatte sich von der Kälte erholt, auch die zuvor starren und rußgeschwärzten Zweige des Feigenbaumes waren jetzt dicht belaubt und schienen ohne jede Spur von jenem Zwischenfall auferstanden zu sein. Der Baum hing prall voll mit dicken, saftigen Früchten. Sie lasen sie von den Ästen ab und begannen zu essen. Der Geschmack barg die Erinnerung an ihren letzten Tag im Garten, aber auch die ihrer ersten körperlichen Begegnung. Adam vertrieb den für einen Moment in ihm aufflackernden Groll, als er an Evas zierliche, perfekte Hand dachte, die ihm die verbotene Frucht hingehalten hatte. Seine hartnäckige Wehmut wich der Erleichterung, am Leben zu sein und zuzuschauen, wie die Farben der Welt ihre Leuchtkraft zurückerlangten.

Er half ihr ein Stück den Berg hinauf, von wo sie einen Blick auf die Ebene werfen konnten und die sprießenden jungen Weiden sahen sowie Unmengen von friedlich grasenden Tieren. Eva zeigte mit dem Finger auf Ziegen und Pferde, auf das Rotwild, die Antilopen und Schafe. Dicht bei ihnen hüpften und grasten Geschöpfe, die ihnen aufs Haar glichen, nur sehr viel kleiner waren.

»Deine Zeit ist bald da.« Die Schlange lag eingerollt auf dem Ast eines Busches.

»Du!«, rief Eva.

»Ich habe den ganzen Winter geschlafen. Was für ein langer Traum. Eine Menge verlorene Zeit.«

»Wird die Kälte wiederkommen?«

»So pünktlich wie der Hunger, aber vorher werden die Pflanzen neu geboren, und es wird sehr heiß werden. Der Winter kommt, nachdem die Blätter abgefallen sind.«

»Was für eine Zeit, sagst du, ist für mich bald da?«

»Ahnst du es denn nicht?«

»Was wird aus mir herauskommen?«

»Zwillinge, Eva. Ein Junge und ein Mädchen. Sohn und Tochter. So heißen die Kinder, die aus dir und aus deinen Nachkommen hervorgehen werden.«

»Söhne und Töchter«, wiederholte Eva.

»Wann werden sie kommen?«, wollte Adam wissen.

»Schon sehr bald.«

»Und wie?«

»Unter Schmerzen.«

Eva warf der Schlange einen grimmigen Blick zu. Schon wieder Schmerzen? Hatten sie denn mit Hunger und Kälte nicht genug gelitten?

»Tut mir leid, Eva. Ich dachte, ich sollte dich warnen. Elohim hat es so eingerichtet. Ich weiß auch nicht, warum er diesen Hang zum Schmerz hat. Vielleicht würde er ihn ja selbst gerne einmal spüren. Jedenfalls scheint er zu glauben, körperliche Schmerzen wären leichter zu ertragen.«

»Glaubst du, dass er leidet?«

»Ich denke mir, dass er nichts erschaffen hat, was er selber nicht kennt.«

»Aber vielleicht kennt er es nur in der Vorstellung und kann fremde Schmerzen gar nicht einschätzen.«

»Reg dich nicht auf. Das tut dir nicht gut. Ich gehe jetzt. Es war nicht meine Absicht, euch den Frühling zu vermiesen.«

Sie entrollte den langen goldenen Leib, glitt vom Ast zu den Steinen hinunter und verschwand.

Adam fühlte sich wie ein Eindringling in Evas bekümmerter Stimmung. Der Himmel über ihnen war so weit und so strahlend, dass es ihm schwerfiel, an Schmerzen zu denken. Wahrscheinlich sei es das Beste, gar nicht darüber nachzudenken, sagte er zu Eva. Wenn doch die Tiere ihre Jungen bekamen, wieso sollte ihr das dann Schwierigkeiten bereiten?

»Ich bin kein Tier, Adam.«

»Genau«, pflichtete er ihr versöhnlich bei, »deshalb wird es dir noch besser gelingen als ihnen.«

Eva beschloss, Adams Rat zu befolgen und nicht an den Schmerz zu denken. Sie stiegen den Hügel wieder hinunter und gingen gemächlich zum Fluss. Unter dem zarten, lichten Grün der frischen Blätter setzten sie ihren Weg am Flussufer fort. Die unsichtbar in der Luft schwebenden Pollen kitzelten in der Nase, und sie mussten niesen. In der Wiese reckten die Wildblumen ihre gelben, purpurnen und orangefarbigen Köpfe empor. Es roch nach Wurzeln, nach feuchter, satter Erde, und die Luft war voll vom Wimpernschlag der Schmetterlingsflügel und vom Sirren der Insekten, die überall umhersprangen. Wie soll man Elohim je verstehen?, dachte Adam; auch die Erde, in die er sie ausgesetzt hatte, trug ja einen Garten unter der Haut! Mit Tränen in den Augen betrachtete er das rundum sprießende reichliche Grün.

Gesättigt vom Anblick, von den Lauten und dem überall wachsenden und sich entfaltenden Leben der Erde, die sie für tot gehalten hatten, machten sie sich auf den Rückweg zur Höhle. Auf halber Strecke vernahmen sie einen schrillen Klagelaut im Unterholz. Eva schob die Zweige auseinander. Auf der Wiese lag eine Stute und schlug mit den Hufen in die Luft, während sie sich vor Schmerz krümmte. Eva bemerkte, dass ihr Bauch genauso prall war wie ihr eigener, und sah das geschwollene Geschlecht.

»Ich muss hingehen, um zu sehen, was sie macht, Adam. Ich glaube, auch ihre Zeit ist da.«

Eva ging vorsichtig näher. Dann kniete sie sich neben das Tier ins Gras. Die Stute machte Anstalten, sich zu bewegen, gab den Versuch aber fast augenblicklich resigniert wieder auf. Eva führte, um sie nicht zu erschrecken, sachte ihre Hände näher und strich ihr dann ganz zart über den großen gewölbten Leib. Die Haut war gespannt und fühlte sich sonderbar hart und beinah versteinert an, wie ihr eigener Bauch, wenn er sich zusammenzog. Mit der Rechten streichelte sie dem Tier die lange Schnauze. Die Stute sah sie mit riesigen, erschrockenen Augen an. Eva strich ihr weiter über den Bauch, über die Schnauze und über das Fell am zusammengebissenen Kiefer, indem sie besänftigende Laute von sich gab, genauso wie sie es bei Adam zu tun pflegte.

Dieser betrachtete den rätselhaften Vollmond im Körper der Frau und die steile Kurve zwischen den Beinen der Stute. Das Pferd und die Frau sahen sich in die Augen, und Evas langes dunkles Haar umrahmte das Profil ihres geneigten Kopfes.

Was für ein Wissen haben sie, das mir abgeht?, dachte Adam. Ihn durchfuhr die gleiche Ehrfurcht wie damals, als er zum ersten Mal den Lebensbaum erblickt hatte.

Beide hielten sie die Luft an, als zwei winzige Beine im Geschlecht der Gebärenden erschienen, die nach einem langen, schmerzlichen Wiehern ein kleines Fohlen ausstieß: ein vollkommenes kleines Pferd, nach ihrem Bilde geformt. Umhüllt vom Gespinst einer weißen, blutigen Schmiere, blieb das Junge im Gras liegen. Weder er noch sie wagten, es zu berühren. Eine Stunde verging, erst dann teilte die Stute die Hülle des Fohlens mit ihren Zähnen, und das Tierchen unternahm den ersten Versuch, sich auf die Beine zu stellen. Mehrmals stürzte es und stand wieder auf, bis es geschafft war. Schnaufend begann die Stute, ebenfalls wieder aufrecht, ihr Junges voller Fürsorge zu lecken.

Eva berührte ihre große Rundung. Die Luft entwich ihrer Lunge mit hörbarer Erleichterung und einem Erstaunen. So war es, dachte sie. Adam hatte recht. Wenn die Tiere es konnten, dann würde sie es noch besser können.

Kapitel 18

Eva konnte in dieser Nacht kein Auge zutun, weil ihr die Vorstellung der winzigen Kinder, die ihr die Schlange angekündigt hatte, keine Ruhe ließ. Sie musste leise vor sich hin lachen, gab sich aber Mühe, Adam nicht zu wecken, als sie daran dachte, wie erst sie und dann der Mann ihren Bauch mit der Vorstellung von Fischen, Delphinen und sogar Meeresungeheuern gefüllt hatten.

Sie schlang die Arme um den eigenen Leib. Sie dachte an ihr kleines, feuchtes Geschlecht, das ihr vorkam wie eine fleischige Molluske. Sie schauderte. Vielleicht würde sie vollständig aufgerissen werden. Die Augen fest geschlossen, versuchte sie, ihre aufkommende Angst zu beschwichtigen. Die Stute war nach der schweren Aufgabe wieder aufgestanden. So würde sie es auch machen. Sie weigerte sich, an den Schmerz zu denken. Sie versuchte, sich ihre Tochter und ihren Sohn vorzustellen. Ob sie wohl so waren wie sie – oder wie er? Oder waren sie vielleicht ganz anders, so wie sie sich von Elohim unterschieden? Sie strich sich mit der Hand über den festen, prallen Leib. Sie wartete. Sie spürte die Bewegungen des Wassers, das sanfte Schieben und Pochen. Da waren sie in ihr drin, so wie sie in Adams Rippe verborgen gewesen war.

Aber er würde niemanden mehr auf die Welt bringen. Und wieso dann sie? Wieso war sie es, die ihre Einöde bevölkern würde? War das Leben ein Geschenk oder eine Strafe? Warum hatte Elohim sie zur Verbündeten seiner Schöpfung erwählt?

Wie die Kleinen wohl sind? Wann werde ich sie kennenlernen? Wann lassen sie sich endlich blicken? Was wird genau passieren? Wie werden sie sich ankündigen? Woher sollte sie wissen, an welchem Tag es passieren würde? Was würde zuerst erscheinen, die Füße, die Hände oder der Kopf?

Am nächsten Tag setzte sie Adam mit ihren Fragen zu. Was konnte er ihr schon sagen?, fragte er zurück. Er hatte kaum eine Vorstellung davon, was vor sich gehen würde. Bei dem Gedanken, dass die Kinder auf die gleiche Weise herauskommen könnten wie das Fohlen aus der Stute, verkrampfte sich unwillkürlich sein ganzer Unterleib. Lieber stellte er sich vor, dass die Geschöpfe eines Tages einfach bei ihnen sein würden, genauso wie

Eva neben ihm erschienen war. Aber die Frau war sicher, dass das nicht der Fall sein würde.

»Es wird mir weh tun. Die Schlange hat es mir gesagt. Vielleicht öffnet sich die Haut. Vielleicht platzt der Bauch auf wie ein Ei. Oder sie sprießen wie Blumen aus meiner Bauchdecke«, fantasierte sie und amüsierte sich über Adams Unruhe.

Ungelenk und behäbig, wie sie war, ging sie am Nachmittag hinaus. In den Zweigen des Feigenbaumes entdeckte sie das Nest eines Drosselpärchens und sah die Vögel mit Insekten und Würmern im Schnabel herbeifliegen, um ihre Jungen zu füttern, die aussahen wie kleine Flaumbällchen. Dann stand sie am Flussufer gegen einen Baum gelehnt und beobachtete, wie die Schafe, die Bisons, die Ziegen und die Wildkatzen ihre Jungen zum Wasser führten. Sie bildete sich ein, zuschauen zu können, wie sich Herden und Insektenschwärme zahlenmäßig vergrößerten. Sie hörte das Leben, das sich surrend und in rasender Geschwindigkeit vervielfältigte.

Sie zog sich allmählich in sich selbst zurück, lauschte in sich hinein und dachte, dass sie die Wesen, die in ihr wohnten, schon hören würde, wenn sie ihr ankündigten, dass ihre Zeit da sei.

Er nähte mehrere Hasenfelle zusammen und breitete sie jede Nacht neben Eva aus, falls die Geschöpfe an ihrer Seite auftauchen sollten.

Es war kaum Zeit vergangen. Der Morgen graute. Eva erhob sich, um Wasser zu lassen, und während sie das tat, floss ihr plötzlich ein Sturzbach über die Beine. Sie war verwirrt. Hatte sie sich getäuscht, und ihr aufgeblähter Bauch barg am Ende doch ein ganzes Meer? Sie erwartete, im nächsten Moment von einem Fischschwarm umringt zu sein, doch war in dem von der glimmenden Feuerstelle beleuchteten Halbdunkel weder ein Fisch noch ein anderes Meeresgeschöpf zu sehen.

Sie kehrte zu Adam zurück, weckte ihn aber erst ein wenig später. »Es tut weh, Adam. Wie damals, als ich geblutet habe.«

Er wischte sich den Schlaf aus den Augen. Der helle Dunst des aufziehenden Morgens stand im Höhleneingang. Eva ging auf und ab und hielt sich dabei mit beiden Händen den Unterleib.

»Was sollen wir tun?«, fragte Adam.

»Ich bin eine Höhle. Da werden sie herauskommen. Du musst dich auf die andere Seite stellen, damit sie nicht auf die Steine fallen.«

»Glaubst du, dass ihnen das Leben außerhalb des Gartens gefallen wird?«

»Ja, schon, sie kennen ja den Garten nicht, deshalb können sie ihn auch nicht vermissen«, erwiderte sie und wanderte weiter auf und ab.

»Glaubst du nicht, dass sie sich an all das erinnern können, woran wir uns erinnern? Sie sind doch unser Spiegelbild.«

»Wir tragen doch auch nicht Elohims Erinnerungen in uns.«

»Stimmt.«

»Außer, seine Erinnerungen waren in der Stimme, die wir am Anfang vernommen haben. Manchmal habe ich das Gefühl, dass unser Impuls, Dinge mit den Händen zu machen, von ihm stammt.«

Eva keuchte plötzlich. Sie blieb stehen. Sie krümmte sich.

»Adam, Adam, sie beißen mich!«

Von einem Augenblick zum anderen wurde sie vom Schmerz völlig überwältigt. Adam half ihr, damit sie sich auf den Stein legte, der ihnen als Schlafstatt diente, aber Eva wollte nicht liegen. Sie sank zu Boden und suchte mit dem Rücken einen Felsen zum Anlehnen. Der Schmerz hatte wieder nachgelassen.

»Ich dachte, sie würden mich auffressen«, lächelte Eva schweißgebadet.

Wenig später wiederholte sich das Ganze, und nach einer Pause wieder. Der Schmerz kam und ging. Er hat schon etwas gemeinsam mit dem Meer, sagte sie zu Adam. Er bewegt sich wie die Wellen. Jede Welle reißt an mir, vielleicht kleben die Kinder an meinem Fleisch fest, und Elohim reißt sie mit einem scharfen Stein aus mir heraus.«

Die Schmerzen wurden stärker. Sie hatte keine

Erklärungen mehr, um zu verstehen, was da mit ihrem Körper geschah. Anstatt sich einen Reim darauf machen zu wollen, begann sie nun, sich wild dagegen zu wehren, biss die Zähne zusammen, verkrampfte sich, legte schützend die Arme um ihren Bauch, schrie und heulte aus Leibeskräften. Adam saß hinter ihr, tätschelte ihr den Kopf, strich ihr über die Haare und schrie und heulte mit ihr. Die inzwischen zahlreichen Fledermäuse in ihrer Höhle erwachten aus ihrem Tagesschlummer und flohen ganz nach oben. Das Jaulen und Weinen von Mann und Frau wurde höher und schriller, je mehr Druck der Schmerz auf Eva ausübte, die fürchtete, diese geballte Faust könnte sie am Ende erdrücken. Ihre Schreie waren laute, gedehnte Klangfetzen, die sich von den Höhlenwänden zurückgeworfen durch die Öffnung des Lichtschachts über die Welt legten. Seins war ein ohnmächtiges, zorniges Klagen, heiser und voller Verwirrung. Im ganzen Körper spürte er unerträglich den Schmerz der Frau. Ein haltloses Weinen schüttelte ihn, als er sie derart leiden sah.

Der Wind trug Adams und Evas Schreie bis zur großen Ebene, wo die Tiere grasten, ließ sie im Gebirge widerhallen und über dem Fluss niedergehen.

Da setzten sie sich in Bewegung, die wilden Tiere und die Großkatzen, die Pferde, die Füchse, die Hasen, der Bär, die Eidechse, das Rebhuhn, die Kühe, die Ziegen, die Büffel auf der Prärie und die Affen, all die großen und kleinen Tiere folgten dem Klagelaut, als wäre er ein Ruf. Staubwolken stoben unter den Hufen von Pferden und Bisons und den schnellen Tatzen der Raubkatzen und Bären auf, als könnte jener wortlose Laut das Vergessen, das sich beim Auszug aus dem Garten über die Schöpfung gelegt hatte, überwinden.

Falken, Adler, Drosseln, Spechte und Eichelhäher kamen als Erste und setzten sich auf die Felsvorsprünge in den Wänden, die mit Evas Zeichnungen überzogen waren. Nacheinander kamen im Laufe dieses von Wehlauten beherrschten Tages auf leisen Sohlen die großen Vierbeiner hinzu, die Raubtiere, die Kojoten, die Wölfe. Adam geriet für Augenblicke in Panik, als er Tiger, Wildschweine und Leoparden die Schwelle der Höhle überschreiten sah. Seine Schreie wandelten sich zu Überraschungsrufen und in ein erleichtertes, staunendes Weinen, als er in einer langen Prozession erst die Pferde, dann die Ziegen, die Hirsche und die Esel herbeikommen sah. Jäger und Gejagte standen Seite an Seite, mit einem Mal ihres Hungers und ihrer feindseligen Instinkte ledig.

Mit dem Kopf zwischen den Knien an der Felsenwand lehnend, wiegte sich Eva, vom Schmerz verzehrt, vor und zurück und spürte die Anwesenheit der Tiere, ehe sie aufsah. Mit einem Mal fühlte sie sich umhüllt von einem warmen Atem und eingeschlossen von einer sanften Präsenz, die den Raum rundum weich machte und sie festhielt. Sie hob den Kopf und sah, wie sich all die Tiere im Kreis um sie herum aneinanderdrängten, in einer versöhnlichen, unterstützenden Haltung, als wäre die Natur mit einem Schlag zu der Zeit zurückgekehrt, als es weder Misstrauen noch Tod gab und alle Kreaturen noch den Glanz und die weißen Blütenblätter des Paradieses miteinander teilten. Ein Pferd berührte mit seinem weichen Maul Adams Schulter, und ein Ozelot fuhr Eva mit der Zunge übers Gesicht. Seit Elohim sie aus dem Garten vertrieben hatte, war in Eva nie wieder das wohlige Gefühl des Aufgehobenseins entstanden, wie sie es jetzt empfand. Die Tiere mit ihren kräftigen Körpern und ihren gutmütigen Gesichtern erinnerten sie wehmutsvoll an ihre eigene Unschuld. Sie schluchzte, traurig und seltsam glücklich zugleich. Jetzt merkte sie, wie sehr sie die Sanftheit und die Einfachheit der Tiere vermisst hatte. Bei dem Gedanken, dass ihr Wehgeschrei sie so berührt hatte, spürte sie Dankbarkeit, eine tiefe Hingabe und ein Loslassen, dass sie glaubte, sich ganz und gar entleeren zu müssen. Bei dieser Empfindung lösten sich die Muskeln, mit denen sie die Geschöpfe in ihrem Bauch festgehalten hatte, weil sie sich weigerte, an Elohims Schöpfung teilzuhaben. Umgeben von den Tieren und beim Anblick von Adams angerührtem, liebevollen Gesicht auf der anderen Seite ihrer Beine, unternahm sie die gewaltigste Anstrengung, schrie aus Leibeskräften – und so geschah es, dass die erste Frau ihre Kinder ausstieß, damit sie auf der Erde lebten.

Kapitel 19

Ein riesiger gelber Mond schwebte über der Nacht. Adam durchtrennte die Nabelschnüre von Tochter und Sohn. Einen Mutterkuchen trugen der Adler und der Falke davon, den anderen fraßen das Tigerjunge und die Ziege. Der Geruch von Blut hing in der Luft. Schon war ein leises Knurren zu hören, und die schwächsten Tiere machten sich blitzschnell davon. Als Letzte trollten sich die größten Räuber, verschlagen und leicht benommen, wie aus einem Traum erwachend und ohne recht zu wissen, wo sie waren. Nur Hund und Katze und die kopfüber an der Decke hängenden Fledermäuse blieben in der Höhle.

Adam und Eva weinten, als sie die Tiere davongehen sahen. Sie weinten noch eine ganze Weile, lautlos, als würden all ihre gestauten Empfindungen plötzlich überlaufen. Dieses seltsame, wundersame Ereignis würde nie mehr aus ihrer Erinnerung zu löschen sein.

Schließlich kehrten sie in die Wirklichkeit zurück, und Adam beobachtete, wie Eva ab und zu die Augen aufschlug, um dann immer wieder einzuschlafen. Sie konnte sich nicht entschließen, sich vollständig der Entspannung hinzugeben. Dafür war der Wunsch, die winzigen nackten Körper zu betrachten, die Adam neben sie gelegt hatte, viel zu groß. Auch er schaute sie an, merkte aber, dass er mit seiner Aufmerksamkeit noch nicht ganz da war. Er dachte an die Tiere. Meine Tiere, wiederholte er innerlich. Meine Tiere sind zurückgekommen. Wie einsam ich doch ohne sie geworden bin! Obwohl sie mir gehören, sind sie zu ihr gekommen, wegen dieser großen Schmerzen, die mich ausschließen.

Die winzigen Wesen bewegten Hände und Füße. Von Zeit zu Zeit zuckten sie zusammen, als hätten sie Alpträume. Sie öffneten die Augen nur einen Spaltbreit, dann schlossen sie sie wieder. Adam streckte sich neben das Fell, auf dem die Kleinen lagen, auf den Felsen aus. Endlich fiel Eva in Tiefschlaf. Er umschloss ihre Zehen mit den seinen und schlief ebenfalls.

Eva erwachte häufig in dieser Nacht. Sie weinte nicht mehr. Ihr Körper schmerzte noch, aber der Schmerz war jetzt erträglich, gebändigt. Wie laut ich geschrien habe, dachte sie. All das, wofür mir die Worte fehlen, habe ich in die Luft geschleudert. Es tat ihr leid, dass sie vor lauter Wut auf den Schmerz, den Elohim ihr auferlegte, den Zwillingen den Ausgang versperrt hatte. Erst beim Einzug der Tiere hatte sich ihr Groll gelegt, als hätten sie ihr das Herz reingewaschen.

Als Adam am nächsten Morgen die Augen aufschlug, lächelte sie ihn an. Mann und Frau betrachteten ihren Sohn und ihre Tochter.

»Sie sind anders als wir«, sagte Adam. »Ich glaube, sie können nicht gehen.«

»Vielleicht erst in ein paar Tagen«, erwiderte Eva. »Das Fohlen ist schließlich auch gegangen.«

»Und was essen sie?«

Eva sah den Kleinen ins Gesicht. Sie näherte sich. Sie schaute in ihre Münder.

»Sie haben keine Zähne, Adam!«

»Das Fohlen und das Lamm essen an den Zitzen ihrer Mütter. Hast du nicht gesagt, dass aus deinen Brustwarzen etwas Süßes kommt?«

Eva berührte ihre Brüste. Sie schmerzten, waren groß und geschwollen. Sie legte sich wieder hin und schloss die Augen. Was erwartete Adam denn von ihr – dass ihr Körper nicht nur die Kinder machte, sondern sie auch noch ernährte? Sie war so müde. Ihre Zeit war schon da gewesen und vorüber. Jetzt war ihr danach, ein paar Tage zu schlafen, um wieder zu Kräften zu kommen und zu spüren, dass ihr Körper allmählich wieder ihr gehörte. Die Kleinen begannen zu weinen. Das Schreien ging Eva so unter die Haut, als litte sie selbst. Sie blieb reglos liegen, mit geschlossenen Augen. Es klang traurig, schutzlos.

»Sie haben Hunger, Eva«, sagte Adam. »Gib ihnen zu essen von dem, was aus deiner Brust kommt.«

»Warum übernimmst du das nicht, Adam? Du hast auch Brustwarzen.«

Adam warf ihr einen unschlüssigen Blick zu. Er nahm einen der Zwillinge auf den Arm. Eva sah den Kleinen an der Brust des Vaters suchen. Sie stand auf. Sie hatte Schmerzen beim Gehen, aber sie verließ die Höhle, um das Schreien nicht zu hören. Adam rief sie. Eva, Eva, wo gehst du hin?, aber sie antwortete nicht und drehte sich auch nicht nach ihm um. Sie wollte nur schlafen, ausruhen. Unter dem Feigenbaum ließ sie sich in den Schatten sinken und lehnte den Rücken an den Stamm. Dort war das Weinen der Zwillinge kaum noch zu vernehmen. Sie schloss die Augen. Hoch am Himmel strahlte die Sonne in den blauen Frühling. Ihr Bewusstsein wurde zu einem schwarzen Knäuel und kullerte in die Stille des Schlafs hinüber.

»Du kannst jetzt nicht schlafen, Eva, wach auf.«

Sie spürte den kalten Schlangenkörper an ihrem Arm. Als es ihr gelungen war, sich aus der Schwere aufzurappeln, in die sie Zuflucht genommen hatte, wischte sie sich überrascht die Augen. Sie sah den eingerollten Schwanz des Tieres auf einem der unteren Zweige und in ihrer unmittelbaren Nähe dessen Kopf in der Luft hängen.

»Musstest du mich wecken?«

»Das Ereignis wollte ich mir nicht entgehen lassen. Schau an, du hast für Elohim einen Mann und eine Frau gemacht.«

»Das hat aber ziemlich weh getan.«

»Ist dir aufgefallen, dass die Tiere auf allen vieren gehen?«

»Du kriechst.«

»Lass mich mal außen vor. Du hast nicht den riesigen Leib einer Stute oder einer Kuh. Du gehst aufrecht. Deshalb kommen die Jungen deiner Gattung klein und hilflos auf die Welt. Du musst ihnen zu essen geben und für sie sorgen, bis sie groß sind.«

»Willst du mir jetzt auch erzählen, dass ich ihnen von dem geben soll, was aus meinen Brüsten kommt?«

»Als er euch aus dem Garten vertrieben hat, hat Elohim den Lauf der Zeit umgedreht. Im Garten hattest du das ewige Leben. Da hättest du niemals Kinder bekommen. Es war nicht nötig, dich fortzupflanzen, weil du ja nicht sterben konntest. Aber jetzt muss die Wirklichkeit neu erschaffen werden. Die Schöpfung muss an den Punkt zurückkehren, wo sie von neuem beginnen kann.«

»Ich verstehe kein Wort.«

»Deine Kinder, Eva, deine Nachkommen werden die Zeit zu ihrem Ursprung zurückführen. Du musst ihnen zu essen geben.«

»Meine Kinder haben Hunger und Durst, aber haben sie denn auch Wissen? Träumen sie? Stellen sie sich was vor?«

»Sie sind dein Abbild.«

»Und wieso hat mich der Wunsch zu wissen verzehrt, wenn es stimmt, was du sagst, und ich vorher ewig und perfekt war? Das gibt keinen Sinn.«

»Du hast einen scharfen Verstand«, versetzte die Schlange ironisch. »Die Ewigkeit braucht kein Wissen. Aber zum Leben und zum Überleben ist Wissen unerlässlich. Man stellt Fragen und muss eine Antwort finden. Ohne Unsicherheit und ohne Angst macht sich niemand auf den Weg. Was muss man schon wissen, wenn man glücklich ist und einem nichts fehlt? Die Fülle ist ganz still. Aber du hattest womöglich eine Sehnsucht.«

»Eine Sehnsucht? Wonach? Ich kannte doch gar kein anderes Leben als das im Paradies. Du warst es, die mir erzählt hat, dass es eine andere Art Leben gibt.«

»Man kann Sehnsucht nach etwas haben, was man nie erlebt hat. Vielleicht hat Elohim dir diese Sehnsucht eingepflanzt, damit du die Frucht isst.«

»Jetzt weiß ich wirklich gar nichts mehr. Jedenfalls verstehe ich nicht, wieso er das gemacht hat.«

»Ich habe dir doch gesagt, er langweilt sich. Stell dir mal vor, wie unterhaltsam es sein kann, ein Geschöpf nach dem eigenen Bilde zu machen, das einem gleich ist. Man nimmt ihm alles, bis auf das Wissen. Dann gibt man ihm eine Welt und wartet ab, was passiert. Man beobachtet, ob und wie es an den Ausgangspunkt der Vollkommenheit zurückkehrt.«

»Und dabei hast du mitgemacht?«

»Einiges, was ich jetzt weiß, habe ich damals nicht gewusst. Das hat er mir dann erklärt, um mir ein schlechtes Gewissen zu machen. Er hat auch mich bestraft. Er hat mich sogar zu größeren Rückschritten gezwungen als euch. Allein die Tatsache, dass ich krieche. Du wirst von den Generationen nach dir dafür beschuldigt werden, dass es sie gibt. Aber deine Nachkommen werden mit der Zeit immer mehr Wissen erlangen und anfangen, dein Ansehen wiederherzustellen. Niemand wird sich dagegen für eine traurige Schlange einsetzen. Mich werden sie zum leibhaftigen Bösen machen.«

»Das tut mir leid«, sagte Eva.

»Ich dachte, dass Elohim mich bald von dieser lächerlichen Verkleidung erlösen würde, aber offenbar hält sein Zorn noch an.«

»Vielleicht leidet er ja mehr, als wir uns vorstellen.«

»Er weiß zu viel. Wissen und Leiden gehen Hand in Hand. Ich muss los«, sagte sie und glitt am Stamm nach unten. »Du geh jetzt und kümmere dich um deine Kinder. Hör auf deine tierischen Instinkte. Niemand ist besser dazu ausgerüstet als du«, zischelte sie ironisch und entfernte sich im Dickicht.

Auf dem Rückweg zur Höhle hörte Eva die Zwillinge so laut schreien, dass sie dachte, sie wären schon größer geworden. Sie beeilte sich. Als sie ankam, hielt Adam einen von ihnen im Arm. Das Kleine ließ kraftlos den Kopf hängen.

»Lass es mich versuchen«, sagte Eva.

Sie bettete das Kind in ihre Armbeuge. Es war das Mädchen. Mit geschlossenen Augen, das Gesichtchen knallrot, brüllte es aus Leibeskräften. Kaum spürte sie die Wärme des kleinen Körpers an ihren Rippen, da löste sich der Stau in Evas Brüsten, und die Milch strömte aus ihr heraus wie aus einer Quelle. Voller Staunen hob sie die Kleine in ihren Armen ein wenig höher, bis das winzige, suchende Mündchen ihre Brustwarze gefunden hatte.

»Gib mir auch das andere, Adam. Sei vorsichtig, leg ihm die Hand unter das Köpfchen.«

Eva setzte sich auf den flachen Felsen. Das Mädchen saugte kräftig. Es kitzelte. Adam legte ihr den Jungen in den anderen Arm. Dann hockte er sich hinter Evas Rücken, so dass sie die Ellbogen auf seinen Beinen abstützen konnte. Endlich herrschte Ruhe. Ein erleichtertes Aufatmen war von Adam zu hören.

»Ich habe draußen die Schlange getroffen. Sie hat gesagt, dass unsere Kinder hilflos sind. Wir müssen für sie sorgen, bis sie groß sind«, flüsterte sie.

»Lange?«

»Sie hat nicht gesagt, wie lange.«

»Wie merkwürdig«, sagte Adam. »Obwohl du tust, was die Tiere auch tun, gleichst du ihnen nicht.«

»Doch, ich gleiche ihnen schon, aber darauf kommt es nicht an. So sind wir jetzt eben. Hast du gesehen, wie die Milch aus mir herausgeschossen ist, sobald ich ihren Hunger bemerkt habe? Als ob mein Körper ihnen gehorchen würde. Dabei sind sie doch so klein. Schau sie dir an. Meine Überheblichkeit hilft uns nicht weiter.«

»Hat das die Schlange zu dir gesagt?«

»So in etwa. Sie versteht auch nicht ganz, was eigentlich passiert ist. Sie tut zwar gerne, als wüsste sie es, aber man wird aus ihren Reden nicht wirklich schlau.«

Das Mädchen hatte die Augen geöffnet. Sie waren grau. Sie war mit einer weißlichen Schmiere bedeckt, und ihre Gesichtszüge waren erstaunlich fein und vollkommen. Haut und Haare des Jungen waren dunkler, seine Augen ebenfalls grau. Wie sie wohl ohne Kiemen und Schuppen all die Monate im Wasser ihrer Eingeweide überlebt hatten, ohne Fische zu sein? Was für ein Wunder, dachte Eva.

Nachdem die Zwillinge sich satt getrunken hatten, schickte Eva Adam los, damit er sie wusch. Er tat das sehr behutsam, um sie nicht zu erschrecken. Das Mädchen hatte hellere Haare, und der Junge richtete die Augen fest auf ihn. Er wusch die winzigen Hände und Füße, die kleinen Gesäßbacken. Dann wischte er ihnen die Gesichtchen ab und bestaunte die klitzekleinen Ohren und die Nasenflügel. Als er ihnen einen Finger in den Mund schob, spürte er ihre kleinen Zungen.

Eva sah ihm neugierig und belustigt dabei zu. Sie hatte das Gefühl, überzufließen – so voll wie die Brüste war auch das Herz.

»Wir müssen ihnen Namen geben«, sagte sie.

Wie er und sie wohl gewesen wären, wenn sie so klein auf die Welt gekommen wären, fragte sie sich. Niemand hatte sie je gewaschen, und niemand hatte sie je mit feuchten Augen so liebevoll angeschaut.

Kapitel 20

Am folgenden Tag nieselte es leicht. Adam verließ in Begleitung seines Hundes Kain die Höhle. Er konnte gar nicht aufhören, über das Wunder der Geschöpfe zu staunen, die aus jenem finsteren Tunnel hervorgekommen waren, in dem er nicht nur einmal gefürchtet hatte zu verschwinden. Wenn Eva bebend zu jenem innersten Lachen vordrang, umwehte ihn jedes Mal aufs Neue der Hauch des Paradieses, und dieses Beben übertrug sich auf ihn. Jetzt fragte er sich aber, ob er nicht beim nächsten Mal an den Schmerz denken würde, der ihre Miene verzerrt hatte, und das Schütteln und Pressen ihres Körpers, als sie die Frucht eines Keims hervorgebracht hatte, dem er vielleicht selbst zum Wachstum verholfen hatte, indem er ihn regelmäßig mit der weißen Flüssigkeit gegossen hatte, die aus seinem Penis kam. Kein Baum weinte bei seiner Geburt. Die Pflanzen erschienen lautlos. Und aus ihr kam das Leben in die Welt, als handelte es sich um eine Katastrophe. Er für seinen Teil hatte keinen Tropfen Blut verloren, sein Körper war unverändert, auch hatte er bei der Geburt seiner Kinder keinerlei Schmerzen erlitten. Warum tat ihm nichts weh, sondern nur ihr? Was hatte das zu bedeuten?

Er ging zum Fluss, wo er das Netz auswerfen und ein paar Fische fangen wollte.

Die Erde war noch regenfeucht und schüttelte sich, so dass das Wasser in alle Richtungen spritzte und sich in dünnen Rinnsalen sammelte, die im rötlichen Schlamm winzige Deltas bildeten. Kain und Adam wanderten festen Schrittes voran und hüpften über die Pfützen, dabei sogen sie die kräftigen Gerüche ein. Plötzlich hielt Kain inne. Er spitzte die Ohren und knurrte. Im Dickicht entdeckte Adam einen kleinen Bären, ein Junges, das neugierig aus dem Unterholz spähte.

Er rief Kain zurück. Nachdem er erlebt hatte, wie die Tiere Eva umringten, dachte er, seine Beziehung zu ihnen wäre wieder so wie in den Tagen des Gartens. Er war in Sorge um die kleinen Tiere, weil er sie ja weiter jagen musste, gleichzeitig war er davon überzeugt, dass sie genau deshalb so zahlreich waren, damit sie ihnen als Nahrung dienen konnten. Freundschaftlich, fast väterlich ging er auf das Jungtier zu und sprach beruhigend auf es ein. Der kleine Bär rührte sich nicht. Adam war im Begriff, die Hand auszustrecken, um ihm den Kopf zu streicheln, als er plötzlich vernahm, wie sich ein großes Tier aus dem krachenden Geäst näherte: Die Bärenmutter stürzte auf ihn zu.

Völlig überrascht von der unvermuteten Wiederkehr von Misstrauen und Aggressivität sprang Adam zum nächsten Baum und fing panisch an hinaufzuklettern. Knurrend und in wildem Aufruhr folgte ihm die Bärin. Adam spürte schon ihre Krallen an den Fußsohlen. Haut und Herz schmerzten ihn. Mit einem Satz war Kain da, um ihn zu verteidigen, indem er die Bärin von der Flanke angriff. Er war ein kräftiger Hund, kurze Schnauze, harter, runder Kopf. Von der Unterbrechung belästigt, versetzte ihm die Bärin einen Hieb mit der Pranke, und Kain landete in den Büschen. Doch er war sofort zurück und griff erneut an. Die Bärin hielt inne. Adam schrie vom Baum herunter, Vorsicht, Kain, lass das, Kain. Doch der Hund traktierte die Beine und Tatzen der Bärin mit Bissen, außerstande, seinen Instinkt zu zügeln und sich zurückzuziehen. Da warf sich das große Tier wutentbrannt auf den Hund. Als Letztes sah Adam Kains Hals zwischen den Tatzen der Bärin, während diese ihn von einer Seite zur anderen warf. Das Knurren des Hundes wurde zu einem durchdringenden Schmerzensgeheul, einem langen, traurigen, herzzerreißenden Jaulen, ehe der Bär den leblosen Körper des Hundes zu seinen Füßen fallen ließ und seine Blicke wieder dem Baum zuwandte, wo Adam hockte.

Der Mann wusste nicht, wie er die Bärin getötet hatte. Er erinnerte sich nur noch an den Geruch des Tieres, an ihre Klauen mit Kains frischem Blut, an ihre ungeheure Kraft und auch an die schier grenzenlose Macht seiner eigenen Wut, an den Stein, mit dem er ihr das Gesicht zertrümmerte, die Augen und die Schnauze.

Er blutete. Er war zerschunden, zerbissen, aber am Leben. Kein bleibender Schaden. Kain dagegen lag reglos am Boden, die offenen Augen leer, ohne den treuen, wachen Blick. Adam kam wieder zu sich. Er konnte selbst nicht verstehen, zu was für einer Bestie er geworden war. Eine Bestie, die in der Lage war, eine Bärin mit bloßen Händen zu töten. Sein Körper wurde von einem Schütteln erfasst, als zerrte der Wind an ihm. Er kniete nieder. Er berührte die Stirn und die Ohren des Hundes. Der war kalt und kraftlos, sein Kopf hing schlapp auf dem Rumpf. Er hob ihn auf und schlang die Arme um ihn. Er hatte schon oftmals die sterblichen Überreste von Tieren gesehen, die von Tigern und Löwen liegengelassen wurden. Doch hatte er immer nur ans Essen gedacht. Nie hatte er überlegt, wie sie wohl gestorben waren, und auch nicht, wie ihr Leben gewesen sein mochte. Bei seinem toten Hund ging ihm das durch den Sinn. Der

Tod war derselbe, aber sein Hund war ein anderer. Das Tier hatte ihn gekannt. Es hatte erraten, was er dachte. Es hatte ihn beschützt. Es hatte ihm die Hände geleckt, sich an ihn geschmiegt und ihn nachts gewärmt. Kain war anders.

Er setzte sich neben den Hund auf die Erde. Er erinnerte sich daran, wie sie gespielt hatten. Adam weinte. Er schlug die Hände vors Gesicht und ließ seinem Kummer freien Lauf.

Er begrub Kain. Er zog der Bärin das Fell ab, ging zum Fluss und wusch sich das Blut ab. Dann kehrte er zur Höhle zurück.

»Ich weiß, wie wir den Jungen nennen«, verkündete er. »Wir nennen ihn Kain.«

Ihr gefiel nicht, was sie im Gesicht des Mannes sah. Sie hatte den Hund auch gemocht. Sie weinte. Ja, sie würde ihn vermissen, aber ihr gefiel der Klang des Namens Kain nicht, als Adam ihn für den Sohn vorschlug.

»Ich glaube, wir sollten dem Jungen einen anderen Namen geben.«

»Nein. Es ist ein guter Name.«

»Aber er wird dich immer traurig stimmen.«

»Das werde ich überwinden.«

»Du hast die Bärin getötet«, sagte Eva. »Du hast das Fell mitgebracht. Das macht mir Angst.

So ein großes Tier. Ich wusste nicht, dass das geht.«

»Ich auch nicht. Und ich kann mir nicht erklären, wie ich es gemacht habe. Ich wäre zu allem fähig gewesen.«

»Du bist wütend geworden und hast sie bestraft.«

»Ja.«

»Elohim hat uns genauso zum Tode verurteilt.«

Der Tod. Sein Hund ohne Leben. Die Schnauze trocken, die Augen trüb. Der Kopf schlapp. Als er ihn in die Erde gelegt hatte, war er schon kalt und steif gewesen. Vom einen Augenblick zum anderen war alles weg, was Kain gewesen war. Was von dem Hund übrig blieb, lebte jetzt nur noch in ihm weiter, in ihr und in den Zeichnungen an den Höhlenwänden. Sie waren Staub und würden wieder zu Staub werden. Ob wohl andere eines Tages erfahren würden, in welcher Gegend der Erde Eva, er und die Kinder, die gerade geboren waren, gelebt hatten? Wer würde sich an sie erinnern? Wie würde man sich an sie erinnern? Er musste an seinen Traum denken mit den Bäumen und den menschlichen Köpfen, die gefällt zu Boden fielen. Es würde nichts nützen, dass immer mehr Männer und Frauen auf die Welt kamen. Sie würden alle sterben. Einer nach dem anderen. Die Schnauze trocken, die Augen trüb. Kalt. Steif. Wie Kain. Und trotzdem würden sie jeden Tag Hunger verspüren und den Drang, zu überleben. Er staunte, wie gierig die Kinder an Evas Brust saugten. Dieser Wunsch nach Leben, in jedem Tier, in jeder Pflanze, als hätte der Tod keine Bedeutung, als wäre er nicht wahr.

Seine Wut wurde zur Hitze und nistete sich in seinen Lenden ein. Evas Haut war so hell wie die Milch, die aus ihren Brüsten floss. In der dunklen Höhle lag sie mit ihren Kindern auf dem schwarzen Plüsch der Bärin, und ihr Körper strahlte im goldenen und orangefarbigen Schein des Feuers und lockte ihn mit seiner neuen Rundlichkeit. Sie wies sein Drängen zurück, bis sie nicht mehr fürchten musste, dass es innen weh tun würde. Dann feierte sie mit ihm die Erneuerung ihrer Taille, die sie vom Meer zurückerobert hatte. Wenn sie einander nachts beiwohnten, dann dachte Adam häufig daran, mit welcher Härte er die Bärin vernichtet hatte, und er fürchtete sich vor seinen Händen auf den zarten Knochen der Frau. Zusätzlich zu ihren Konturen festigte die Mutterschaft in Eva auch das Bewusstsein einer Macht, die über ihre reine Körperkraft hinausging. Sie wusste, dass Adam das wahrnahm und aus diesem Grunde nie müde wurde, in ihr das Leben zu suchen und Zuflucht zu nehmen in ihrer dunklen, feuchten Wohnung.

So kam es, dass nur eine kurze Weile nach der Geburt der Zwillinge verstrich, ehe Eva ihm ankündigte, erneut Geschöpfe zu beherbergen. Die Flut des anderen Meeres brandete schon in ihr an. Sie musste an die Worte der Schlange denken, dass sich die Erfahrung wiederholen würde. Es war zwar nicht ihr Wunsch gewesen, aber der Körper hatte wohl seine Gründe dafür, dachte sie. Im Unterschied zum ersten Mal hatte sie keine Angst. Die Schmerzen waren schnell vergessen. Es überwog das Staunen, anderen Geschöpfen dabei zuzusehen, wie sie aus ihrer Hilflosigkeit heraus sie selbst wurden, und das Rätsel, dass sie ganz und gar unvorhersehbar waren und dennoch ein Teil von ihr. Ihr Weinen, ihr Hunger, ihr Frieren waren ihre eigenen. Aber sie hatte trotzdem nichts Eigenes verloren. Wenn sie dalag und die Zwillinge säugte, empfand sie häufig einen tiefen Frieden. Der Himmel, der Fluss, die Natur, die vor ihren Augen wurde und verging, die Nacht und ihre unzähligen Lichter, das auf geheimnisvolle Weise eingeschlossene Meer, die Sonne, der Mond, die Bäume, die Tiere, all das barg ein Glück, so zerbrechlich und bedroht, dass man davon nie satt werden konnte. Aber wenn sie sah, wie ihre Kinder auf ihren Trost und ihre Liebkosungen reagierten und sie mit diesem freudigen Aufruhr in den Augen und den Händchen erkannten, dann fiel es ihr zunehmend schwer, sich für das Opfer einer willkürlichen und unangemessenen Bestrafung zu halten.

II

Wachset und mehret euch

Kapitel 21

Adam betrachtete die Kerben in den Baumstämmen. Es waren schon viele. Bei fast allen Bäumen auf dem Weg von der Höhle zum Fluss war die Rinde zerfurcht. Er konnte nicht zählen, aber der Anblick der gezeichneten Bäume genügte ihm, um zu erkennen, dass die Erde, auf der sie wohnten, beim Ausschöpfen ihres Lebens Spuren hinterließ. Und damit nicht genug, die Zeit grub sich auch in die Körper ihrer Kinder ein. Eva zählte die Tage, indes sie ihnen beim Heranwachsen zusah.

Und sie waren schon groß, obwohl es ihnen noch an Reife fehlte. Abel und Aklia waren noch neuer als Kain und Luluwa, aber der Unterschied war kaum wahrnehmbar. Die Zeit, die alle vier gebraucht hatten, um laufen und sprechen zu lernen und selbständig zu werden, war ihnen endlos erschienen, als sie mittendrin waren, aber inzwischen schaute Adam schon wehmütig darauf zurück. Es war alles andere als einfach gewesen, sie ins tägliche Leben einzuführen. Keines von ihnen hatte laufen gelernt, ohne zunächst auf allen vieren zu krabbeln. Bei ihren Versuchen, sich auf die Füße zu stellen, fielen sie hin und stießen sich. Sie schienen gar nicht darauf zu achten, wie das auf steinigem Gelände oder zwischen den Felsen ausgehen konnte. Eva und er hatten sie an der Hand führen müssen. Er erinnerte sich, wie ihnen von morgens bis abends der Rücken geschmerzt hatte, als sie sie vornübergebeugt bei ihren ersten Gehversuchen gehalten hatten. Sie konnten die Kinder nicht aus den Augen lassen.

Was ihnen an Geschicklichkeit fehlte, das hatten sie an Neugier zu viel. Sie waren wie ihre Mutter. Sie wollten alles anfassen, aber sie wussten nicht, dass Feuer brannte und dass man sich leicht weh tun konnte. Eva sagte, das sei so, weil ihnen das Wissen von Gut und Böse fehlte. Um diese Lücke zu füllen, gab sie ihnen Feigen zu essen, doch zeigten die keine besondere Wirkung.

Adam konnte sich keinen Reim darauf machen, weshalb sie so unwissend waren. So wie er und Eva einige Züge mit den Tieren gemein hatten, überlegte er, waren ihre Kinder jenen vielleicht noch ähnlicher. Allerdings beschmutzte die Katze nie die Höhle mit ihrem Unrat, während die Kinder, wo sie gerade waren, ihre Bäche laufen und ihre Haufen liegen ließen. Erst nach einem harten Kampf begriffen sie endlich, dass sie dazu hinausgehen und ihren Unrat mit Erde zudecken mussten.

Kaum waren sie morgens munter, da fingen sie schon an zu sprechen. Anfangs waren sie nur mit Mühe zu verstehen. Aklia und Luluwa konnten eher als ihre Brüder sagen, was sie wollten. Das war eine Zeit voller Gelächter für Eva und ihn gewesen. Sie lachten sich halbtot, als sie die Kinder Wasser, Katze, Brust sagen hörten. Aber später, als alle vier von Worten nur so übersprudelten, da stellten sie fest, wie unterschiedlich sie waren. Sie merkten, dass sie ihnen beibringen konnten, zu überleben, aber zähmen ließen sie sich nicht.

Evas Furcht vor dem Winter und davor, dass ihre Milch nicht mehr ausreichen könnte, um sie zu ernähren, spornte sie an, ihre Intuition für die Erde und deren Früchte in ein verlässliches Wissen über die Pflanzen zu verwandeln. Um die Höhle herum wuchsen jetzt Mandelbäume, Birnbäume, Weinstöcke, Weizen, Gerste und essbare Wurzeln. Kain und Luluwa hatten die Fertigkeit der Mutter geerbt, essbare Früchte und Kräuter zu erkennen. Sie waren es, die den Gemüsegarten pflegten, während Abel, der sich von klein auf mit Tieren auskannte, Ziegen hielt, die ihnen Milch gaben, und Schafe, deren Haar Aklia auf eine Weise verwebte, dass sie sich damit bedecken konnten, ohne für Kleidung töten zu müssen.

Eva sehnte sich nicht nach den Kleinkindertagen der Zwillinge zurück. Sie bedauerte nicht, wie Adam, dass sie so schnell herangewachsen waren. Er sagte, es käme ihm vor, als habe er sie soeben noch zögerlich die ersten Stehversuche machen und dann schwanken sehen, bis sie wieder auf dem Hintern saßen und halb belustigt, halb verwirrt dreinschauten. Eva hütete diese Bilder zärtlich in ihrem Herzen, aber sie zog die Kinder so vor, wie sie jetzt waren, selbständig. Sie hatte noch nicht ihre tiefe Erschöpfung vergessen, als die Kinder ihnen keine Ruhepause ließen, immer an ihnen hingen, als gehörten ihre Körper ihnen.

Allmählich hatten sie gelernt, die Erde zu bestellen und sich Kleidung und Nahrung zu beschaffen, so dass Adam nicht mehr allmorgendlich ausziehen musste und sie mit der nicht zu bewältigenden Aufgabe zurückließ, die vier winzigen, hilflosen Wesen zu hüten. Sie führten das Leben einer Herde und bewegten sich mit den Kindern auf dem Rücken oder auf der Hüfte von hier nach dort. In den ersten Wintern mussten sie sich in die Höhle zurückziehen und viele Tage und Nächte lang in eine Welt aus Gestammel eintauchen, in der Worte nichts nutzten und ihr Instinkt der einzig verlässliche Anhaltspunkt war. Adam litt mehr als sie unter der Veränderung seines Tagesablaufs, dennoch verzichtete er auf lange Wanderungen und Jagdausflüge, weil ihn die Furcht, dass sie irgendein Missgeschick erleiden könnten, nach kurzer Zeit zurückeilen ließ. Er kam zu dem Schluss, dass es besser war, gemeinsam zu hungern, als das Risiko einzugehen, durch die Unwägbarkeiten dieser Welt getrennt zu werden.

Ihr fiel es schwer, sich daran zu gewöhnen, dass ihr Körper für vier Augenpaare zur Nahrungsquelle wurde, die stets von ihr verlangten, sich hinzulegen und sie an die Brust zu nehmen. Beschämt über ihre eigenen Gefühle, gestand sie Adam nie, dass sie oft am liebsten hinausgerannt wäre. Seit er den Geburten beigewohnt hatte und wusste, dass sie nicht nur imstande war, Geschöpfe zu formen, sondern sie auch zu ernähren, war sie für ihn sowieso ein Wunderwerk. Elohim, so fand Adam, hatte ihr so viel Macht verliehen, dass er sie Blut und Schmerzen unterwarf, damit sie ihn nicht herausforderte.

Eva widersprach ihm nicht. Sie bewunderte Adams sanfte Sturheit, die Hingabe an seine vielfältigen Aufgaben, die er sich stellte und die ihm ständig die Befriedigung gaben, seine Umgebung zu beherrschen und zu verstehen. Dennoch gebärdete er sich eigenwillig und ging beharrlich seinen Weg, ohne zu bemerken, wie sich dies im Laufe der Zeit auswirken würde. Er tat sich schwer mit der Geduld und damit, den natürlichen Lauf der Dinge zu beobachten und zuzulassen, dass sie sich ihren Neigungen und ihrer innewohnenden Weisheit entsprechend ordneten. Er hatte es immer eilig. Daher, und obwohl er den Zyklus der Früchte der Erde verstand, bevorzugte er die Jagd, das Unmittelbare, das, was ihm das schnellste Ergebnis für seine Bemühungen brachte.

Eva dagegen nahm alles wahr, was um sie herum geschah, als hätte sie die Möglichkeit, mit mehr Augen als nur ihren eigenen zu sehen. Es bereitete ihr keinerlei Mühe, die Gedanken der anderen in sich selbst zu hören. In der Zeit, als die Zwillinge heranwuchsen, und bis zu ihrer Pubertät schienen ihr Ohren auf der Haut gewachsen zu sein, und ihre Augen entwickelten förmlich einen Tastsinn, um sämtliche Körperempfindungen der Kinder in ihrer ganzen Intensität wahrzunehmen. Sie las mit einer Geschicklichkeit in ihren Gemütern und ihren Gesten, die sie selbst oft erstaunte. Aus sich selbst herauszuwachsen, sich zu vervielfältigen hatte ihr auf rätselhafte Weise Zugang verschafft zur geheimen Sprache des Lebens. Sie erahnte sogar die Stimmungen von Pflanzen, Bäumen und des Himmels. Aber dennoch vermochte sie nicht zu sagen, ob ihre Kinder wie sie das Wissen von Gut und Böse besaßen; ob sie ihre Unschuld verlieren würden, ohne eine verbotene Frucht zu essen; oder ob sie, so unschuldig, wie sie waren, lernen würden, in einer Welt voller unbeantworteter Fragen zu bestehen, in der es zum Essen und Überleben nötig war, zu töten.

In der Welt, die sie sich eingerichtet hatten, waren Abel und Adam unzertrennlich. Ebenso Kain und Luluwa. Und mit der kleinen Aklia brachte Eva die meiste Zeit zu. Als Aklia auf die Welt gekommen war, hatte Adam bei ihrem Anblick geweint. Die Geburt war schnell und ohne besondere Ereignisse oder Wunder vonstattengegangen. Adam und sie waren allein gewesen und hatten auf das vertraut, was sie bereits wussten. Eva war es das zweite Mal weniger schmerzhaft vorgekommen. Womöglich, weil sie schon Bescheid wusste und sich darauf eingestellt hatte, zu leiden.

Abel war als Erster erschienen. Er war dunkler als Kain und größer. Mit lautem Geschrei, die Augen sperrangelweit offen, kam er auf die Welt. Nach einer langen Pause kam noch eine Wehe. Eva presste Aklia heraus, ein winziges Geschöpf mit fest zugekniffenen Augen, das Gesichtchen von einem dunklen Flaum bedeckt, die Stirn gewölbt und die Lippen zu groß. Adam schnitt beide Nabelschnüre durch. Sie hüllten die Geschöpfe in weiche Fuchsschwänze. Dann war Adam mit Aklia durch die Höhle spaziert. Er hatte sie zum Feuer gebracht. Dort sah er sie an und sagte, sie sehe aus wie ein Äffchen, nicht wie ein Mensch. Kurz nach ihrer Geburt hatte Aklia den Gesichtsflaum abgeworfen, doch das kleine Gesicht mit den mittig zusammengedrängten Zügen hatte sie behalten; ebenso die dichten Brauen, den auffällig breiten Mund und das glatte, dünne Haar, schwarz wie nasses Holz. Ihre Augen waren jedoch wunderschön, klein zwar, aber leuchtend. Aklia besaß zudem die vollkommensten Hände und Füße von allen Kindern. Sie war gescheit und geschickt. Sie verstand etwas vom Nutzen der Dinge. Sie stellte aus Knochen Nadeln her und nähte Felle zusammen, spann die Wolle der Schafe. Ihre Körpergewandtheit und ihre Größe gereichten ihr zum Vorteil. Niemand konnte wie sie auf Bäume klettern und von den Palmen die Datteln herunterholen. Eva nahm sie in Schutz und verwöhnte sie, um sie für das zu entschädigen, was ihr die Geburt nicht mitgegeben hatte. Obwohl ihre Geschwister größer und schöner waren als sie, schien Aklia am meisten Stärke zu besitzen und der Essenz dessen, was sie umgab, am nächsten zu sein.

Schon vor geraumer Zeit hatten Eva und Adam sich gefragt, was wohl der Grund dafür war, dass Elohim ihnen zwei Zwillingspärchen geschickt hatte.

Wachset und mehret euch, hatte er gesagt. Denn außer ihnen bewohnte niemand jene Welt.

Kain wird sich mit Aklia paaren und Abel mit Luluwa, verkündete Adam eines Tages. So würde sich das Blut der beiden Niederkünfte mischen. Es sei nicht gut, das Blut aus ein und demselben Mutterschoß zu vermengen. Elohim habe ihm das in einem Traum gesagt, der ihn in den Garten Eden zurückversetzt habe.

Ein wirrer Traum, erzählte er. Der Garten sei ihm darin alt und heruntergekommen erschienen. Er habe sich wegen all dem Schlamm und der vielen umgestürzten Bäume kaum von der Stelle bewegen können. Ein feuchter, milchiger Dunst habe zwischen den seltsamen Zweigen geschwebt, an denen bleiche Farne in Büscheln hingen wie strubbeliges Haar. Kletterpflanzen mit riesigen gezähnten Blättern erstickten die großen Zedern, und durch die offenen Himmelsspalten sei kaum Licht auf jene überwucherte Sumpflandschaft gefallen, in der sich die Arten gegenseitig erdrückten und einen Kampf auf Leben und Tod führten.

Inmitten seiner ziellosen Wanderung sah Adam in seinem Traum Aklia, wie sie von Ast zu Ast sprang, verfolgt von einem Gorilla mit unendlich traurigen Augen. Dann sah er Kain, wie er ihr folgte und versuchte, einen Baum nach dem anderen zu fällen, indes die Schwester dem Holzhammer auswich, mit dem er auf Zweige und Stämme eindrosch. Er sah den schlafenden Abel und an seiner Seite Luluwa, die Hände vors Gesicht geschlagen. Er redete auf die Kinder ein und befahl ihnen, zurückzukommen, aber sie hörten ihn nicht. Obwohl sie sich in seiner unmittelbaren Nähe befanden, schienen sie sehr weit weg zu sein. Dann hatte der Gorilla zu seinem Schrecken plötzlich mit Elohims Stimme gesprochen: Abel mit Luluwa, Kain mit Aklia, das Blut darf sich nicht mischen, donnerte er. Als Adam erwachte, hallte der Klang dieser Worte im ersten Morgenlicht wider.

Diesen Traum hatte er oft geträumt, seit die Kinder klein waren. Es sei ein furchtbarer Traum, ließ er Eva wissen. Ein Traum, der ihm den Atem benahm und aus dem er jedes Mal voller Angst aufschrak; da er aber mit solcher Eindringlichkeit stets aufs Neue geträumt werden wollte, deutete Adam ihn als ein Zeichen von Elohims Willen.

Eva misstraute Adams Mitleid gegenüber Aklia, der bei ihr die größte Nachgiebigkeit walten ließ. Häufig überraschte Eva ihn dabei, das Kind mit einer Spur Unglauben zu betrachten, so als fiele es ihm schwer, zu akzeptieren, dass ebenso wie die anderen auch sie aus ihnen erschienen war. Dass es den beiden Zwillingspaaren bestimmt sein sollte, sich miteinander zu kreuzen, erschien Eva nur natürlich, zumal sich ihre männlichen Nachkommen ohne das gleichzeitige Erscheinen ihrer Schwestern mit ihrer eigenen Mutter hätten fortpflanzen müssen.

Diese Welt war schrecklich, so dachte sie bisweilen. Diese ständige Unsicherheit des Lebens und ihr ganzes Unwissen, dabei hatten sie für ihr Wissen solche Strafen erlitten. Wie konnte man da noch annehmen, dass Elohim sich nicht über sie lustig machte! Grausamer Elohim. Ein Vater, der seine Kinder im Stich lässt, grausam! Jetzt, da sie selbst Mutter war, kam ihr sein Verhalten noch unverständlicher vor.

Und die Mutterschaft war ein bleibender Zustand. Genauso wie der Schmerz. Ihre Kinder waren jetzt Halbwüchsige. Schon bald würden sie sich miteinander paaren müssen. Da sie Adams Träume kannte und wusste, dass sie ihnen oftmals die Richtung wiesen, ahnte sie, als die Kinder größer wurden, dass sie ihnen den Kummer nicht würden ersparen können. Kain war von klein an kräftig. Und stoisch. Wenn er sich weh tat, weinte er nur selten, als wohnte seit seiner zartesten Jugend das Bewusstsein eines Erwachsenen in ihm, der geduldig auf das Reifen seines Körpers wartete. Luluwa, die schöne Luluwa, galt ihm als Anfang und Ende seiner Seligkeit. Eva empfand die beiden als zwei Seiten eines einzigen Wesens, das nur existierte, wenn sie zusammen waren. Beide waren sie schweigsam und in sich gekehrt, wenn Dritte dabei waren, miteinander aber warm und liebevoll. Sie hatten die Gabe, sich nur mit den Augen zu verständigen. Luluwas wachsende Schönheit, die nicht nur Abel, sondern sogar

Adam in Aufruhr versetzte, war für Kain so natürlich und selbstverständlich wie das Erblühen eines Baumes, der sich bereitmacht, Früchte zu tragen. Diese innige Nähe zu Luluwa hieß indes nicht, dass ihm ihre Schönheit gleichgültig war. Vielmehr war sie der Quell seines ganzen Glückes, denn er war sicher, dass Luluwa ihm gehörte und er sie immer bei sich haben würde.

»Bist du sicher, Adam, dass Elohim gesagt hat, das Blut dürfe sich nicht mischen? Die Tiere mischen es nämlich.«

»Du weißt, dass wir anders sind.«

Er sagte, dass es ihm unmöglich sei, gegen seine Träume zu handeln. Eva dagegen wurde von dem Verdacht gepeinigt, dass seine Vorliebe für Abel in dem Traum eine Rolle spielte. Abels Gabe, mit den Tieren zu sprechen, erinnerte Adam daran, wie sie ihm im Paradies gehorcht hatten. Abel war bildschön, wie Luluwa. Sein Körperbau überbot den des Vaters. Sein Gesicht war kupferfarben mit einer langen, geraden Nase, einer hohen Stirn und ausgeprägten Wangenknochen. Er war lebhaft, und seine Augen hatten wie die seiner Schwester die Farbe der hellen Blätter am Lebensbaum.

Kain war kleiner als er. Seine Züge waren nicht so ebenmäßig wie die des Bruders, jedoch ansprechend und nicht unschön. Doch hatte

Kain womöglich von klein an gespürt, dass seine Zuneigung zur Erde und zur Stille den Vater enttäuschte, und wurde aus diesem Grund ein scheuer, wortkarger Junge. Er ging leicht gebeugt. Wenn der Vater ihn ansprach, senkte er die Augen. Zweifellos verübelte er diesem die ständigen Vergleiche mit Abel und sogar mit dem gescheiten, treuen Hund, dessen Namen er geerbt hatte. Eva gegenüber verhielt er sich überaus herzlich, was seine Schweigsamkeit aufwog. Ihr brachte er die süßesten Birnen. Sie lobte die Früchte seiner Pflanzenzucht, die Mühe, die es kostete, sie zu kreuzen und mit dem Wasser der Quelle zu speisen, wozu er eigenhändig neue Kanäle grub. Luluwa und Kain ernteten seltsame Hybriden, die Eva und Aklia als Erste probierten, wodurch sie nicht nur einmal erkrankten.

Während Kain und Luluwa still mit ihren Fruchtkörben bei ihr erschienen, waren Abels Auftritte in der Höhle triumphal: Er brachte die Milch der Ziegen, die ihm in Scharen folgten, er jagte Hirsche, weidete Lämmer, hatte weitere Hunde gezähmt und erreichte sogar, dass Raubvögel wie der Falke ihre Beute mit ihm teilten. Abels sanftmütiger Güte konnte man schwer widerstehen. Und Eva war davon überzeugt, dass er die Eifersucht seines Bruders gar nicht wahrnahm. Abels Welt war einfach und unschuldig. Er bekam fortwährend Bestätigung und Lob vom Vater und genoss die Gesellschaft der Tiere. Er verbrachte seine Tage in den Wäldern jenseits des Flusses, lächelnd durchstreifte er sie, um bei Sonnenuntergang mit seinen Geschichten zurückzukehren. Kain war böse darüber, dass Elohim seine Eltern aus dem Paradies vertrieben hatte, Abel dagegen warb um Elohims Gunst. Auf dem Stein, auf dem Adam nie aufgehört hatte, dem Anderen die Erstlinge vom Schweiße seines Angesichts zu opfern, bot Abel ihm auch seine Gaben dar.

»Abel hat ein schlichteres Gemüt. Er wäre mit Aklia besser dran. Sie ist nicht hübsch, aber sie vermag die Welt zu deuten. Sie hat aus den Knochen der Hirsche Angelhaken gemacht und Nadeln aus Fischgräten. Sie kann besser denken als Luluwa«, wandte Eva ein.

»Wenn du dir um Kain nicht so viele Sorgen machen würdest, dann hättest du schon gemerkt, dass Aklia ihn liebt, nicht Abel.«

»Sie würde Abel auch lieben. Es ist leicht, ihn zu lieben.«

»Ich habe nicht gesagt, dass sie ihn nicht auch liebt. Aber sie mag Kain lieber.«

»Was glaubst du, wann sie anfangen werden, sich so anzusehen wie wir, nachdem wir die Frucht vom Baum gegessen hatten?«

»Ich glaube, es wird nicht mehr lange dauern, Eva.«

»Hast du gesehen, dass Aklia und Luluwa schon Brüste haben?«

»Ja. Sobald sie bluten, müssen wir ihnen ihre Partner geben.«

»Wie ich diesen Tag fürchte, Adam.«

Kapitel 22

Schon seit langem legte Adam Hölzer vor den Höhleneingang, um zu verhindern, dass Tiere eindrangen und sie angriffen. Trotzdem konnte das jeden Tag geschehen. Sie waren jetzt mehr. Sie lagerten Essen. Sie kochten es. Der Geruch ihres Lebens breitete sich weit aus. Wenn die Nahrung knapp wurde und die Kälte zurückkehrte, waren sie in Gefahr. Es war Zeit, fortzuziehen. Sie machten sich auf die Suche nach einer anderen Höhle. Die Felsformationen rundherum boten viel Unterschlupf, aber sie brauchten eine Bleibe mit einem breiten Zugang, um eine Grube auszuheben. Damit wollten sie ihr Heim schützen. Über die Baumstämme, die sie nachts fortnehmen würden, gelangten nur sie hinein und hinaus.

»Die Idee ist alt«, bemerkte Eva. Auf dieselbe Weise hatte Elohim ihnen die Rückkehr ins Paradies verwehrt. Mit einer Schlucht.

Sie würden es ihm gleichtun.

Aklia und Eva fanden eine Höhle, die sich für ihr Vorhaben eignete. Sie war weitläufig, hoch und hatte ein Loch in der Decke, wo der Rauch von der Feuerstelle abziehen konnte.

Kain suchte Stämme und rammte sie mit der Spitze in den Boden, um den Graben auszuheben. Adam markierte die geplante Breite.

Kain und Luluwa waren kräftig. Seite an Seite brachen sie im Gleichtakt die Erde auf. Aklia und Abel versuchten es ebenso. Aber Aklia musste aufgeben, so dass Abel ohne sie weiterschaufelte. Er will Luluwa zeigen, dass er genauso stark ist wie Kain, dachte Eva, als sie ihnen zusah. Was sich Elohim wohl dabei gedacht hatte, einer ihrer Töchter so viel mehr Schönheit zu verleihen als der anderen? Und warum hatte Schönheit so viel Macht? Sie sah, wie Abel und Adam jede von Luluwas Bewegungen mit den Augen verfolgten, die Grübchen über ihren Hüften anschauten, die langen Beine, die Arme, die Brüste. Selbst sie kam nicht umhin, zu bewundern, wie sich der geschmeidige Körper hob und senkte, um das Loch auszuheben. Adam war sich Evas Anwesenheit bewusst, wie sie da unter einem Baum saß und einen Augenblick ausruhte. Er betrachtete die Tochter aus den Augenwinkeln und wandte sich dann, über seine eigenen Gedanken beschämt, rasch wieder ab. Abel dagegen, arglos wie er war, verbarg seine Faszination nicht. Da sah Eva Kain mit einem Mal innehalten und beobachtete, wie er Luluwa am Arm packte und schubste, bis sie vor Abel stand. Sie konnte von ihrem Platz aus sehen, wie ihr Sohn sich seinem Bruder drohend gegenüberstellte. Worauf Abel mit erschrockenen Augen den Vater suchte. Adam forderte Luluwa auf, sich bei Eva auszuruhen. Ich bin nicht müde, widersprach sie. Trotzdem, sagte Adam. Geh zu deiner Mutter.

Luluwa ließ sich neben Aklia nieder, die gerade eine Matte aus Lianen flocht. Einsame Luluwa. Eva gewahrte, dass Luluwa von klein auf eine feine Aura umgab, die sie von den anderen trennte. Sie war ein bildhübsches Mädchen, aber je älter sie wurde, desto mehr wurde sie von ihrer Schönheit eingeschlossen, und der Weg zu ihr schien wie der Abgrund, der sie vom Garten getrennt hatte, unüberbrückbar.

In der Natur gab es weder unter den Insekten noch unter den Landschaften oder den Pflanzen eine Erscheinung, die das Herz so geblendet hätte wie Luluwa, ohne etwas anderes zu tun, als einfach nur da zu sein. Sie ist schöner als du, hatte Adam ihr einmal gestanden und hinzugefügt, dass er niemals damit gerechnet hatte, dass irgendein Geschöpf ihr an Schönheit gleichkäme. Eva war bis vor kurzem der Ansicht gewesen, dass Luluwa dieselbe Unschuld besaß wie Abel, eine vollkommene, reine Unschuld, außerstande, sich die Komplexität vorzustellen, mit der sich die anderen herumschlugen.

Es war nicht schwer, Abel die Unbekümmertheit, mit der er an das Gute in der Welt glaubte, als Arroganz auszulegen, und ebenso seinen durch nichts zu trübenden Frohsinn und seine Bewunderung Dingen gegenüber, die den anderen unverständlich, fragwürdig und sogar unnatürlich vorkamen.

Im Garten hatte die Schlange zu Eva gesagt, dass Elohim ihnen kein Wissen gegeben hatte, damit sie ihre Zahmheit nicht verloren; er wollte, dass sie waren wie Hund und Katze. Das war Abel, ein hübsches, sanftes, zutrauliches Geschöpf – ein Kind.

Aber Luluwa war nicht so, auch wenn sie gerne auf dieselbe Weise gesehen werden wollte. Luluwa hatte nämlich ein Bewusstsein für die Macht ihrer überwältigenden Erscheinung. Und es gehörte zu ihrem Wesen, das sie von den anderen unterschied, diese Macht auszuüben. Allerdings war Eva nicht sicher, ob sie ihre Wirkung auf die Brüder und sogar auf Adam vollständig ermessen konnte.

Aklia bedeckte ihre Blöße mit einer gewebten Wolltunika. Luluwa trug ein winziges Fell um die Taille gebunden.

»Du musst dich bedecken, Luluwa«, sagte die Mutter. »Du bist kein Kind mehr. Du versetzt deine Brüder und sogar deinen Vater in Aufruhr.«

»Ich kann nichts dafür, ich bin, wie ich bin«, erwiderte sie.

»Das weiß ich.«

»Wie kommt es, dass ich sie ansehe, ohne in Aufruhr zu geraten? Also müssen sie doch auf sich aufpassen.«

Eva schwieg. Luluwa sprach wenig. Und wenn sie es tat, dann geradeheraus.

»Luluwa hat recht«, sagte Aklia. »Wieso geraten sie in Aufruhr und wir nicht?«

»Du hättest gern, dass Kain für dich in Aufruhr gerät, stimmt es, Aklia?«, fragte Luluwa.

»Ist das wahr, Aklia?«, wollte auch die Mutter wissen.

»Ich habe mich Kain immer am engsten verbunden gefühlt«, erwiderte Aklia. »Er ist nicht so vollkommen wie Abel. Und ich bin nicht so vollkommen wie Luluwa.«

»Aber Kain ist mein Zwilling«, sagte Luluwa. »Er gehört mir und ich ihm.«

»Abel schaut mich nie an«, sagte Aklia. »Aber Kain bringt mir Früchte und Nüsse.«

»Abel schaut nur sich selbst an. Er braucht uns nicht. Er braucht niemanden«, stellte Luluwa fest.

»Er ist sehr gütig«, sagte Eva. »Er ist glücklich.«

»Er zweifelt nie«, sagte Luluwa. »Nie hat er eine Frage. Er und seine Tiere, die verstehen sich.«

Danach sprachen sie nicht mehr und sahen den Männern beim Graben zu.

War es möglich, dass nur die Männer in Aufruhr gerieten? Luluwa und Aklia waren noch zu jung, um das zu beantworten, aber Eva kannte sehr wohl das Drängen in ihrem Körper, wenn Adam sie nachts wiegte. Das wurde sicher durch seine Nähe hervorgerufen. Allein ihn zu sehen genügte nicht. Sie fand Adam durchaus schön und bewunderte den Umfang seiner Arme, seine breiten Schultern und die Kraft in seinen Beinen, aber es waren seine Augen und die Art, wie er sie ansah, die bei Tag oder Nacht eine Gelegenheit schufen, dass sie einander beiwohnten und sich in der Einsamkeit ihrer Verbannung damit trösteten, zusammen zu sein. Fraglos ließen sich Männer leichter beeindrucken. Schönheit allein genügte, damit ihre Körper antworteten. Und wenn sie Luluwa ansahen, so bemerkte Eva, dann wurden sie einander fremd und waren mit einem Mal vom Instinkt besessen, sich die Beute zu holen. Wieso beunruhigte sie Schönheit so sehr, anstatt in ihnen den Wunsch zu wecken, sie zu feiern? Danach würde sie Adam fragen müssen, dachte Eva. Abel würde ihr darauf bestimmt keine Antwort geben können. Kain vielleicht auch nicht. War es wirklich Luluwas Schönheit oder ein anderer Grund? Die Sonne oder der Mond? Wo würde das alles enden? Was würde geschehen, wenn Adam Kain sagte, dass sich Luluwa mit Abel paaren sollte?

Eva träumte von der Schlange. Sie erschien ihr wie vorher, als sie noch nicht kroch, sondern aufrecht neben dem Baum stand, die goldene Haut von Schuppen bedeckt, das Gesicht flach und mit einem weichen Federbusch auf dem Kopf.

»Hat dir Elohim vergeben?«, fragte Eva.

»Im Traum vergibt er mir immer.«

»Was träumt er?«

»Er träumt, dass er bereut. Er hat Angst.«

»Was wird uns glücklich machen?«

»Die Rastlosigkeit. Die Suche. Die Herausforderungen.«

»Du hast doch gesagt, Elohim hätte uns allein gelassen, um auszuprobieren, ob wir in der Lage sind, zum Anfang zurückzukehren. Werden wir erst dann glücklich sein?«

»Elohims Zeit ist sehr langsam.«

Eva erwachte. Sie wollte nicht aufwachen. Sie kniff die Augen zu. Wann, sag mir, wann dürfen wir zurück?, fragte sie in die Finsternis hinein. Niemand antwortete.

Kapitel 23

Sie benötigten zwei Vollmonde, bis sie den Graben fertig hatten. Beim zweiten Neumond bluteten Aklia und Luluwa. Eva schloss sie in die Arme und beruhigte sie.

»Ich weiß nicht, weshalb das so ist, aber nach dem Blut kommen die Kinder.«

Sie erzählte jeder von ihrer Geburt. Da verstanden Aklia und Luluwa, was es mit dem blinden Loch in ihrer Bauchmitte auf sich hatte. Das war der Nabel. Weder Adam noch Eva hatten einen solchen. Sie fragten: Wie lange müssen wir noch warten, ehe wir Kinder bekommen? Was tragen die Männer dazu bei? Warum sehen Abel und Kain aus wie Adam?

Eva lächelte. Sie wollten aber auch alles wissen.

Es war noch früh am Morgen. Die regnerische, kalte Jahreszeit hatte eingesetzt. Die Männer machten sich alleine auf den Weg, um Baumstämme für die Brücke über den Graben zu suchen. Eva behielt die Töchter bei sich. Sie setzte sich mit ihnen auf das Bärenfell. Dann schürte sie das Feuer. Sie suchte nach Worten, um ihnen alles zu sagen, was sie wissen wollten.

Sie sei in Adam gewesen, erzählte sie dann, bevor sie mit ihm die Frucht vom Baum der Erkenntnis von Gut und Böse gegessen hatte, aber Adam sei damals nie in ihr gewesen. Als sie noch ewig waren, hatten sie nie gespürt, dass sie einander brauchten. Der Tod habe sie dazu gezwungen, eine andere Art von Ewigkeit zu suchen: Sie würden jene selbst erschaffen, die ihr Andenken bewahren und weiterleben würden, wenn sie Abschied nahmen. Elohim habe gesagt, sie seien Staub und zu Staub würden sie werden. Aber er habe ihnen auch befohlen, zu wachsen und sich zu mehren.

Sie wisse nicht, ob es bei ihnen genauso sein werde, fuhr sie dann fort. Bei ihr sei es so gewesen, dass sie eines Tages einen ganz tiefen Wunsch verspürt habe, Adam in sich zu fühlen. »Es war, als könnte meine Haut sehen und greifen«, erzählte sie. »Ich wollte ihn von innen sehen. Ich wollte die Luft in ihm berühren. Ihn atmen. Ich wollte seinen Körper verstehen und ich wollte, dass er meinen Körper verstand. Ich wollte auf andere Weise mit ihm reden, auf eine verlässlichere Weise als mit Worten, so wie sich die Katze verständlich macht, wenn sie um unsere Beine streicht, damit wir merken, dass sie uns erkennt. Eurem Vater ging es ebenso.

Wir haben mit den Mündern angefangen, sie zusammengebracht und die Zungen, weil unsere Verständigung von dort ausgeht. Wir haben die Spucke und die Zähne erforscht, und plötzlich hat eine unbekannte Sprache von uns Besitz ergriffen. Es war eine heiße Sprache, als wäre in unserem Blut ein Feuer entbrannt, ihre Worte hatten aber keine Form. Es waren eher lange Seufzer, obwohl uns nichts weh tat. Es war ein Stöhnen und Knurren, was weiß ich. Unsere Hände füllten sich mit Zeichen und hatten den Drang, unsichtbare Dinge auf unsere Körper zu malen. Bei mir wurde das Geschlecht feucht. Ich dachte, ich würde Wasser lassen, aber es war nicht dasselbe. Das Glied zwischen Adams Beinen wuchs und wurde ganz groß, bis es wie eine Hand auf meine Mitte zeigte. Endlich verstanden wir, dass dieser Körperteil zu mir hineinmusste, damit wir wieder eins wurden. Es hat weh getan, als er in mein feuchtes Inneres eindrang. Ich dachte, dass er nicht hineinpassen würde, aber er hat sich in der Enge eingerichtet. Anfangs war das Gefühl merkwürdig. Wir haben angefangen, uns zu bewegen. Ich glaube, Adam dachte, er könnte mein Herz berühren. Er tauchte ein und suchte mich in der Tiefe. Wir haben geschaukelt, wie das Meer am Strand. Dann habe ich gespürt, dass mein Bauch diese Hand drücken wollte, sie schütteln, sich ihr entgegenstrecken. Ich glaubte, die Empfindung nicht länger aushalten zu können. Dann breitete sich ein Strahl über meine Beine aus, stieg über den Bauch in die Brust, die Arme und bis in den Kopf. Ich habe genauso gezittert wie die Erde, wenn der Blitz einschlägt. Adam sagt, für ihn sei es ein Überfließen gewesen, ein Fluss, der gewaltig über die Ufer getreten sei und sich in mich ergossen habe. Er hat auch gezittert«, sagte Eva lächelnd. »Er hat geschrien. Und ich glaube, ich auch. Das war alles. Danach sind wir eingeschlafen.

Wir haben es oft wiederholt, als wir schon hier in der Höhle lebten, außerhalb des Paradieses. So haben wir uns getröstet. Wir hatten also auch etwas gewonnen, als wir die Ewigkeit im Garten verloren. Wir nennen es Liebe. Als wir Liebe gemacht haben, hat sich Adam mit euch vermischt, mit Kain und mit Abel. Ich glaube, dass sie ihm deshalb ähnlich sehen.«

Aklia und Luluwa saßen nachdenklich da. Sie hatten ihr aufmerksam gelauscht. Ich habe ihnen den einfacheren Teil erzählt, dachte Eva und fürchtete sich vor dem, was ihr noch bevorstand, der Frage, die nicht lange auf sich warten ließ: Mit wem werden wir Liebe machen?, wollten die Töchter wissen. Werden unsere Kinder Kain oder Abel ähnlich sehen?

Kapitel 24

Sie dachten, sie hätten nicht viel aus der alten Höhle mitzunehmen, aber als sie im Gänsemarsch am Rande der Ebene zu ihrer neuen Bleibe unterwegs waren, da sahen die Frau, der Mann, ihre Söhne und ihre Töchter aus wie eine Ameisenstraße.

Eva ging langsam und schleppend. Erst als sie die Muscheln und Knochen und all die kleinen und großen Dinge ihrer häuslichen Umgebung zusammengesucht hatte, waren Zweifel in ihr aufgekommen, jenen Hort ihrer Familie zu verlassen, in dessen Ecken und Ritzen die Erinnerungen ihres ganzen Lebens steckten. Überrascht hatte sie in ihren unzähligen Verstecken unter Steinen und in Felsritzen Tierzähne gefunden, durchlöcherte Flusssteine, das Skelett eines Fisches, einen Seestern, eine Phönixfeder, die getrockneten Nabelschnüre ihrer Kinder. Als sie diese Schätze entdeckte, zog noch einmal die Zeit, seit Elohim sie aus dem Garten verbannt hatte, in ihrer ganzen Länge und Breite an ihr vorüber. Es stimmte sie traurig, sich selbst so aus der Ferne zu sehen, als wäre die Frau, die all diese Schätze aufgehoben hatte, nunmehr eine Erinnerung ihrer selbst.

Vor ihrem inneren Auge tauchten die Bilder ihrer Anfänge auf, während sie den Kindern Anweisungen gab, was mitzunehmen und was dazulassen sei, die gegerbten Felle, die bemalten Gefäße, Pfeile und Feuersteine, die dicken fruchtbaren Tonfiguren, die sie an den Tagen, als sie allein blieb und sich wie ein Meer kurz vorm Überlaufen gefühlt hatte, zum Spaß aus Lehm geformt hatte. Am liebsten, so dachte sie, würde sie dableiben. Sie hatte nämlich die Vorahnung, dass die Eva, die hier gelebt hatte, sich in gleicher Weise auflösen würde wie einst der Garten, sobald in der Höhle wieder Stille einkehrte und nur noch die Zeichnungen an den Wänden von ihrem Durchzug kündeten. So rang sie mit sich, ob sie nicht das fleißige Treiben unterbrechen und Adam vom düsteren Widerhall erzählen sollte, den die leere Höhle in ihrer Brust hervorrief. Doch die lebhafte Vorfreude der anderen hielt sie davon ab. Voller Spannung fieberten sie der neuen Bleibe entgegen und wollten endlich den selbstgebauten Graben davor überschreiten.

Adam holte sie auf dem Trampelpfad ein. Er trug die Lederbeutel mit den Lanzen, den Angelhaken und Pfeilspitzen. Als er bemerkte, wie langsam und lustlos sie mit gesenktem Kopf einhertrottete, da sagte er:

»Wir können in die alte Höhle zurück, sooft wir wollen.«

»Aber nicht zu den alten Zeiten, Adam.«

Wozu sie zu den alten Zeiten zurückwolle, fragte er sie ungläubig – etwa zu Einsamkeit und Verwirrung?

»Ich weiß auch nicht«, erwiderte sie. »Vielleicht, weil wir damals jünger waren. Vielleicht, weil die Tage uns noch neu vorkamen und wir glaubten, mehr tun zu können, als uns nur dem Überleben zu widmen. Manchmal habe ich den Eindruck, dass wir nichts anderes tun.«

Er sähe es so, dass ihre Herausforderung genau darin bestand, zu beweisen, dass sie überleben konnten, sagte er.

Überleben wozu?, fragte sie. Was hatte es für einen Sinn, sich von den Tieren zu unterscheiden, wenn es letzten Endes nur ums Überleben ging? Sie hatte von der verbotenen Frucht gegessen, weil sie sich vorstellte, dass es noch etwas gäbe.

Vielleicht gebe es das ja auch, und sie hätten die Aufgabe, es zu entdecken, sagte er.

Sie habe Angst, es nie zu finden, gab sie zu bedenken.

»Du bist traurig«, sagte Adam. »Traurigkeit ist wie ein Nebel. Man kann nichts sehen.«

Sie erreichten ihr neues Heim. Eva ließ sich von der Betriebsamkeit der Kinder anstecken. Die Früchte ihrer Arbeit waren gut. Sie hatten mit Lianen dünne Stämme aneinandergebunden, damit die Brücke Halt bot, aber nicht zu schwer wurde und abends eingezogen werden konnte. Die Grube war tief genug und die Höhle geräumiger und heller als die alte. Hier würden die Tiere sie zwar auch belagern, aber unmöglich eindringen können.

Es dauerte nicht lange, da hatten sie sich eingerichtet. Jeder ordnete seine Habseligkeiten. Es war lustig zuzusehen, wie sich jeder einen Platz suchte und sein Werkzeug verstaute: die mühsam bearbeiteten Steine – die allmählich immer besser wurden –, die Stöcke mit den angespitzten Enden zum Jagen, die Gerätschaften zum Schneiden und Ausweiden. Luluwas Schätze waren golden, Stroh und Weiden zum Korbflechten; Aklia sammelte Tierknochen, daraus stellte sie Angelhaken her und sogar Geräte, um die Knoten in den Schaffellen zu entwirren; Abel hatte ein ganzes Sortiment Stecken und Hirtenstäbe, und Kain besaß spezielle Stöcke, mit denen er Löcher grub, um die Samen in die Erde hineinzulegen, die er sammelte.

In ihrer ersten Nacht in der neuen Höhle leuchtete ein roter Mond am Himmel. Als sich Abel als letzter zur Nachtruhe einfand, rief er: Der Himmel frisst den Mond auf! Darauf liefen sie alle nach draußen und sahen den vollen Mond am Firmament stehen und davor ein großes schwarzes Maul, das bereits am Rand nagte. Das Maul öffnete sich immer weiter; ein Maul aus Dunst, das den schwachen Schein der wehrlosen Scheibe verdunkelte. Unerklärlich. Ein Zeichen, dachte Adam.

Evas Befürchtungen hatten ihn davon abgehalten, Elohims Weisung zu befolgen: Abel mit Luluwa, Kain mit Aklia. Jetzt würde der Andere den Mond auffressen. Und ihre Nächte würden schwärzer werden. Er warf Eva einen Blick zu. Trotz der Finsternis bemerkte er ihr angstverzerrtes Gesicht.

Was ist das? Was geschieht da?, wollten die Kinder wissen. Evas Eingeweide krampften sich schmerzhaft zusammen.

Adam hatte recht. Sie mochte fürchten, was sie wollte, diesmal konnte sie sich Elohims Willen nicht widersetzen und die Träume des Mannes abtun, während sie ihre eigenen, in denen die Schlange erschien und mit ihr sprach, ernst nahm. Unausdenkbar war die Strafe, die Elohim ihnen auferlegen würde, wenn sie erneut ungehorsam waren und wieder sie es war, die den Mann zum

Ungehorsam anstiftete. Und es stimmte, dass ihr Körper schon seit mehreren Tagen das Vorgefühl eines Unglücks mit sich umhertrug. Der Mond verbreitete jetzt einen matten, mandelfarbigen Schein. Er schien sich oben am Himmel auf einen leuchtenden Sockel zu plazieren, dessen schimmernde Oberfläche mit einem Mal einem Meer glich.

»Es ist eine Wolke«, sagte Eva, um die Zwillinge zu beruhigen. »Es ist, als wäre ihm kalt und er hätte sich in eine Wolke gehüllt.«

Adam trat zu ihr. Er wies mit der Hand zum Himmel und sah sie dabei fest an. Sie verstand.

»Tu es«, sagte sie. »Sprich mit ihnen.«

Kurz darauf sahen sie, wie der Mond rund und rot hinter dem kupferfarbenen Schleier auftauchte. Vollständig. Unbeschädigt.

Kapitel 25

Als er im Norden der Spur der Bisons folgte, war Adam vor einiger Zeit auf ein fruchtbares Tal gestoßen, wo die Jagd sehr ergiebig war. Dorthin wollte er seine Söhne führen, um mit ihnen zu sprechen und ihnen zu eröffnen, welche der Schwestern ihnen bestimmt war. Eva wollte Aklia schonen. Sie fürchtete, Kain würde sie als Ersatz für Luluwa nicht akzeptieren. Deshalb bat sie Adam, erst zur Höhle zurückzukehren, wenn sich Kain wieder beruhigt hatte.

Wenige Tage später brachen sie in aller Frühe auf. Ohne sich ihre Sorgen anmerken zu lassen, machte sich Eva mit ihnen auf den Weg. Sie begleitete die Männer, bis die Sonne hoch stand. Am Horizont waren die Umrisse der dunklen Berge unter dem stürmischen Herbsthimmel zu sehen. Der Boden war mit ockerfarbenem Laub bedeckt, das unter ihren Füßen raschelte. Der Fluss war trüb vom vielen Regen, die Erde an seinen Ufern aufgeschwemmt, Wurzeln und Steine lagen unter Wasser. Als sie sich trennten, bat Eva sie, mit der Hand ein Zeichen zu geben, sobald sie das Ende des Tals erreicht hatten. So würde sie ihre Männer noch einmal aus der Ferne sehen können.

Als sie darum bat, reagierten die Söhne befremdet, weil sie es gewohnt waren, ohne große Umstände verabschiedet zu werden. Das entging ihr nicht. Kain vermutete sicher, sie täte es ihm zuliebe, überlegte sie. Denn sie zogen fast nie zu dritt los. Der Vater bat ihn nur selten, mitzukommen. In der Regel nahm er Abel mit und ließ Kain mit den Frauen oder alleine Pilze sammeln oder fruchtbares Land für seine Saaten suchen. Es war ihm anzumerken, wie er sich freute, dass der Vater ihn diesmal gebeten hatte, sie zu begleiten. Auch Abel war guter Laune. Er liebte den älteren Bruder. Als kleiner Junge war er ihm überallhin gefolgt und hatte ihm alles nachgeahmt. Seine Versuche, mit dem Größeren Schritt zu halten, hatten oftmals mit den unvermeidlichen Kindheitsunfällen geendet. Dann musste Kain den Zorn des Vaters über sich ergehen lassen, der ihn zur Rechenschaft zog, weil er nicht besser auf den Jüngeren aufgepasst hatte.

Eva wartete auf einem Hügel, bis sie die Männer das vereinbarte Handzeichen geben und anschließend im Wald verschwinden sah.

Dann setzte sie sich auf die Erde und brach in Tränen aus.

»Eva, Eva, wisch die Tränen ab.«

Neben ihr saß die Schlange. Sie kroch nicht. Sie hatte die gleiche Gestalt wie damals, als sie sich zum ersten Mal im Paradies begegnet waren.

»Ich habe von dir geträumt«, sagte Eva überrascht. »Und in meinem Traum warst du wie vorher und wie jetzt auch. Hat Elohim dir vergeben?«

»Ja.«

»Glaubst du, dass er uns auch vergeben wird?«

»Vielleicht, auf seine Weise.«

»Was wird mit meinen Söhnen geschehen?«

»Du wirst Gut und Böse kennenlernen.«

»Werden sie leiden?«

»Ich habe dir doch gesagt, dass Erkenntnis Leid mit sich bringt.«

»Du redest immer in Rätseln.«

»Ich kann nicht anders reden.«

»Sag mir, was das Böse ist? Bist du das Böse?«

Die Schlange lachte.

»Ich? Das ist ja lachhaft. Das Böse, das Gute, alles, was auf diesem Planeten ist und je sein wird, stammt auch von hier: von dir, von deinen Kindern, von den kommenden Generationen. Erkenntnis und Freiheit sind Gaben, von denen du, Eva, als Erste Gebrauch gemacht hast. Deine Nachkommen werden selbst lernen müssen, damit umzugehen. Sie werden zwar oft die Schuld bei dir suchen, aber das Leben wäre ohne diese Gaben unerträglich für sie. Sie werden die Erinnerung an das Paradies im Blut tragen, und wenn sie Elohims Spiel durchschauen und nicht in die Fallen tappen, die er ihnen stellt, dann schließt sich eines Tages der Kreislauf, und sie werden erkennen, dass Anfang und Ende eins sind. Um dorthin zu gelangen, werden sie nichts haben außer Freiheit und Erkenntnis.«

»Willst du damit sagen, dass wir selber Gut und Böse erschaffen?«

»Es ist ja sonst niemand da. Ihr seid alleine auf der Welt.«

»Und Elohim?«

»Er wird sich hin und wieder an euch erinnern, aber sein Vergessen ist genauso groß wie sein Gedächtnis.«

»Wir sind allein.«

»Erst wenn ihr das akzeptiert habt, werdet ihr wirklich frei sein. Und jetzt muss ich los.«

»Wirst auch du dich auflösen wie der Garten? Werden wir uns wiedersehen?«

»Keine Ahnung.«

»Ich glaube schon. Ich glaube, du wirst mich nicht vergessen.«

»Akzeptiere deine Einsamkeit, Eva. Denk weder an mich noch an Elohim. Schau dich um. Nutze deine Gaben.«

Die Schlange löste sich plötzlich in Luft auf. Am Nachmittag kehrte Eva auf dem gleichen Weg zurück. Es wehte ein kräftiger Wind. Ein Gewitter kündigte sich an. Sie fragte sich, ob sie die Gewissheit, allein zu sein, überhaupt ertragen könnten. Aber waren sie denn allein? Sie erinnerte sich an die Felle, die sie bei ihrer Vertreibung aus dem Garten Eden vorgefunden hatten, an den Wind, der ihnen das Leben gerettet hatte, als sie sich von den Klippen gestürzt hatten, und an den roten Mond, der sich kürzlich verborgen hatte. Woher kamen diese Zeichen? Wollte die Schlange vielleicht, dass sie Elohim vergaßen?

Es stimmte, wenn sie allein waren, dann gab es nur sie, um Gut und Böse zu unterscheiden, nur dann konnten sie lernen zu leben, ohne irgendetwas zu erwarten, was sie nicht selbst leisten konnten, und nur dann konnten sie den Sinn ihrer Existenz deuten.

Vielleicht war das die Freiheit, von der die Schlange redete. Wenn Elohim sie dazu verleitet hatte, von dieser Freiheit Gebrauch zu machen, um sie anschließend zu vergessen und andere Welten zu erschaffen, dann war das Wissen und alles, was geschehen war, bis hin zu ihrer Vertreibung aus dem Garten, ein Geschenk und keine Strafe. Es war ein Vertrauensbeweis, dass sie und alle, die nach ihnen kommen und jene Weiten bevölkern würden, sich zurechtfinden und sich ein

Leben aufbauen würden, das ihnen über die Gewissheit des Todes hinweghalf.

Aber wie passten die Anweisungen dazu? Kain mit Aklia, Abel mit Luluwa? Wie sollten sie ihre Freiheit nutzen und gleichzeitig gegen ihr Herz handeln, um einer fremden Bestimmung wie dieser zu gehorchen? Warum wurden sie immer vor dieselbe Alternative gestellt, Gehorsam oder Ungehorsam, und mussten mit der Angst vor Bestrafung leben? Nein, dachte Eva. Wir sind nicht allein. Wir wären es besser.

Sie kam bei der Höhle an. Es nieselte. Luluwa und Aklia waren dabei, Palmwedel zu Körben zu flechten, damit sie darin Früchte sammeln konnten. Sie wirkten bedrückt von all den unausgesprochenen Ahnungen. Ohne dass Eva oder Adam ihnen etwas gesagt hätten, wussten Aklia und Luluwa, dass der Ausflug von Vater und Brüdern mehr war als ein Jagdausflug. Sie hatten geblutet. Sie waren Frauen. Auf sie wartete das Leben.

Wann kommen sie wieder?, fragten sie. Bald, sagte Eva. Sie spürte die Unruhe der Töchter, als wäre es ihre eigene, konnte sich aber nicht dazu durchringen, ihnen über ihre Zukunft Bescheid zu sagen. Sie formte die Worte, kaute darauf herum, spürte sie schon im Mund, aber irgendetwas in ihr weigerte sich, sie auszusprechen. Sie wollte ihre Leichtigkeit nicht stören, den Schmerz hinauszögern, sie so lange wie möglich in dem engmaschigen Netz behalten, das ihr Leben bis dahin geschützt hatte und das zerreißen würde, wenn sie die Worte aussprach. Bei ihren Geburten, vor vielen Jahren, da hatte sie geglaubt, kein Schmerz könnte größer sein, aber der Kummer, der ihr in diesen Tagen die Luft zum Atmen nahm, war nicht minder grausam als der Geburtsschmerz in ihrer Erinnerung. Zu wissen, dass sie leiden würden und sie ihnen kaum Trost zu bieten hatte, verursachte ihr eine peinigende Beklemmung, schnürte ihr die Brust zu. Sie träumte, dass sie hinter ihnen herging an Abgründen und tosenden Flüssen und Feuersbrünsten entlang, ohnmächtig. Sie träumte, dass ihr die Stimme versagte, als sie versuchte, sie vor den Gefahren zu warnen, vor den Schluchten, vor den wilden Tieren.

Kapitel 26

Die Tage verstrichen. Eva zog zum Fluss hinunter, um Fische und Krebse zu sammeln. Die Blätter verblichen an den Bäumen, es roch nach feuchter Erde, und über der Landschaft lag eine spätsommerliche Schwere. Sie hockte sich ans Ufer, tauchte den Palmkorb ein und wartete, bis die Fische herbeischwammen. Dabei beobachtete sie das glitzernde, durchsichtige Wasser und den Schaum der Strömung, der sich an den felsigen Ufern sammelte. Vielleicht machte sie sich auch zu viele Sorgen. Was ist mit mir?, fragte sie sich. Sie konnte sich nicht erinnern, je so niedergeschlagen gewesen zu sein. Warum sollten sich ihre Kinder denn nicht in ihre Paarungen fügen? Sie liebten sich alle. Sie waren Geschwister. Sie würden sich weder trennen müssen noch auf ihre Liebe verzichten. Und da sie die körperliche Intimität noch nicht kannten, war der Verzicht für sie vielleicht gar nicht so schmerzhaft, wie Eva dachte. Vielleicht stellte sie sich Kains und Luluwas Schmerz nur so groß vor, weil sie ihr eigenes Verlangen für Adam kannte. Abel würde nichts gegen seine Partnerin einzuwenden haben, so viel war sicher. Und was Aklia betraf, so war ihr Kain ohnehin näher. Doch bei aller Mühe konnte sie sich einfach nicht vorstellen, dass Luluwa und Kain sich damit abfinden würden, ihren Instinkt, der sie von klein auf miteinander verband, zu überhören.

Sie vernahm ein Rascheln im trockenen Laub. Die Schlange, dachte sie. Dann hob sie die Augen. Es war Kain.

Er sprudelte über. Jedes Wort flog heraus wie ein angespitzter Kieselstein. Er warf blind damit um sich, ohne ein einziges Mal Atem zu holen. Sein Hohn, seine Leidenschaft, seine schneidende Schärfe waren etwas Neues für die Luft der Erde. Wo und auf welche Weise war Kains Speichel nur so bitter geworden?, fragte sie sich. Sie verließ das Ufer mit dem Korb und ein paar zappelnden Fischen darin. Als sie bei ihm war, stand sie aufrecht vor ihm und sah ihn mit weit geöffneten Augen an, der Herzschlag dröhnte ihr in den Ohren. Er sah aus wie versteinert. Vollkommen hart. Das Gesicht hart, die Mundwinkel herabgezogen und der Mund weit aufgerissen, als hätten all die Worte nicht genug Platz darin. Er sprach davon, zu schlagen, zu zerfetzten, zu erdrücken, zu begraben. Er warf ihr vor, ihn geboren zu haben, die Feige gegessen und das Paradies verloren zu haben, zuzulassen, dass Adam nur Abel liebte. Diesen Idioten von Abel. Nur als er Luluwa erwähnte, schwankte seine Stimme, und als er es bemerkte, hielt er kurz inne, dann schlug er sofort wieder den beleidigenden Ton an und beschrieb ohne eine Spur geschwisterlicher Milde Aklias seltsam zusammengedrängte Züge – die Eva zeit ihres Lebens genauso schön finden würde wie die Gesichter ihrer anderen Kinder. Als sie diese Anwürfe vernahm, erwachte Eva endlich aus ihrem stummen, schmerzlichen Befremden.

»Geh zur alten Höhle, Kain, und komm erst wieder heraus, wenn du bereit bist, mich um Verzeihung zu bitten!«

Hoch aufgerichtet und vor Schmerz und Wut brennend, zeigte sie mit der Hand in die benannte Richtung, dann sah sie ihn vor ihrem festen Blick einknicken. Sie hörte seine Schritte in den trockenen Blättern, als er sich umdrehte und ging, während er mit dem Stock in der Hand auf Steine, Gebüsch und anderes am Wegesrand einschlug.

Adams Beschluss und Elohims Willen hatten das innige, feine Gewebe ihrer Existenz zerrissen. Es war eine Katastrophe. Schreie, Verwünschungen, Schluchzer, Aklias verlorener Blick und Abels erschrockenes Schweigen, das war es, was Eva vorfand, als sie vom Fluss zurückkam. Adam ging rastlos auf und ab.

»Sein Zorn war genauso wie meiner, damals, als ich eigenhändig die Bärin erlegt habe. Kain hat sich auf mich gestürzt. Dann hat er sich gegen Abel gewandt. In blinder Wut. Abel hat sich nicht gewehrt, nur die Hände vors Gesicht geschlagen. Ich musste Kain von ihm fortreißen. Am Ende haben sie beide geweint. Kain ist bis hierher gerannt. Abel ist verstummt. Er hat kein einziges Wort mehr gesagt. Ich habe ihn angesprochen, habe versucht, es ihm zu erklären. Er hat mich nur angesehen. Es ist schrecklich«, sagte er.

Eva führte ihn aus der Höhle nach draußen. Sie ging mit ihm zu einem Felsen im Schatten des Palmenhains, der sich zu beiden Seiten ihrer neuen Bleibe erstreckte. Sie zitterte noch, voller Angst und Ärger. Als sie sich gesetzt hatte, lehnte sie sich mit dem Rücken an den Stein. Sie wusste nicht, wie es war, wenn man sich einen Knochen brach, vermutete aber, dass es auch unsichtbare Knochenbrüche gab, die einen schwächten.

»Was jetzt, Adam? Das hier ist wie eine weitere Strafe.«

»Wir haben gehorcht. Wir haben das Zeichen am Himmel gesehen. Da hast du nachgegeben.«

»Wir haben das Paradies verloren. Was werden wir diesmal verlieren?«

»Ich weiß es nicht, Eva. Diese Prüfung ist wahrscheinlich für unsere Kinder bestimmt. Elohim will vielleicht ihre Freiheit auf die Probe stellen und feststellen, ob sie ihm gehorchen.«

»Ich weiß nicht, was für eine Freiheit das sein soll.«

Eva wiegte den Kopf hin und her. Sie bedeckte das Gesicht mit den Händen, ohne weinen zu können. Sie wollte ihre Kinder schützen. Dass dies die Prüfung sein sollte, damit sie ihre Unschuld verloren, das wollte ihr nicht einleuchten. Die Freiheit war ein Geschenk, das hatte die Schlange zu ihr gesagt. Aber offenbar hatte Elohim selber keine Ahnung davon, was die Freiheit war. Einerseits wollte er, dass sie frei waren, und andererseits band er sie an diese unverständlichen Befehle. Woraus bestand er eigentlich? Auch aus Zweifeln, so wie wir?, fragte sie sich.

»Was nun, Adam? Wie wollen wir ihn besänftigen?«

»Die Zeit, Eva. Kain und Abel sind Brüder. Kain wird mit der Zeit verstehen, dass es nicht Abel war, der diese Entscheidung getroffen hat«, sagte Adam. »Er muss einsehen, dass das Blut nicht vermischt werden darf. Ich werde sie losschicken, gemeinsam ein Opfer zu bringen. Du und ich, wir werden sie davon überzeugen, sich zu versöhnen und Elohims Weisungen zu verstehen.«

»So gut, wie du und ich sie verstanden haben?«, wollte Eva nicht ohne Ironie von ihm wissen.

Am nächsten Tag war Kain noch immer nicht zurück.

»Ich werde Aklia losschicken, Kain zu suchen«, sagte Adam.

»Nein! Schick nicht Aklia«, versetzte Eva. »Ich fürchte, dass er ihr etwas antun könnte. Lass uns Luluwa bitten. Auf sie wird er hören. Den beiden tut es sicher gut, miteinander zu reden.«

Eva forderte Luluwa auf, sich aus der Höhlenecke zu erheben, in der sie seit dem Vorabend mit angezogenen Beinen und dem Gesicht zwischen den Knien hockte und schluchzte. Sie betrachtete ihre Tochter. Wie jung sie war. Ihr Gesicht und ihre Züge streiften das Kindliche schon ab, während der Körper die neue Sprache erst stammelnd erprobte. Sie fragte sich, wie sich ihre Kinder wohl fühlten. Wie mochte dieser Übergang vom Kind zum Erwachsenen, den sie und Adam nie erlebt hatten, wohl sein? Was sie allerdings gut kannte, war die dazugehörige Unbeugsamkeit, das Bedürfnis, sich Forderungen zu widersetzen, deren Gründe man einfach nicht einsah. Und sie kannte die Folgen.

»Geh Kain suchen, Luluwa.«

Aklia brach in Tränen aus. In Abels verwirrtem Antlitz spiegelte sich Bedrückung.

Luluwa machte sich auf die Suche nach Kain. Um die Mittagsstunde brach sie auf und kehrte mit ihm zurück, als sich der Abend senkte. Viele Stunden. Eva musterte ihre Gesichter und fand sie vom Schmerz erlöst. Sie sind ungehorsam gewesen, dachte sie. Sie also auch.

Kain ging vor Eva auf die Knie. Er bat sie um Vergebung. Eva legte die Arme um ihn. Sie zog ihn fest an sich. Was wird deine Strafe sein, mein Sohn?, dachte sie.

Kapitel 27

Adam befahl seinen Söhnen, die Gaben vorzubereiten, die sie Elohim opfern wollten.

Kain wollte nicht mit Aklia gehen. Als Luluwa mit Abel loszog, saß er noch da und sortierte sein Werkzeug. Das Mädchen warf ihm im Vorübergehen einen Blick zu. Ihre Augen loderten. Eva bemerkte den Austausch. Sie sah, wie sich Kains Arm anspannte und sich die Hand um den Feuerstein schloss.

Der Altar, auf den Adam gewöhnlich seine Gaben legte, befand sich unweit der alten Höhle, im Süden der roten Ebene, wo in einer Felsengruppe ein einsamer Berg aufragte.

Kain beeilte sich. Der Bruder war ihm ein Stück voraus, weil er sich früher als er auf den Weg gemacht hatte. Aber er kannte Abel und wusste, dass es dauern würde, bis er unter den Schafen seiner

Herde ein Opfertier ausgewählt hatte. Kain ging zu seinem Acker, wo er Kürbisse gesät hatte. Rasch schnitt er die erstbesten ab, legte einen Bund Ähren dazu und einen Zweig Trauben. All das tat er hastig, und als er die Opferstätte erreichte, sah er Abel und Luluwa gerade eintreffen. Sein Bruder trug das Opferlamm auf der Schulter. Zweifellos sein bestes Tier. Es war dick und prächtig, und das Blut aus der aufgeschlitzten Kehle lief Abel über Nacken und Brust.

Kain trat als Erster vor Adams Altar. Er legte seine Opfergaben darauf. Dann kam Abel.

Er wollte das Lamm neben die Gaben des Bruders legen, als ihm dieser den Weg versperrte.

»Tut mir leid, Abel. Du wirst dir für dein Opfer einen anderen Platz suchen müssen.«

»Ich dachte, wir würden zusammen opfern.«

»Da hast du dich eben geirrt.«

»Aber es ist noch genug Platz da.«

Kain stieß ihn weg. Er spannte seine rechte Flanke und stürmte gegen ihn an, so dass der Bruder das Gleichgewicht verlor.

»Kain!«, rief Luluwa.

»Halt den Mund!«, schnauzte Kain zurück.

Abel musterte den Bruder mit ungläubiger Miene, dann suchte er sich in einiger Entfernung eine andere Stelle und begann dort, die Steine für einen eigenen Altar aufzuschichten. Die brüsken

Bewegungen verrieten seine Verwirrung und sein Unbehagen.

Kain beobachtete Abel aus den Augenwinkeln. Luluwa saß vornübergebeugt auf einem Stein, hatte die Arme vor der Brust verschränkt und wippte nervös mit dem Fuß, während sie Linien auf die Erde malte.

Wenig später war Abel mit seinem improvisierten Altar fertig und legte das Lamm darauf. Dann ging er auf die Knie. Er verharrte reglos mit geschlossenen Augen.

Auch Kain warf sich auf die Knie. Er hörte sein Herz bis in Arme und Beine pochen, so stark war seine Erregung. Der Zorn füllte ihn ganz aus und hinderte ihn daran, zu denken, geschweige denn zu beten.

Der düstere Himmel kündete von einem Regenschauer. Luluwa sah zu den unheilvollen Gewitterwolken am Horizont auf. Sie spürte den einsetzenden Wind und sah ihn in die Bäume fahren.

Die aufzuckende Helligkeit eines Blitzes ließ sie für Momente erblinden. Sie roch verbranntes Fleisch. Er war genau in Abels Lamm eingeschlagen und verzehrte es.

Auf Abels Opfertisch waren nur noch die Umrisse des Lamms und ein Häufchen schwarzer Asche zu sehen.

Abel warf Kain einen Blick zu. Er lächelte glückselig.

»Gelobt sei Elohim«, rief er laut aus und warf sich nieder.

Verflucht seist du, Elohim, dachte Kain, verflucht seist du. Auch du hast meinen Bruder lieber als mich, genauso wie mein Vater.

Er hatte noch nie Elohims Stimme vernommen. Als er sie jetzt plötzlich in seinem Kopf dröhnen hörte, ergriff ihn ein Zittern. Er hörte die Frage ganz deutlich: Warum verfluchst du mich, Kain? Warum bist du traurig? Auch dein Opfer werde ich annehmen, wenn du es ernst meinst und aufrichtig bist. Wenn du mich beschimpfst, dann beschimpfst du dich selbst.

Voller Reue und Scham rannte Kain davon. Er blieb kein einziges Mal stehen, bis er bei Eva ankam. Dann warf er sich an ihre Brust wie früher, als er ein kleiner Junge war.

»Die Stimme hat zu mir gesprochen. Die Stimme hat zu mir gesprochen«, wiederholte er. »Ich habe sie gehört, Mutter, ich habe sie gehört.«

Eva wiegte ihn in ihren Armen. Sie beruhigte ihn. Kains Verwirrung schnitt ihr ins Herz. Jedes ihrer Kinder hatte zu irgendeinem Zeitpunkt Elohims Stimme zu hören geglaubt. Jedes bis auf Kain. Jetzt, da er sie vernommen hatte, fühlte auch er sich, trotz des Schreckens, endlich beachtet, wusste Eva. Adam, der gerade in ihren Unterschlupf heimkehrte, erfuhr von Eva, was geschehen war. Er sah, wie sie Kain umklammert hielt. Bevor er reagieren konnte, hörten sie Abel und Luluwa zurückkehren und eilig über die Stufen schlüpfen. Mit einem Satz verließ Kain die Arme der Mutter und verbarg sich in einem Winkel, den Rücken an die Wand gedrückt, das Gesicht zu einer finsteren Grimasse verzogen. Abel konnte seine Begeisterung kaum zügeln.

Elohim habe sein Opfer in einem Lichtstrahl angenommen, erzählte er beseelt. Sie hätten es sehen sollen, rief er. Vom Lamm, das er auf den Opferstein gelegt habe, sei nur noch ein Häufchen Asche übrig.

Luluwa bestätigte nicht nur Abels Bericht, sondern schilderte auch den Wortwechsel zwischen den Brüdern. Sie machte Kain Vorwürfe. Auf diese Art könne er Elohims Gunst jedenfalls nicht gewinnen, gab sie ihm zu verstehen. Kains Augen funkelten im Dunkeln. Uneinnehmbar. Er saß stumm da und ließ zu, dass Abel gefeiert und er getadelt wurde. Aklia beobachtete ihn aus den Augenwinkeln. Sie näherte sich ihm und wollte seine Hand nehmen. Doch er versetzte ihr einen Stoß, der für niemanden schmerzhafter war als für sie selbst.

In jener Nacht schlief Kain nicht. Er strich im Mondlicht um die Höhle herum. Als Eva einen

Blick nach draußen warf, sah sie seine gebeugte Gestalt wütend ausschreiten. Voller Sorge kehrte sie an Adams Seite zurück, konnte aber keinen Schlaf mehr finden.

Tags darauf ging Kain mit Aklia aufs Feld hinaus. Adam dachte, er habe sich sicher wieder beruhigt. Luluwa dagegen war in Unruhe, bis die beiden zurückkamen. Eva vermochte den Tumult in ihrem Herzen nicht zum Schweigen zu bringen. Das muss der Herbst sein, dachte sie, der Anblick des langsamen Sterbens: Die Bäume werfen ihr Laub ab, die Nächte werden kälter, die Eulen schreien, und ich höre Schritte rascheln, die nur in meiner Vorstellung existieren. Die Welt war angespannt, geduckt und erinnerte sie an den Moment, in dem plötzlich alles stillstand, nachdem sie die Frucht vom Baum der Erkenntnis von Gut und Böse gegessen hatte.

Die Mutter wiegte Aklia im Arm.

»Kain mag mich nicht«, sagte diese. »Weder Kain noch Abel, noch Luluwa, noch mein Vater. Was bin ich, Mutter? Was ist meine Bestimmung? Wenn ich die Affenhorden sehe, habe ich oft Lust, mit ihnen zu ziehen. Ich sehe aus wie sie. Sie würden mich annehmen.«

»Du bist keine von ihnen, Aklia.«

»Ich würde mich aber bei ihnen wohler fühlen. Niemand würde mich ablehnen.«

»Was weißt du, mein Kind?«

»Ich weiß, dass Kain sich nicht mit mir paaren wird. Was weißt du, Mutter?«

»Dass du keine Äffin bist.«

»Was würde es schon ausmachen, wenn ich eine wäre? Wenigstens wüsste ich dann, was ich bin.«

»Aber du kannst denken.«

»Woher willst du wissen, dass sie nicht denken können?«

»Sie überleben nur. Sie sprechen nicht.«

»Und, ist das etwa schlechter?«

»Keine Ahnung, Aklia. Manchmal weiß ich selbst nicht, was gut ist und was schlecht. Beruhige dich, mein Kind, und schlaf jetzt ein.«

Eva dachte lange über Aklias Worte nach. Als sie das schlafende Gesicht der Tochter betrachtete, musste sie an den Affen denken, der sie in der bewaldeten Senke aufgefordert hatte, mit auf den Baum zu kommen, und ihr dann den Weg zurück zur Höhle gezeigt hatte. Sie presste die Tochter an sich. Sie weinte lautlos. Aklias Haar wurde von den mütterlichen Tränen durchtränkt.

Kapitel 28

Isoliert von den anderen widmete sich Kain seinen Pflanzen. Er erntete Linsen und Weizen; er bearbeitete die Erde für den Anbau im Frühjahr. Zu den ungelegensten Zeiten kehrte er in die Höhle zurück. Er beobachtete Luluwa und Abel. Er weigerte sich, das Wort an Aklia zu richten.

Adam kämpfte dagegen an, in der Traurigkeit zu versinken, die sie alle bedrohte. Sie hatten bis zu diesem Tag überlebt und lebten immer noch. Wenn seine Kinder es nicht taten, würde er sich mit Eva fortpflanzen. Kain würde mit der Zeit seine Rastlosigkeit verlieren. Wenn Kains Mutter und Vater den Verlust des Paradieses überstanden hatten, dann würde auch Kain das überstehen. Jetzt galt es abzuwarten. Die Zeit vergeht und nimmt unangemessenes Verhalten mit sich fort; man akzeptierte, was man nicht ändern konnte. Eva hatte Ringe unter den Augen. Sie schlief wenig.

Die Jagdsaison setzte ein. Der Winter näherte sich, und sie mussten sich auf die kalten, finsteren Nächte vorbereiten, auf die erstarrte Erde und die nackten Bäume. Abel und Adam zogen wie immer gemeinsam los. Aklia, Luluwa und Eva sammelten indessen Pilze und Kräuter und fingen Fische.

Die Nächte waren angespannt, voller Geräusche und Fußgetrappel. Eva schloss die Augen fest zu und weigerte sich nachzusehen, wer draußen unterwegs war. Sie nötigte Adam, liegenzubleiben. Einmal glaubte sie gegen Morgen auf der anderen Seite des Stegs eine Affenhorde zu hören. Sie setzte sich auf und suchte mit den Augen Aklia. Sie fand sie nicht, aber tags darauf war sie wie immer bei ihnen. Es war ein Traum, sagte sie sich.

Dann kam der Tag, an dem Kain aus seinem Rückzug erwachte. Eva dachte, jetzt könne sie vielleicht wieder so ruhig schlafen wie früher, nicht diesen leichten, von Geräuschen unterbrochenen Schlaf, bei denen sie nicht mehr zu entscheiden vermochte, ob sie wirklich oder eingebildet waren. Sie sah, wie sich Kain Abel näherte und die beiden miteinander sprachen. Und musste sich abwenden, um ihre Tränen der Erleichterung zu verbergen.

Am folgenden Morgen zogen die Brüder gemeinsam aus. Eva sah sie friedlich gestimmt aufbrechen. Über den frisch gezogenen Graben gebeugt, mit dem er das Flusswasser umleiten wollte, damit sie nicht mehr so weit gehen mussten, wenn sie Durst hatten, wandte sich Adam mit einem Lächeln nach seiner Frau um.

Der Tag verging schwerelos und klar. Als es zu dämmern begann, bemalte Eva Gefäße, Aklia schärfte Angelhaken und Adam stellte den Kanal für ihre Wasserzufuhr fertig. Ein Rascheln im Laub und hastige Schritte ließen sie die Köpfe heben.

Luluwa erschien atemlos aus dem Gebüsch.

Was war in Luluwas Augen zu lesen? Was hatte sie so bestürzt? Eva sprang voller Angst auf die Füße.

»Was ist passiert?«, fragte sie.

Luluwa öffnete den Mund. Aber es kam kein Laut.

»Was ist passiert?«, wiederholte die Mutter.

Adam und Aklia legten die Arbeit nieder.

»Kain hat Abel geschlagen. Abel sagt nichts mehr. Er liegt auf dem Boden, die Augen offen.«

Dann löste sich Luluwas Zunge, und sie erzählte, dass sie am frühen Nachmittag beim Korbflechten plötzlich gemerkt habe, dass es zwecklos war, ihre Hände und ihre Gedanken in den gleichen Rhythmus zu bringen. Lieber wollte sie sich auf die Suche nach Kain und Abel machen. Voller

Sorge und ohne Bescheid zu geben, war sie aufgebrochen, weil ihr der Kopf surrte wie von einem Schwarm Insekten und in ihrer Brust lauter verirrte Vögel mit den Flügeln schlugen.

Auf ihren flinken Beinen hatte sie die Weizenpflanzung rasch erreicht. Sie fragte sich, wo Kain seinen Bruder Abel wohl hingeführt hatte, weil sie die beiden dort nicht fand, und auch nicht flussaufwärts, wo die Pilze wuchsen, oder dort, wo die Kürbisse ihre gelben Köpfe auf die Erde legten. Da fiel ihr die alte Höhle ein, die Feigen, die Birnbäume. Keuchend lief sie dorthin. Unterwegs erschreckte sie die Affen in den Bäumen und scheuchte die Wildschweine auf. Dornen zerkratzten ihr die Haut, während sie vorwärtseilte.

Als sie den kleinen Birnenhain erreichte, nahm sie Kains Geruch wahr. Er war hier gewesen. Sie nahm seine Witterung auf, umkreiste den einsamen Berg und stieg auf einen Felsvorsprung, um nach den Brüdern Ausschau zu halten. Da erspähte sie eine Silhouette auf einer Anhöhe. Sie rannte in die Richtung und rief Kain zu, nicht weiterzugehen, sondern auf sie zu warten.

Als sie ihn erreicht hatte, beugte sie sich außer Atem vornüber, damit das Seitenstechen vom Laufen nachließ.

»Ich dachte erst, Abel würde auf der Erde liegen und schlafen und dass Kain seinen Schlaf bewachte. Aber dann hörte ich Kain wimmern. Ich sah ihn mit dem Kopf zwischen den Knien dasitzen. Die Hände im Nacken verschränkt, wiegte er sich vor und zurück. Als er mich kommen sah, heulte er laut auf. Er brach in Tränen aus. Was ist mit Abel, Kain?

Und er sagte zu mir: Er ist tot, Luluwa, ich habe ihn getötet.«

Er ist tot, Luluwa, ich habe ihn getötet. Er ist tot, Luluwa, ich habe ihn getötet. Er ist tot, Luluwa, ich habe ihn getötet. Als Eva den Satz vernahm, lösten sich alle Wörter der Welt in Luft auf, bis auf diese. Sie wollte denken, aber *er ist tot, Luluwa, ich habe ihn getötet;* sie wollte sprechen, aber *er ist tot, Luluwa, ich habe ihn getötet.* Und es war, als sähe sie jene Worte, als sähe sie das von Luluwa beschriebene Bild vor sich: Abel auf dem Boden und Kain, der immer und immer wieder diesen Satz sagte.

Luluwa setzte ihren Bericht fort.

»Hast du ihn getötet?, habe ich ihn gefragt, ohne zu verstehen. Noch nie haben wir einen von uns sterben sehen, habe ich gedacht. Kain muss sich irren, habe ich gedacht. Dann habe ich mich auf die Erde gekniet, neben Abel, und ihn gerufen. Ich habe das Blut unter seinem Kopf gesehen. Ein roter Kranz. Ich habe gesehen, dass Abel in den Himmel starrte. Ich habe ihn geschüttelt.

Ich habe ihn angefleht, aufzuwachen. Aber er war kalt, er war so eiskalt wie das Wasser im Fluss. Er wacht nicht auf, hat Kain zu mir gesagt. Er hat gesagt, er hätte schon alles versucht. Er hat gesagt, dass kein Laut mehr in ihm zu hören sei. Er schrie, dass er ihn getötet hätte. Und er hat ihn wirklich getötet«, schluchzte Luluwa, »er hat ihn wirklich getötet. Es stimmt. Ich habe es selbst gesehen. Er ist tot. Er rührt sich nicht. Er redet nicht. Er starrt in die Luft. Und er ist kalt. Kain hat ihn getötet. Kain hat ihn getötet! Er wollte das nicht, aber er hat es getan. Der ärmste Kain! Was soll jetzt aus uns werden? Wo ist Abel? Wo ist der Tod? Was können wir tun, damit er zurückkommt?«

Von ihnen war noch nie einer gestorben, dachte Eva. Sie konnten nicht sterben, dachte Adam.

Eva entsann sich der Schlange. Es sei nicht leicht zu sterben, hatte sie gesagt. Elohim würde das nicht zulassen, sagte sich Adam. Eva und er hatten sich vor langer Zeit von den Bergklippen gestürzt, um zu sterben, und waren ohne einen Kratzer im Fluss wieder zu sich gekommen.

»Komm, Luluwa, bring uns zu deinen Brüdern.«

Kapitel 29

Alle vier rannten sie los, ohne ein einziges Mal anzuhalten. Sie rannten durch die Herbstlandschaft.

Es dunkelte schon. Am Himmel glühten die Wolken im roten Licht der Dämmerung, und die dunkle, feindliche Erde hallte unter dem rhythmischen Lärm ihrer Füße wider.

Ein Rudel. Ein verschrecktes Rudel. Als es vorüberlief, flatterten die Vögel auf. Die Tiere witterten Angst. Keines näherte sich.

Er ist tot, Luluwa, ich habe ihn getötet. Sie hätte die Worte am liebsten ausgelöscht, aber sie dröhnten unaufhörlich in ihrem Innern wie ihre acht Fersen auf dem Pfad. Und wenn es stimmte? Und wenn Kain Abel wirklich getötet hatte? Sie waren alle imstande zu töten. Sogar sie. Die Fische starben in ihren Körben. Sie schlugen wie wild mit den Schwänzen, wenn sie kein Wasser hatten.

Aber einen von ihnen zu töten? Wie konnte Kain denn seine Kraft so unterschätzen? Luluwa hatte erzählt, Kain habe ihn mit einem Stein erschlagen. So tötete Adam die Hasen. Und so war er nach seiner Schilderung mit der Bärin fertig geworden, die seinen Hund gerissen hatte. Was hatte Adam nur angerichtet, was hatte sie selbst angerichtet, als sie das erste Geschöpf getötet hatte? Welche gewaltsamen Kräfte entwickelten sie, um zu überleben, um zu essen? Und warum hatte Elohim das alles so eingerichtet?

Wusste er überhaupt, was er da getan hatte? Oder tat er alles mit derselben Selbstvergessenheit, wie er Himmel und Blumen malte und die bunten Schwingen der Vögel zusammenstellte? Dachte er überhaupt nach? Wenn er nicht lebte so wie sie, wie konnte er da ihr Leben bestimmen, bestimmen, was sein durfte und was nicht?

Luluwa zeigte auf die Anhöhe. Aklia ächzte, stolperte. Eva sah, wie sie auf alle viere ging, um schneller voranzukommen.

»Sei vorsichtig mit deinen Händen, Aklia.«

Als Antwort warf Aklia ihr einen Blick aus ihren unendlich sanften Augen zu. Sie sprach kein Wort. Von ihr kam nur ein trauriger, kehliger Laut.

Adam sah Abels Körper auf der Erde liegen. Er hatte zu viele Tiere getötet, um die Anzeichen nicht zu erkennen. Dennoch lief er hin und berührte ihn. Er vergrub als Erster seinen Kopf an Abels Brust. Sein Schluchzen war heiser, unhaltbar. Die Luft füllte sich mit seiner Klage. Wie ein Ruf, wie das Eingeständnis seines Scheiterns.

Eva ging vorsichtig näher. Ihr zitterten die Knie. Sie erinnerte sich an die Empfindung, Abel in ihrem Bauch getragen zu haben. An die Schmiere und das Blut an seinem neugeborenen Körper. Ihre Blicke verweilten an den Fußsohlen des jungen Mannes. Sie waren gegerbt. Glatt, groß. Die Fußzehen. Die winzigen Füßchen ihrer Kinder. Die hatten sie am meisten entzückt, als sie auf die Welt kamen. Ihre Füße und die klitzekleinen Ohren mit den gewölbten Ohrläppchen wie kleine Schnecken. Sie ging noch näher heran. Sie sah seine starren Augen. Dann beugte sie sich zu ihm hinunter, legte die Finger auf seine Lider und schloss sie. Sie tat es, ohne nachzudenken. Das Wissen von Gut und Böse.

Der schöne Abel. Schlafend. Sie strich ihm mit der Hand über die Stirn. Seine Haut, kalt. Langsam sickerte die Trauer in sie ein, als füllte sich ihr ganzes Sein mit Wasser, bis sie keine Luft mehr bekam. Sie setzte sich auf Kopfhöhe neben ihn. Sie liebkoste ihn. Sie wollte ihn umarmen, ihn an die Brust drücken, ihn ganz fest an sich drücken, ihn trösten. Wie schrecklich allein er jetzt war!, dachte sie. Noch einsamer als sie in ihrer Einsamkeit.

Adam weinte. Sein Schluchzen schien von einem Ort zu kommen, der nicht in ihm war, sondern in der Erde selbst. Sie hob Abels Kopf und legte ihn sich in den Schoß.

»Hilf mir, Adam, hilf mir, ihn zu umarmen, leg ihn mir in die Arme.«

Adam half ihr. Sie wiegte ihren Sohn in den Armen. Sie schaukelte ihn. Für diesen Schmerz würden ihre Tränen nicht ausreichen, dachte sie, indes ihr die Tränen über die Wangen liefen und auf ihre Brüste tropften. Sie presste Abel an sich. Wo ist dein Leben, Abel? Warum rührst du dich nicht?

Er war so schwer, so verlassen. Sie berührte seinen Kopf. Die Wunde am Schädel. Sie blutete nicht mehr. Dann spürte sie einen Hohlraum in ihrem Bauch, sie empfand das Loch, das ihr Sohn riss, wie eine Entäußerung ihrer selbst. In ihr war nur noch Wasser. Das Wasser erstickte sie fast, bis sich aus ihrer Brust ein tiefer Klagelaut löste und sie dem Schmerz in sich Raum gab, nie wieder, niemals mehr Abel lebend zu sehen. Nie mehr.

Sie sah Aklia Sprünge machen, Luluwa jammern.

»Wo ist Kain?«, fragte sie. »Wo ist mein Sohn Kain?«

»Ich weiß es nicht«, erwiderte Luluwa. »Ich weiß nicht.«

»Geh ihn suchen, Luluwa. Geh ihn suchen, damit er uns hilft, Abel in die Höhle zu tragen. Wir können ihn nicht hier liegen lassen.«

Die Nacht brach an. Adam machte Feuer. Eins zu jeder Seite von Abels Körper. Adam und Eva wachten unter dem dunklen Sternenhimmel bei ihrem Sohn.

Aklia war eingeschlafen.

»Ich erinnere mich noch daran, wie mir zum ersten Mal bewusst wurde, dass ich bin«, sagte Adam. »Ich erinnere mich daran und denke, dass es besser gewesen wäre, nie zu existieren.«

»Ich erinnere mich, wie ich die Frucht vom Baum gegessen habe. Ich hätte sie nicht essen dürfen.«

»Dann wäre Abel nicht gestorben. Mit dir, Eva, hat alles begonnen«, sagte er und hob den Blick. Er sah sie voller Groll und voller Schmerz an.

»Ohne mich hätte es Abel gar nicht gegeben«, gab sie zurück. »Wir hätten uns nie geliebt. Das Leben, das sein sollte, hat mit mir begonnen. Ich habe nur meine Bestimmung erfüllt.«

»Und der Tod hat begonnen.«

»Ich habe Leben gegeben, Adam. Du warst es, der angefangen hat zu töten.«

»Damit wir überleben.«

»Ich gebe dir nicht die Schuld, aber als wir akzeptiert haben, zu töten, um zu überleben, haben wir zugestimmt, dass sich unser Gewissen nach unseren Bedürfnissen richtet, wir haben der Grausamkeit zugestimmt. Und jetzt siehst du, wie sich die Grausamkeit in unserem Leben einnistet.«

»Das war unumgänglich. Genauso unumgänglich wie die Tatsache, dass du die Frucht isst.«

»Wenn Elohim uns nicht genötigt hätte, die Zwillinge miteinander zu kreuzen, dann wäre das vielleicht gar nicht passiert.«

»Wozu hat er uns geschaffen, Eva? Ich glaube, ich kann nicht noch mehr Leid ertragen als das, was wir schon durchgemacht haben.«

»Die Schlange hat gesagt, dass Elohim uns erschaffen hat, um zu sehen, ob wir und die unseren imstande sind, an den Ausgangspunkt zurückzukehren und das Paradies wiederzuerlangen.«

»Sind wir vielleicht nicht der Ausgangspunkt?«

»So wie sie es mir erklärt hat, waren wir im Garten ein Abbild dessen, was Elohim gerne am Ende seiner Schöpfung sehen würde. Als wir die Feige gegessen haben, hat er die Zeit umgedreht. Um jetzt zum Ausgangspunkt zurückzugelangen, müssten unsere Kinder und Kindeskinder, die Generationen, die auf uns folgen, von vorn beginnen und den ganzen Weg rückwärtsgehen. Das hat sie gesagt.«

»Und bis wohin müssen wir rückwärtsgehen?«

»Ich weiß es nicht, Adam. Ich glaube, dass wir als Rudel enden werden. Vielleicht ist Aklia ja die Zukunft. Vielleicht kommt sie dir deshalb seltsam vor. Vielleicht ist so die Vergangenheit, die wir nie kennengelernt haben.«

»Aklia, so unschuldig.«

»Und so wesentlich.«

»Aber sie würde auch töten müssen.«

»Kain hat getötet.«

Eva schwieg stille.

»Mir tut der eine Sohn genauso weh wie der andere«, sagte sie schließlich.

»Denkst du nicht, dass wir ihn bestrafen müssen?«

»Bestrafen? Du kannst sicher sein, dass keine unserer Strafen härter sein könnte als die, die er sich selbst auferlegt hat. Er wird mit Luluwa fortziehen. Das spüre ich. Ich glaube, genauso wie du und ich sind auch sie bereits ungehorsam gewesen.«

Kapitel 30

Der Morgen graute schon, als Kain mit Luluwa zurückkehrte. Er warf sich vor Adam und Eva auf die Knie.

»Ich habe Abel niemals töten wollen«, stöhnte er. »Ich wusste nicht, wie schwer meine Hand ist.«

»Steh auf«, sagte Eva.

Kain kam auf die Füße. Eva sah die tiefe Einkerbung auf seiner Stirn. Zinnoberrot. Das rohe Fleisch. Verbrannt.

»Wer hat dich gezeichnet?«, fragte Adam.

»Elohim.«

»Wie? Sag es uns«, forderte Eva.

»Abel hat gesagt, er würde Luluwas Kindern ein guter Vater sein und ich sollte mit Aklia glücklich werden«, schluchzte er. »Da habe ich ihm erwidert, dass Luluwa und ich eins sind, dass einer ohne den anderen nicht leben kann. Er sagte darauf, es sei Elohims Wille, dass er sich mit Luluwa fortpflanzt. Da habe ich ihn geschlagen. Ich wusste nicht, dass meine Schläge ihn umbringen würden. Ich habe mich versteckt. Dann habe ich Elohims Stimme gehört. Er hat mich nach Abel gefragt. Er hat mich nach Abel gefragt! Er, der alles weiß! Mich hat die Wut gepackt«, weinte er. »Soll ich meines Bruders Hüter sein?, habe ich zurückgegeben. Er sagte, das Blut meines Bruders habe bis zu ihm geschrien. Und er hat mich verflucht! Er hat bestimmt, dass mir die Erde nie mehr Früchte bringt. Er hat mir befohlen, ein Flüchtling zu sein und unstet auf Erden. Ich habe um Gnade gefleht, mich niedergeworfen. Diese Strafe ist so groß, dass ich sie nicht ertragen werde, habe ich zu ihm gesagt. Mich werden die Tiere töten, und jene, die nach uns kommen, werden mich erschlagen. Da hat er mir ein Zeichen auf die Stirn gemacht. Wenn sie das Zeichen sehen, werden sie dich nicht erschlagen, hat er gesagt. Tun sie es doch, sollst du siebenfach gerächt werden.«

Kain machte Anstalten, sich in Adams Arme zu werfen. Zitternd stand er da und weinte bitterlich. Adam stieß ihn weg. Da schloss ihn Eva in die Arme, doch gelang es ihr nicht, ihn auch mit dem Herzen zu umschließen. Kain löste sich von ihr.

Luluwa warf sich auf die Erde. Sie schlug mit der Stirn auf den Boden. Sie dachte an Abel und an

Kains Körper, den sie erst vor wenigen Tagen ganz tief in sich gespürt hatte, sie dachte daran, wie sehr sie ihn liebte, und an die Einsamkeit, die sie begleiten würde und in der sie fortan leben mussten. Ihr Wehklagen und Schluchzen war so laut, dass es klang wie das Heulen des Windes, als hätte ein Gewitter von ihr Besitz ergriffen, als würden Blitz und Donner sie zerreißen.

Alle zusammen trugen sie Abels Leichnam zur alten Höhle, in der er das Licht der Welt erblickt hatte.

Eva wusch ihm das Blut vom Kopf ab. Sie erinnerte sich daran, wie sie ihn zum ersten Mal an derselben Quelle gewaschen hatte. Wie zart und beweglich und warm er doch nach dem Austritt aus ihrem Körper gewesen war, und jetzt so steif und kalt. Sie ließ die Luft aus ihren Lungen. Und hörte sich selbst heulen wie eine Wölfin. Der Schmerz blieb unangetastet, wie eine frische, durch nichts zu heilende Wunde.

Adam verbrannte duftende Harze neben seinem Sohn. Sie überlegten, ob sie den Leichnam auf dem Herdfeuer verbrennen sollten, damit der Rauch des Opfers zu Elohim aufstiege. Wo warst du, Elohim, als sich meine Söhne schlugen?, fragte Adam im Stillen. Luluwa bat darum, Abels Leichnam in die Erde zu legen. Da Abel keine Kinder hatte, würde sein Leib wenigstens einen

Wald hervorbringen und die Früchte versüßen. Adam dachte an das Lächeln seines Sohnes, wenn er aus dem Laub irgendeines Baumes auftauchte. Staub bist du und zu Staub sollst du werden. Fruchtbarer Staub.

Dreimal mussten sie Abel begraben. Die Erde, die vom Tod des Menschen noch nichts wusste, gab ihnen seine Überreste einmal und auch ein zweites Mal zurück. Sie schütteten die Grube zu, aber sie tat sich wieder auf. Erst als Adam und Eva sich beim dritten Mal niederwarfen und die Erde baten, ihn doch freundlich anzunehmen, schloss sie sich über Abels Leichnam und bewahrte ihn für immer.

Kapitel 31

Kain musste ins Land Nod ziehen. Er sagte, Elohim habe ihm das befohlen.

Adam lehnte es ab, dazubleiben und ihn aufbrechen zu sehen. Er kehrte allein zur Höhle ohne Erinnerungen zurück. Ihm seien nur Töchter geblieben, sagte er. Die Söhne seien für ihn beide gestorben.

Eva warf ihm seine Härte vor. Hatte er nicht eigenhändig eine Bärin getötet, die ihr Junges verteidigte, um seinen Hund zu rächen? Er kannte die blinde Wut, wenn man etwas verlor, was einem lieb war.

»Möge die Zeit, von der du träumst, eines Tages kommen, Eva – die Zeit, in der es keine Grausamkeit gibt.«

»Vergib Kain.«

Adam gab nicht nach. Eva dachte daran, wie sie ihn einmal gefragt hatte, ob Elohim ihn aus einer Gesteinsplatte geformt hatte.

Eva blieb mit den Kindern in der bemalten Höhle.

Kain und Luluwa wechselten kaum ein Wort miteinander. Sie stellten ihr steinernes Werkzeug zusammen, die Samen und Felle, die sie in das Land östlich des Paradieses mitnehmen würden. Kain hatte jene Gegend auf einer seiner Wanderungen kennengelernt. Sie sei grün, versicherte er. Selbst wenn nichts, was seine Hände säten, Frucht bringen würde, könne Luluwa gewiss sein, dort weder Hunger noch Durst zu leiden.

Aklia war seit Abels Tod verstummt. Sie hockte im stockdunklen hinteren Teil der Höhle in einer Nische und hörte nicht auf Evas Rufen. Und wenn sich die Mutter näherte, fixierte Aklia sie nur mit ihren sanften, ängstlichen Blicken. Sie vergaß die Sprache und schien allmählich auch den Verstand und das menschliche Bewusstsein zu verlieren, um sich ganz und gar dem Leben eines Affen hinzugeben. Eva beaufsichtigte sie. Sie tat kaum ein Auge zu vor lauter Angst, die Tochter könnte mit der Affenbande, die nachts um die Höhle strich, davonziehen.

Eines Morgens sah sie Kain und Luluwa, die sich an der Quelle wuschen, ehe sie in die Ungewissheit ihres unsteten Lebens aufbrachen. Sie betrachtete Kains Hände, und es kam ihr vor, als berührte sie die tiefe Wunde an Abels Schädel. Sie hörte nicht auf, ihn zu lieben, dennoch wünschte sie ihm, dass seine Entbehrungen ihn zu Demut und Reue nötigen würden. Sie hatte das schreckliche Wissen von der Textur ihres Sohnes und konnte den Moment genau benennen, in dem sich seine Zweige verbogen hatten. Sie kannte sein nie gewässertes durstiges Wurzelwerk. Sie hatte diese Ahnung vom Ursprung, doch die Gewalt vermochte sie nicht zu verstehen. Vor allem jene Gewalt. Die imstande gewesen war, den eigenen Bruder zu erschlagen.

Luluwa schluchzte beim Abschied von Aklia, die nur die Arme hob, nicht zur Umarmung, sondern um den eigenen Kopf und die glänzenden, tränenlosen Augen zu berühren, die die Schwester neugierig betrachteten. Beim Abschied von Eva weinte Luluwa nicht. Ihr Stolz verbot ihr, die eigene Verletzlichkeit zu zeigen. Sie floh in ihre Schönheit und schützte sich mit ihrer Liebe zu Kain; sie wollte der Mutter ihre Einheit ohne den kleinsten Riss vorführen.

Eva sah die tristen Gestalten ihrer Kinder die Ebene überqueren und immer kleiner werden. Da vermisste sie Adam. Sie hatte gehofft, dass er doch noch kommen würde.

Sie erstarrte vor Schmerz. Nur allmählich begannen ihre leeren Augen die mit Zeichnungen bedeckten Höhlenwände wieder anzuschauen. Sie dachte daran, dass jene Figuren, ehe sie von den farbigen Strichen auf dem Stein zum Leben erweckt wurden, ihre Spuren in die Rinde ihres Herzens geritzt hatten. Jedes rohe oder anmutige Symbol verband sie wieder mit dem, was sie aus ihrer Vergangenheit aufheben und vor dem Vergessen bewahren wollte. Denn seit Abels Tod lag ihr ganzes Sein offen und ungeschützt da. Ohne Falschheit und Dichtung zog Eva die Bilanz ihrer ungewöhnlichen Existenz. Sie erkannte, dass Adam und sie, trotz ihrer Vertreibung, weitaus mehr aus dem Paradies mit in die Welt gebracht hatten als ihre Erinnerungen. Vielmehr schien es sie zu verfolgen, sie zu umgeben und über ihren Leben zu schweben. Sie hatten es nie verloren. Und sie würden es nie verlieren, solange seine unauslöschlichen Spuren in ihr Inneres eingezeichnet blieben.

Da erschien ihr einmal noch die Schlange.

Bevor sie zu Adam zurückkehrte, nahm Eva Aklia mit zum Meer.

Innerhalb weniger Tage hatte das Kopfhaar der Tochter auch deren Wangen erobert. Die Haut ihrer Hände und der langen, schmalen Füße hatte sich verhornt und braun gefärbt. Sie schien entschlossen, von der Nacht bewohnt zu werden. Sie ging artig und ungeschickt an Evas Hand, aller Worte beraubt. Bisweilen machte sie sich unterwegs los und lief, auf die Arme gestützt, ein Stück voraus. Das Meer blendete sie. Sie sprang ausgelassen über den Sand und bedeckte, wegen der Helligkeit, die Augen mit dem Arm. Eva ließ sie herumtollen und hieß sie Schnecken und Muscheln sammeln.

Sie selbst setzte sich auf den Felsen, wo sie einst von einer mit Federn bekleideten Frau geträumt hatte, deren Antlitz am Ende ihr eigenes war. Sie vernahm die Stimme der Schlange, ehe sie diese zu Gesicht bekam.

»Schau sich einer die kleine Aklia an. Vergangenheit und Zukunft rennen mit ihr über den Strand.«

»Was willst du damit sagen?«

»Sie ist wieder bei der Unschuld angelangt, Eva. Bei der Unschuld vor dem Garten, die der Vorläufer des Gartens ist. Die Geschichte ist von dir auf sie übergesprungen, und nun beginnt eine lange, langsame Zeit.«

»Ich weiß nicht, ob ich dir glauben soll. Wieso Aklia? Warum nicht Kain und Luluwa? Warum nicht Adam und ich?«

»Wir haben alle unsere Bestimmung erfüllt, Eva. So wie du die Bilder deiner Vergangenheit an die Höhlenwände gezeichnet hast, hat Elohim die

Symbole, mit denen die Menschheit sich selbst verstehen wird, in uns hineingezeichnet.«

»Und Aklia?«

»Aklia ist Elohims Wirklichkeit. Wir sind seine Träume.«

»Du hast doch gesagt, Anfang und Ende wären eins.«

»Aklias Nachkommenschaft wird am Ende an den Anfang zurückkehren. Diesen Anfang zu erkennen als die fortdauernde Erinnerung daran, was sie zu finden glaubten, indem sie ihre eigene Geschichte aufbauten und zerstörten.«

»Werden sie in den Garten Eden zurückkehren? Und was dann? Werden sie sich fragen, was sich jenseits davon befindet? Werden sie sich langweilen?«

»Nicht unbedingt. Sie werden nicht unter der Blindheit ihres Unwissens leiden und sich quälen vor Wissbegier. Sie werden nicht in verbotene Früchte beißen müssen, um Gut und Böse zu erkennen. Sie werden es schon kennen. Sie werden wissen, dass das einzig wahre Paradies jenes ist, in dem Freiheit und Erkenntnis untrennbar sind.«

»Glaubst du, sie werden es schaffen, wirklich frei zu sein? Glaubst du, dass Elohim es ihnen erlauben wird?«

»Die Existenz ist für Elohim ein Spiel. Wenn deine Spezies Harmonie findet, wird Elohim sich verabschieden. Ich glaube, insgeheim wünscht er sich die Gabe des Vergessens, damit er aus der Einsamkeit seiner Macht erlöst wird. Dann kann er losziehen und andere Universen erschaffen.«

»Gehst du dann mit?«

»Ich werde gehen, wenn deine Spezies so weit ist, die Zeichen zu verstehen. Ich werde gehen, wenn keine Gefahr mehr besteht, dass er und ich zu den Opfern unserer eigenen Schöpfungen werden.«

Betrübt musterte Eva die Schlange. Während sie sie so anschaute, wuchsen aus ihren Schuppen weiße Federn, das platte Gesicht bekam feine Züge. Binnen weniger Sekunden war sie von einem weichen, glänzenden Gefieder bedeckt. Und wieder sah Eva, wie in ihrem Traum, ihr eigenes Antlitz in dem der Kreatur aufscheinen. Wenige Augenblicke später löste sich diese für immer auf.

Sie rief Aklia. Sie nahm sie an die Hand und machte sich mit ihr auf den Rückweg zur Höhle. Sie ließen den Salpetergeruch hinter sich. Sie überquerten die sanften Hügel. Nachts schliefen sie Arm in Arm unter einem Felsen. Am nächsten Morgen stiegen sie in die bewaldete Senke hinunter, wo sich Eva vor langer Zeit verlaufen hatte. Golden leuchteten die Eichen in ihrem herbstlichen Laubkleid. Eva hielt Aklias Hand ganz fest.

Unruhig schaute Aklia in die Baumwipfel hinauf. Sie machte kleine Hüpfer. Sie kratzte sich am Kopf.

Eva sah die lebhafte Horde Großaffen kommen und sich anmutig von Ast zu Ast schwingen.

Sie spürte Tränen aufsteigen. Wie vieles sie doch verloren hatte, dachte sie.

Aklia machte sich von ihr los. Eva ließ sie nicht ziehen, ohne sich zuvor herunterzubeugen und sie fest an ihr Herz zu drücken. Vergiss mich nicht, Aklia, sagte sie, vergiss nie, was du alles erlebt hast. Eines Tages wirst du wieder sprechen. Nun geh. Lauf, mein Kind, lauf und erobere das Paradies zurück!«

Eva ging ihren Weg alleine weiter. Ein Nieseln setzte ein und fiel auf die Welt.

Und dann kam der Regen.

MANAGUA-LA FINCA-SANTA MONICA, 2007

Kurzbiographie

Die Bibel

Bloom, Harold/Rosenberg, David: The book of J. Grove Weidenfeld, New York 1990.

Friedman, Richard Elliott: Wer schrieb die Bibel? So entstand das Alte Testament. Zsolnay, Wien 1989.

Horne, Charles F. (Hrsg.): The Sacred Books and Early Literature of the East. Parke, Austin & Lipscomb, New York 1917.

Norris, Pamela: Eve, a biography. New York University Press, New York 1998.

Pagels, Elaine: Adam, Eva und die Schlange. Die Theologie der Sünde. Rowohlt, Reinbek bei Hamburg 1991.

Platt, Rutheford H.: The Forgotten Books of Eden. New York 1927.

Robinson, James M. (Hrsg.): The Nag Hammadi Library. Harper Collins, San Francisco 1990. (Nag Hammadi Deutsch. Eingeleitet und übersetzt von Mitgliedern des Berliner Arbeitskreises für Koptisch-Gnostische Schriften. Walter de Gruyter, Berlin 2007.)

Scuchat, Wilfred: The Garden of Eden and the Struggle to be Human According to the Midrash Rabbah. Devora Publishing Company, Jerusalem 2006.

Vermes, Geza (Hrsg.): The Complete Dead Sea Scrolls in English. Penguin Classics 2004.

Wiesel, Elie: Adam oder das Geheimnis des Anfangs. Legenden und Porträts. Herder, Freiburg 1998.